WO WARST DU, ROBERT.

〔德〕H.M.恩岑斯伯格 著 朱显亮 译

穿越时空历险记

北京理工大学出版社
BEIJING INSTITUTE OF TECHNOLOGY PRESS

版权所有　侵权必究

图书在版编目（CIP）数据

穿越时空历险记 /（德）恩岑斯伯格著；朱显亮译.—北京：北京理工大学出版社，2011.7
（外国青少年畅销书系列）
ISBN 978-7-5640-4632-3

Ⅰ.①穿… Ⅱ.①恩…②朱… Ⅲ.①儿童文学—科学幻想小说—德国—现代 Ⅳ.①I516.84

中国版本图书馆CIP数据核字（2011）第112386号

Wo warst Du, Robert?
Hans Magnus Enzensberger
© 1998 Carl Hanser Verlag München Wien
Chinese language edition arranged through
HERCULES Bussiness & Culture Development GmbH, Germany
著作权合同登记号　图字：01-2011-3694号

出版发行 /	北京理工大学出版社
社　　址 /	北京市海淀区中关村南大街5号
邮　　编 /	100081
电　　话 /	(010) 68914775（总编室）　68944990（批销中心）
	68911084（读者服务部）
网　　址 /	http://www.bitpress.com.cn
经　　销 /	全国各地新华书店
印　　刷 /	北京燕泰美术制版印刷有限责任公司
开　　本 /	710毫米×1000毫米　1/16
印　　张 /	14
字　　数 /	161千字
版　　次 /	2011年7月第1版　2022年3月第2次印刷　责任校对 / 周瑞红
定　　价 /	25.00元　责任印制 / 边心超

图书出现印装质量问题，本社负责调换

自由翱翔在不受时空限制的天地里

——《穿越时空历险记》序

韩耀成

最近，笔者怀着极大的兴趣读了朱显亮先生的译稿《穿越时空历险记》，获益颇多。看完小说后最直接的一个印象就是，恩岑斯伯格这部作品与作家早、中期作品的题材和风格迥然不同了。关于小说作者，朱显亮先生在《译后记》中已经作了一些介绍，这里我还想再补充几句。

德国作家汉斯·马格努斯·恩岑斯伯格是第二次世界大战后成立的、对联邦德国文学的发展做出巨大贡献的文学团体"四七社"的成员，在20世纪的五六十年代，他作为杰出的政治诗人而名噪一时。当脱离现实的封闭诗和自然诗于20世纪50年代在联邦德国大为流行的时候，恩岑斯伯格就接受了布莱希特关于政治诗的观点，出版了政治诗集《为狼辩护》(1957)和《国语》(1960)，以诗歌的形式对政治和社会问题进行深刻分析，表明他对已经得到巩固的富裕社会的强烈不满和毫不妥协的批判。他以拼接、双关语、悖谬、恰到好处地使用一些陈词滥调、行话和粗俗的词语对国内"狼"和"羔羊"之间杀人的和自杀性的联盟进行讽刺和攻击。这两部诗集复活了海涅和布莱希特政治抒情诗的传统，在"四七社"内外名声大振，使他成了联邦德国政治诗人的代表，并在1963年获得德国文学大奖——毕希纳奖。20世纪60年代初他发表了一系列社会批判性政论，被视为联邦德国的一位"愤怒的青年"。他认为，诗的语言，其本质就是抗议和反抗。他的诗中常常使用俗语、专业术语和技术词汇，有时会获得意外的效果。恩岑斯伯格认为，诗歌的任务就是表现现实，改造社会，而绝对艺术实际上窒息了文学的人道性和社会性。

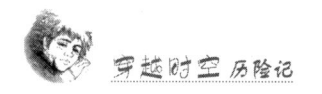

1964年他又出版了诗集《盲文》，诗中对未来世界持怀疑态度：

> 两只眼睛能看的人
> 他们的事业将一帆风顺
> 负责失业的
> 是一只眼睛的人
> 他们大权在握
> 让瞎子当上国王
> ……
>
> 据说国王最近宣告
> 他正满怀信心注视未来

诗的思想体现了诗人直至20世纪60年代中、后期对于"诗的职责"的看法："只能确定形势，不能作出诊断和预测。"在20世纪60年代中期联邦德国政治动荡时期和社会抗议浪潮中，诗人的思想更趋激进，连诗歌的上述职责也给取消了，认为文学压根儿不起什么作用。随后，他与德国作家马丁·瓦尔泽和瑞典德语作家彼得·魏斯一起成为1966年形成的德国"新左派"的核心人物。他主编的政治文学刊物《行车时刻表》是"议会外反对派"的阵地，随后在轰轰烈烈的学生运动中又成为激进知识分子和大学生的政治论坛。1968年他在《柏林的套话》一文中断言，知识分子为实现社会和政治改革的努力已经失败。他还对包括他自己的作品在内的社会批判文学进行了清算，认为我们的世界已经不是诗歌的对象，只是改造的对象，德国革命已不可避免。所以，他号召作家积极参与世纪政治行动，用报告文学、政论、小册子、传单、招贴画等实用文学来替代纯文学创作，对群众进行政治教育，以达到唤起民众、干预政治、改造社会之目的。这种激进观点的发展，使他于1968年在《行车时刻表》第15期上提出了"文学已经死亡"的口号。他也是学生运动的一位领袖。回顾他的这一段历史，真可谓是呼风唤雨的"峥嵘岁月"。1969年政治运动退潮，德国社会似乎又回复了原样。作家们认识到，冀望文学能够开出济世良方，肩负起改造社会的重任，那只是一种乌托邦的幻想。这时文学政治化开始向以表现作家自我为主的新主体文学转变。恩岑斯伯格于1968年—

1969年曾在古巴逗留，这期间他收集了大量素材；之后根据1961年美国武装入侵古巴事件创作了文献剧《哈瓦那的审讯》（1970），剧中直接引证法庭审讯记录。为了创作长篇小说《无政府主义的短暂夏天》（1972），他走访了几乎被人遗忘的西班牙无政府主义者杜鲁蒂的亲属、朋友和过去的战友，把他们讲述的故事收集起来，以记录杜鲁蒂的生平和活动。作品中历史文献与文学虚构交织在一起，但突出了文学因素。这部小说是恩岑斯伯格创作上开始新的转折的标志，此后作家改变了激进的文学观点，放弃了实用文学，而转向文学本身，再次把作品的艺术价值置于实用价值之上，将进步与落后、善与恶、人性与灾难的辩证的历史作为创作主题。这一阶段的重要作品《陵墓——进步史上37首叙事谣曲》（1975）、长诗《泰坦尼克号的沉没》（1978）、诗集《消失的复仇女神》（1980）和广播剧《献给一个浪漫女子的安魂曲》（1988）等反映了他在创作上和政治思想上的这一转变。20世纪80年代末作家出版了一部名为《飞行的罗伯特》（1989）的诗文集，20世纪90年代作家又以罗伯特为主人公，为青少年写出了长篇小说《穿越时空历险记》（1998）和《数字魔鬼》（1999）等作品。

《穿越时空历险记》这部小说的主人公罗伯特，是20世纪80年代初出生的德国九年级中学生。他只要一揉眼睛，在浑然不觉的状况下就置身于另一个时空里了。这样，罗伯特经历了逆时空的七次奇异的旅行。第一次旅行他到了1956年的苏联新西伯利亚，这就是说他在时间隧道里倒回了四十多年。在随后的旅行中他到过澳大利亚的海滩和沙漠、他出生前五十多年的故乡城市、挪威海岸、德国巴洛克时期一个小侯国的宫廷、三十年战争时期的亚尔萨斯，以及17世纪20年代的荷兰（1621年）。旅行时间一次比一次往回倒退，最后一次旅行的时间倒回到距今三百七十多年。

粗略一看，《穿越时空历险记》好似梦幻小说，或者科幻小说。但它都不是。罗伯特一揉眼睛就进入了另一个时空，似乎有点似梦似幻，可是，主人公通过时间隧道到达过去时代的某个地方后，是绝对清醒的，并非处于梦幻状态，他所处的时空是过去的现实时间和那个时候实实在在的现实世界，他的行为、见闻、感受都是十分真实的。读者在阅读这部小说时完全没有梦幻感，就像置身于当时的现实世界一样。它也不是科幻小说，因为科幻小说是以科学为依据描写科学发现、技术进步，以及根据对科学事实和原理的推断和扩展，描写对未来科学和社会发展的幻想。而这部小说描写的都是过去可能发生的或发生过的事情，并不是以科学为依据对未来的幻想。

那么，《穿越时空历险记》究竟属于哪一类小说呢？在笔者看来，它是一种特殊的流浪汉小说，是一部逆时间的流浪汉小说。为什么这么说呢？我们知道，流浪汉小说通常叙述一个流浪汉的遭遇，一般是通过描写主人公由小到大，或是由青少年到壮年或老年的漂流经历，来反映丰富的社会生活和人民的疾苦、愿望和理想。这就是说，主人公的流浪和冒险经历都发生在他生活的时代和社会。恩岑斯伯格的这部小说却不然，主人公罗伯特在时间隧道里不断地往过去倒退，他的流浪和冒险全都是在遥远的往昔年代里经历的，但作家对主人公每次旅行故事的描写则具有流浪汉小说的特点。这也正是这部小说的新颖和特殊之处。

在阅读这部小说的时候，有三个方面特别引起笔者的注意。

一、通过主人公超越时空的旅行，作家以罗伯特的视角再现了一些重要的历史时代和历史事件。例如，物品匮乏、生活拮据、社会动荡不安、群众罢工——这便是作家笔下20世纪50年代中期苏联社会的写照。在1930年的德国，我们看到的则是另一幅画面：经济危机使德国经济萧条，纳粹反犹排犹活动甚嚣尘上，大街上纳粹横行、肆无忌惮地大打出手，共产党人同纳粹分子进行着殊死的斗争。又如，在17世纪上半叶欧洲三十年战争时期，战乱不断，社会上盗匪横行，经济凋敝，民不聊生……作家在描写这些历史事件的同时，也对这些历史事件做了评述，表达了自己强烈的爱憎。

二、主人公在历次旅行中遇到过善良的好人，也遇到过卑鄙的恶人；在种种冒险经历中，他得到许多好心人的救助。在新西伯利亚、澳大利亚、19世纪30年代初期的德国、挪威海岸、巴洛克时期的官廷里、三十年战争时期的亚尔萨斯或在荷兰，他都得到或善良的姑娘，或美丽的公主，或哲学家，或画家夫妇的帮助和庇护，使他能一次次涉过险境，转危为安。作家以此歌颂了善良、人性、正义和友谊，鞭挞了邪恶、残暴、卑鄙和阴险。

三、作家在描写主人公的历次流浪和冒险经历时，像导游一样介绍了各地的风土人情、山川风貌和名胜古迹：新西伯利亚的雪原，挪威海滩和沙漠，斯特拉斯堡的教堂，中世纪的酷刑，荷兰的风车、吊桥和造船厂等。此外还讲述了动植物、矿物、航海、天文、数学、地理、历史、官廷礼仪、艺术、哲学等各种知识。而上述的一切都天衣无缝地融入生动、有趣的故事情节之中。能唤起青少年的阅读兴趣，便于他们对这些知识的理解和接受。

除此之外，我还想到，主人公揉揉或者闭上眼睛，或者一觉醒来就置身于另一个时空中，这种类似于以梦境作为故事框架的写法，使作家的创作超越了时空限制，可以自由驰骋在无限广阔的创作空间。凭借时间隧道的帮助，可以选择他最熟悉的任何时间、任何地点的人和事作为创作对象，写他自己造诣最深的知识领域。借鉴这种方法，可以大大拓展我们的文学创作空间，丰富文学创作的题材，为广大青少年提供更多、更生动有趣、引人入胜、丰富多彩的作品。这也是这部小说值得译介的一个重要原因。

目 录

引言 ································ *1*

第一次旅行 ··························· *10*

第二次旅行 ··························· *41*

第三次旅行 ··························· *71*

第四次旅行 ··························· *100*

第五次旅行 ··························· *127*

第六次旅行 ··························· *156*

第七次旅行 ··························· *183*

结束语 ································ *206*

译后记 ································ *211*

引 言

罗伯特消失了。他消失的这天是非常平凡的一天,而且更离奇的是,对于他的消失,没有人注意到,就连他的母亲也没注意到。

但就在刚才不久,罗伯特还像往常一样,坐在厨房里的一张高高的凳子上呢。所不同的只是,这个夏天的傍晚,天气显得格外明亮。太阳将它那耀眼的白光抛向墙壁,抛向橱柜,抛在母亲的面颊上。阳台门前的百叶窗有许多微小的孔洞,阳光透过这些孔洞在厨房里画满了小小的圆圈。罗伯特只需把脑袋转过来一下,颤动的光点就会照着他,并搞得他的脸直发痒。一切都和以前一样。罗伯特的父亲也许在什么地方的高速公路上,他往往在这个时候打个电话,但他通常一定很累了。或者他有一个会,一个一直延续到深夜的会,或者他要和一个不知什么样的重要人物一起吃饭。罗伯特的母亲总是有事,她不是去办她的意大利讲座,就是搞一个什么展览会的开幕式,或是去网球俱乐部赴一个约会。她在出门前总是给罗伯特准备好晚饭,一个冷拼盘,或一对果酱油煎饼,而他又一次感到不饿,他不想吃。罗伯特是一个坐不住的孩子,像只猴子似的蹲坐在那里,小巧、灵活,总是动个不停。

另外,他的眼睛有点特殊,特别亮,而且有点绿。他可以发出无人能捕捉到的直瞪瞪的目光,他的这种目光是从哪里来的呢?他朝他的母亲看去,他透过他母亲看到……

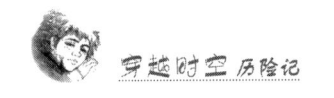

"你上过眼药了吗?"

我不知道,这孩子哪里不舒服,他母亲想,可他什么毛病也没有啊。

"你别再揉你的眼睛了!请帮我一个忙,离开你那个没完没了的电视剧吧!别再给我一玩就是几个小时的计算机游戏了,我几乎刚一出门,你就开始。你是知道的,游戏中的闪光对你有害,你一定要注意啦。"

"知道,知道。"罗伯特说。

"一切正常。"眼科医生说。就是他的眼型有点别扭,眉毛像长在鼻孔里的毛一样发黄,像刷子一样稠密。医生凝视着罗伯特,好像他是试验人员似的。"您是怎么想起眼睛有点不舒服的呢?"

罗伯特觉得经常有点东西在他眼前闪烁。是的,不知是什么东西在他眼前闪烁,或者在他脑海中闪现。但这与看电视剧没有任何关系,对他本人也没有什么不好。正相反,他很喜欢这些闪烁的东西。这是怎么开始的呢?罗伯特已经不记得了。那是好久以前的事了,比他想象的还要长。他只需把眼睛闭上,比如在睡觉前,闪烁的东西就开始了。

首先出现的仅仅是亮一点的和暗一点的斑点,它们从上向下移动,就像在电视屏幕里面看到的那样。真是无聊!然后到来的是一条条带子,有紫色的,也有绿色的,它们有点颤抖,一会儿变得厚起来,一会儿又变得薄起来,持续的时间不长。接下来出现的是热闹非凡的狂欢节和彩蛇,而且这些彩蛇越出越多。这个时候,他只需要稍微揉一下眼睛,轻轻地将指节放在闭着的眼皮上,一个汹涌澎湃的画面就开始了:一片大海,一片橘红色的大海掀起白色的波涛,完全由海鸟组成的飞行大队在青紫色的天空中飞翔,还有巨大的海生蕨类植物和飞快的并且伴有嘎吱嘎吱声的小帆船行驶在海面上。最后出现的是一些人物形象:有的是在地下室里狂舞的虚无缥缈的舞者,有的是在草地上翻滚的摔跤运动员。不知什么时候,总是突然出现他的死对头,一个戴着高高的白色帽子的大高个子厨师,他一出现就冲着罗伯特大喊,但从他那远远张开的大嘴里却发不出任何声音来……

当然,没人知道,罗伯特在睡觉前,都看到了些什么。他可不做傻事,他时刻提醒自己,决不能把他的眼睛电影院放映的东西说出去。因为,他经常想起他父亲,想起他父亲只要一听到这样的事,就会说:你神经病。

罗伯特已经不记得了。那是好久以前的事了，比他想象的还要长。他只需把眼睛闭上，比如在睡觉前，闪烁的东西就开始了。

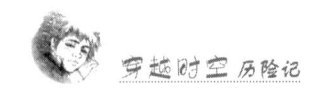

不，罗伯特学会了装作若无其事的样子，不动声色，特别是那次参加白天举行的招待会以来，尤其是在学校，在上生物课的课堂上，都是这样。"他总是心不在焉，"科尔恩博士夫人说，"您儿子经常是完全走神儿！"

就连他母亲也经常问他："你在想些什么呢？"

"没什么。"罗伯特说。

科尔恩博士夫人虽然对此一无所知，但她也没有完全错。罗伯特经常把好分数拿回家去，但他毕竟还是不太用功。他玩得起那些他喜欢的东西，因为他有惊人的记忆力，脑子够用的。

平时，不管是他听到的，或需要下工夫记住的单词，还是他看到的，他都能过目不忘。就是法语课本里某一页上的东西，或黑板上的几个公式，只要他注意看上一眼，在他的大脑里就已经像胶片或软盘那样储存起来了。

罗伯特在绘画课上也使用这个绝招。绘画课不在教学计划之内，是一个自愿参加的课外训练班。罗伯特只能在每周二下午去上课，因为温齐格尔教授只在下午授课，他是一个放荡不羁的教师。他这个人高大笨拙，满头的白发乱蓬蓬的，但当他手拿一幅画儿的时候，看上去就像一位护士那样温柔。

温齐格尔教授是一个守旧的人，他让他的学生照着自然绘画和写生。有时他也把可能是复制的版画或绘画带到课堂上来。让他根本不能理解的是，罗伯特只需看上一眼样品，就能把它记在脑子里，并可以按照记忆中的模样把它画出来。有时候，温齐格尔教授也把他收藏的非常珍贵的木版画拿到班上来。比如，前几天他把16世纪的一个德国的古铜版画拿来，让大家传看。罗伯特非常准确地想起了这幅画的内容，是取自《圣经》里的一个丢失的儿子回家的故事。在温齐格尔把他的宝贝交给大家传看之前，他向四周扫了一眼，说："那个乡下傻瓜现在就可以带着你的一双脏手回家了，或者可以去踢足球了！给你看我的这个原件，太便宜你了。"

他说这话首先是指拉提博尔，他总是坐在最后面，并且急不可待地向窗外望去，他对版画不感兴趣。拉提博尔是罗伯特最好的朋友，他们两个本来也许谁都不喜欢谁，但这也并不奇怪。罗伯特觉得，拉提博尔玩曲棍球的姿势很像一个冠军。罗伯特察觉到，自己父母亲很有钱，而拉提博尔的父母亲的钱怎么都不够用。可是，拉提博尔有许多兄弟姐妹，但没人注意到他们都叫什么，就连他母亲也不注意这些。此时，作为独生子的罗伯特想不出如何与哥哥打架的情景，还有许多事情他都想不出来。

有一天，他们两个发现，彼此之间相互羡慕起来了。然后，他们两个相互钦佩起来。后来，有一天，他们注意到，他们在一起的时候从来都不打架。从此开始，他们就好得分不开了。

那么，至于谈到看眼科医生的事，可以说他母亲不必太费神了。她为此肯定花了一大笔钱，因为诊所到处都是雪白的，就连地毯、椅子和墙上的画儿也都是雪白的。

"我不知道，他哪里不舒服，我儿子总是揉眼睛。"

"我们马上就会知道的。"

那可是一个非常正规的仪式，差不多跟教堂里的仪式一样。房间慢慢地暗了下来。罗伯特必须坐在一把高高的椅子上，将一个沉甸甸的怪模怪样的眼镜戴在眼睛上，它既不是望远镜，也不是显微镜，倒像是一个由各种各样的透镜、光圈和镜片组成的混合体。突然，房间里到处都闪着亮光，然后又暗了下来，接着响起了医生那种特有的催人入睡的声音："特别清楚吗？好一点吗？模糊吗？亮了吗？暗了吗？"

罗伯特试着读出下面的文字，但这个在平板上写着的字没有意思：

LAMRON
MUART
NOITANIZULLAH

然后是咔嚓一声，出现一个新的图景，这时，雪白的屋里显得特别沉闷，图景的最下面有一行特别小的像蚂蚁似的大写字母：

ANAGROMATAF

然而，这很容易地就把罗伯特给吓唬住了。实际上，这个花招很简单：你只要把这个词从后往前读一下就行了。"法塔莫尔伽那。"罗伯特说。"一点没错，"医生说，然后他把紧锁的眉头放开了，并接着说，"现在还有视网膜一项！"

罗伯特在黑暗中看见一个发光的圆盘，它的上面像地图似的布满纹路。许多小小的红色河流向一片白色的海洋流去。"这是你的眼睛。"好嘛，谁能够看见自己的眼睛呢？在黑色背景的前面，好像有一轮夜晚的明月悬挂在那里。

医生拿下了他那沉甸甸的眼镜，折光帘慢慢打开，太阳和往常一样照进来。"没发现什么问题，"医生说，"没有什么可担心的。"

尽管如此，他还是给罗伯特开了一瓶眼药水。它跟水一样透明，有点油状。如果他把脑袋向后仰，用手按住那个小小的红色橡皮管，一滴眼药水就会滴进眼睛里，火辣辣的。罗伯特不愿意上这个眼药，而且这个绿色的瓶子也使他很反感，甚至那张白色的纸条。就是那张他只用手指头尖捏着的装在包装盒里的纸条，他也许不必再仔细看了，因为他已经看完了出现在他眼前的一切了。

> 成分：萘甲唑啉2.5毫克，脱羟肾上腺素12毫克，盐酸安塔唑啉20毫克
> 主治：耀光障碍，导泪道急、慢性兴奋态
> 副作用：可产生的全身副作用：中枢神经兴奋，心悸，心律失常，头痛
> 剂量：每天往结膜囊滴入1～2滴
> 注意事项：避免儿童误取

"你觉得我，"罗伯特跟他母亲说，"像一个从药房里取走自己泪水的人吧？"

他在第一天就把眼药水倒进了厕所，并且把那个绿色的瓶子灌满了水。他每天都仰起头好几次，往眼睛里滴上1～2滴自来水，给他的眼睛洗洗澡，他母亲看了很安心。这"药水"一点都不火辣辣的。罗伯特既不感到心悸，也不感到头痛，而且也没有什么中枢神经兴奋的感觉。他乐了，他母亲也放心了。

罗伯特的母亲今天看上去很年轻，和往常一样，只要她一出门，就这样。但她不涂口红，也不整理发型，就连穿的鞋，还是那双瘦小的高跟鞋。这主

要是期待使她变得美起来。她上身穿一件某种料子做的黑色外衣，只要一走起来，料子上闪闪发光的蛇型图案就会摆起来——"大家叫它云纹丝织物。"她向罗伯特解释说。她现在又戴上一双到达肘部的红色的丝织手套，但她去哪里，她不告诉他。

不一会儿，罗伯特听到关门声、踩在楼梯间木地板上的高跟鞋声和电梯开门的哼唧声。

"你是一个人准时回家的吗？"他母亲问，和以前一样，她总是这样问。是的，罗伯特一个人准时回到家里。他蹲坐在他的凳子上，给自己斟上一杯冰茶，然后心不在焉地抓起一块火腿面包。他出汗了。也许天马上就要下雨了。罗伯特喜欢暴雨天气，如果第一阵狂风掠过树林，窗户和阳台的门就会噼里啪啦地作响；如果天空暗下来，如果接下来发出爆炸的响声和冰冷的闪电在城市上空燃烧，越近越好，那雨水很快就会拍打在窗户的玻璃上……

但是，暴雨天气并没有出现。罗伯特将火腿面包放在一边，他不饿了，他慢慢腾腾地在屋里转悠起来。在灶台旁边的工作台上，放着他母亲忘在那里的一只鲜红的手套。平时，她总是肯定和她的礼服一起拿走的，罗伯特心想，并且感到很奇怪。然后他打开电视机，里面到处都是氯净化器和猫粮广告。他用遥控器堵住男声广告人的嘴，开始翻腾起自己的口袋儿来。

他穿着一件黄褐色的T恤衫，外面套一件薄薄的蓝色亚麻布夹克，上面至少有六个口袋儿。

"总是穿这件奇形怪状的旧夹克，"他母亲说，"它到处都鼓起来了呀。"原因在于，他用它装着自己随身携带的所有东西，这是一个讨厌的习惯。他的好朋友拉提博尔则强调说，罗伯特身上的东西都是他一个个挑选出来的。这才是胡说八道呢，罗伯特就是思想不集中，很容易地就把桌子上散落的东西收起来，一股脑儿装进口袋儿里。如果他在课堂上想起别的东西时，科尔恩博士夫人总是说他"心不在焉"。而他母亲说："的的确确，他是跟谁学的呢，但绝不是跟我学的。"

一个打火机，一个装在塑料盒里的小计算器，某个航空公司赠送的广告宣传品，一块口香糖，一块手表，去年第一次去美国旅行时搞到的二十美元钞票，一支圆珠笔，几个硬币……

还有什么呢？啊，这个小伙子还有一个可以上发条的玩具汽车，儿童小

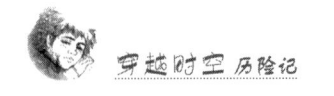

玩意儿，但它很奇妙，它的门可以打开，也可以关上，发动机的护罩也可以打开。他都是从哪里搞到这些东西的呢？

拉提博尔对他的这个习惯有时也很生气。有一次，他甚至要求罗伯特在回家之前，把他口袋儿里的东西全都掏出来。而实际上，罗伯特顺手牵羊拿走他一张散落在桌子上的照片，这是一张一次成像的照片，照片上的拉提博尔穿着曲棍球运动衣，头戴钢盔，腿戴护膝，手持球棍，俨然是一幅描写美国早期西部牛仔的广告招贴。他在照片上的样子，看上去感觉很好，一头蓬乱的红头发，给人以无畏倔强的感觉。罗伯特很固执，他拒绝将这张照片交出来。

罗伯特就是这样一个人。人们很难改掉他这个毛病。如果你把他由于疏忽没放进口袋儿里的小螺丝刀拿走的话，那么他下次也许将一个钥匙坠或橡皮什么的顺手牵羊装进口袋儿里。他从哪里顺手牵羊拿来的这个小火轮的呢？

这是一个儿童玩具，是用铁皮做的，下面有一个把柄。如果罗伯特按一下弹簧装置，这个轮子就会转起来，两个火石在一个环状物上摩擦，火石表面的金刚砂开始闪烁，并打出火花来。轮子上有一个红色的和一个黄色的赛璐珞材料做的小窗户。轮子的正前面画着两只黑色的小猫，他越使劲按下面的把柄，里面的螺旋线就缠绕得越紧。现在，小猫的眼睛开始闪烁，一会儿红色，一会儿黄色，一会儿红色，一会儿黄色，然后小猫的眼睛开始变成一个彩色的花环。直至最后全部消失。

罗伯特坐在电视屏幕前，手里拿着这个小东西。现在，屏幕上看到的是一座灰色的城市。

这是一个冬天，载重汽车在被积雪覆盖的宽阔大街上爬行。妇女们裹着头巾在铲除大街上的雪堆，男人们穿着厚厚的棉大衣，带着高高的皮帽子，急匆匆走过。

罗伯特差一点从凳子上掉下来，并且差一点要睡着，这是房间里的暖气搞的鬼。他有点累了，而且暖气把他搞得有点头晕。他揉了揉眼睛，在离屏幕很近很近的地方，出现了两个、三个、四个穿着长长皮大衣的军人。他们的长筒靴上布满了脏东西。在他们的旁边站着一位老太太，她正在直勾勾地往照相机里看。她的眼睛在长长的白眉毛的衬托下显得明亮如水、发蓝，而且特别没有表情。她该不是瞎子吧？不，她没有瞎。大街上有一队人马走过来，这是一个由默不作声的人们组成的队伍，这不是一支游行的队伍吗？那位老太太张着大嘴站在那里一动不动。这时，有一个小男孩儿从她身边跳进了画面，他真像一个灵活敏捷的小魔鬼。

仅仅从后面看上去，他的脖子，他的蓝色夹克，看上去特别像罗伯特。

但是，罗伯特在哪里呢？罗伯特眼前一片漆黑。他会不会从凳子上掉下来呢？不，罗伯特灵活敏捷、能干，大家尽可对他放心。罗伯特不在这里了，只有电视仍然继续播放着，冰块儿在酒台上的茶杯里慢慢地融化着，厨房钟表的指针显示的时间是九点差三分，此时窗外的天空很快黑了下来，大暴雨的第一阵雨点已经拍打在窗户的玻璃上了。

第一次旅行

最糟糕的是天气还不算太冷。天空吹来阵阵刺骨的寒风,罗伯特感到寒风吹在裸露的皮肤上,就像一丝不挂地站在冰冷的淋浴下面沐浴似的。罗伯特揉了揉眼睛,但不管用。过了一会儿,他清醒过来了。

这时,他站在一个隆冬时节的宽宽的笔直的被雪覆盖的,而且他从来就没见过的大街上。真的没见过吗?头上裹着头巾、将脏雪铲到冻结在路边的高高的雪堆上的妇女们,那些灰色的形状千篇一律的房子,身穿长长军大衣的男人们——这一切他都认识啊!那位长着一双明亮如水的眼睛的老太太就站在他的身边。那个身穿皮大衣两腿叉开站着的男人又出现在他的眼前,他戴着一顶橄榄绿的碟形帽子,看上去像个军官。他的长大衣一直拖到踝骨那里,他胳膊上挎着一个黑色的沉甸甸的匣子,当他手持匣子像武器那样瞄准老太太时,老太太对他破口大骂起来。正当这个男人开始转动那东西和机械开始发出"嘤嘤"响的时候,罗伯特意识到,他挎的是一台老式照相机。

在他身后很远的地方,可以看见一片密集的人群。在人群最前面的行列中,一些穿着被扯破的军大衣的男人们在向前移动。在人群的最后面,传出了妇女们的叫喊声,她们齐声重复着一句听不懂的话:ram-tam-tam,ram-tam-tam。罗伯特站在那里冻得直打哆嗦。他一点都不知道,他是怎么到这个地方来的，但有一点他是知道的：那就是赶快离开这里。这一切他在电视里都能看到，顺便说一句，这些愤怒的人们想干什么——这也许涉及一场罢工，或许他们饥饿难忍，因为愤怒已经写在他们的脸上了。现在，从人群的对面开来两辆橄榄绿的卡车，看上去好像是以前战斗片里面的卡车。但不是美国的那种卡车，另外，这种运输工具显得特别陈旧，特别凹凸不平。那个军官停止了拍照，并且下了一道命令。士兵们纷纷跳下卡车，并且封锁了街道。他们都挎着枪，他们的脚上都裹着毛织物的破布，全场上下有一小会儿的时间特别安静。裹着头巾的妇女们扔下了手中的铁锹。远处传来碾磨似的声音，这可能是坦克。

　　罗伯特吓坏了，他向四周看了看，然后压低身子跑了起来。他从两个幸灾乐祸地笑着的士兵中间钻了过去，并且跳过一个雪堆，然后上气不接下气地停在了一户人家的大门口。他推了一下铁门，但它是锁着的。在大门口的左边有一个被积雪深深覆盖的直通地下室的小阶梯，他跌跌撞撞地往下走去，并且感到，有许多雪灌进了他的低帮鞋里，他气喘吁吁地来到一个地下室诊所的门前。幸好门还开着。他向没有装饰的黑洞洞的房间里四下张望了一番。他觉得有一股肥皂味儿的冰冷水蒸气味道扑面而来，他站在一个洗衣间里了。可这里哪儿都看不到一台洗衣机。说着，他被一堆煤绊了一跤。一条生锈的炉管通向一个炉灶，炉灶上有两口大锅。但炉灶是冰凉的。在一条绷紧的绳子上晾着一些巨大的床单。他摸了摸三条垂下来的床单，并确认它们已经干了。他穿的那件薄薄的蓝色亚麻布夹克，几乎使他完全被冻僵了。为了暖和暖和自己，他把自己裹在了床单里，并且躺在房屋中间的一条因风吹雨打而剥蚀的木凳上。

　　外面，妇女们的齐呼声已经沉寂下来。罗伯特静静地偷听着，这种突然无声的间歇使他感到有些害怕。接着，高音喇叭里传来碰碰撞撞的声音，几乎紧接着的是一阵枪声。希望他们朝天上打，罗伯特想。零星的呼喊声变得大起来，他相信，他所听见的集合声、逃跑的人群的踩踏声、命令声、发动机的嘈杂声和坦克的履带声都渐渐远去了。然后又是一片寂静。

　　罗伯特在木凳上伸了伸腰，脱下鞋子和长筒袜子，开始按摩他那双被冻紫的脚。他用床单卷起的厚厚的卷筒使他慢慢地暖和过来了，他不再反复思考他怎么落在这里和落在什么地方这个问题了，他开始打起瞌睡来。

当他再次醒来时，不知道已过去多少时间了。洗衣间里漆黑一片，他觉得，双脚已经麻木了，他站在冰冷的水泥地板上，上下跳了跳，直到他又感到恢复了活力。这时，他觉得饿了，热切地想起忘在家里的那只火腿面包。在这间冰冷潮湿的房间里，他几乎无法待下去了。

　　他穿上鞋，将地下室的门打开一条缝，向外面窥探过去。大街上空荡荡的，只有几盏浑浊的路灯在风中来回摆动，光秃秃的白炽灯泡将它那颤动的微弱的光抛在雪地上。他一下子拉开门，小心翼翼地沿着地下室阶梯的台阶，迈着沉重的脚步往上走去。

　　在街上，看不见下午射击的任何痕迹，只有坦克车履带留在雪地里的轧痕可以使人联想起刚才的游行。大街使罗伯特感到凄凉，空气中散发着一股硫黄的味道，带有残破阳台的千篇一律的住宅楼在街道两边向他所能看到的远方延伸过去。哪儿都看不到商品陈列橱窗或霓虹灯广告，哪儿都没有一个亮灯的住房，看来这里甚至连一个电话亭都找不到。他决定顺着大街上空的电线走下去。一辆有轨电车！但在雪地上却看不见铁轨。也许这里不通无轨电车？不知在什么地方，这个城市应该有一个中心，有饭店，有火车站！

　　在路上，罗伯特没有碰见一辆汽车，整个市区都空无一人。终于在第五，也许是第六个十字路口，有一个拐角房屋，在它最下面的一层有几个亮着灯光的窗户映入了他的眼帘。从远处看，好像是一个商店，但商品陈列橱窗却是用乳白色的玻璃做的，而且没有商店招牌。他来到了近前，在门上，有一行用透明的印刷体字母写在玻璃上的字：

АПТЕКА

　　这是俄语！他落在了俄国的一个城市里了，像俄语这样的陌生文字并不难辨认。他来到乳白色玻璃门的跟前，这些透明的字母便于人们用少量的视线往里观看。这个房间到处都被布置成白色，这个样子看上去好像不是一个正规的药房，倒像是一个办公室或试验室，里面找不到陈列橱柜或广告品，柜台上没有放广告促销商品的盒子。从整个房间看，这里首先不像是卖东西的地方，倒好像是人们把所有的药品都藏在了抽屉或壁橱里似的。

　　在一个破烂的皮革沙发里坐着一位女药剂师。她头戴一顶白色的医用帽，

大街使罗伯特感到凄凉，空气中散发着一股硫黄的味道，带有残破阳台的千篇一律的住宅楼在街道两边向他所能看到的远方延伸过去。

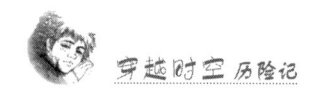

鼻梁上架着一副镍边眼镜，而且帽子的后面还露出了一个金黄色的发髻。她的脑袋很舒适地歪向一边，罗伯特一眼就看出来了，她在睡觉。

这里没有供夜间看的钟表，罗伯特决定用指甲尖去敲门上的玻璃，一开始声音很小，然后越来越大。女药剂师从睡梦中醒来。"我可以进来吗？"他说。她摇了摇头，但她站起身来，踢踢踏踏地来到门前，并把门打开一条缝。当她一眼看见罗伯特时，吓得倒退好几步，并且大叫一声。罗伯特挤开门，走了进来，并且跟跟跄跄地直奔那个破旧的皮革沙发而去。他长距离步行穿越那空无一人的大街，这足以使他差不多耗尽了力气。正当这位女药剂师惊恐地看着他时，他已经呻吟着坐了下来。

他对面的墙上挂着一面一直拖到地面的已经破裂的镜子，罗伯特在镜子里看到一个幽灵：一个奇形怪状的白色的身影，除去它的包裹在里面的身形外，露出来的只有一张苍白的脸，他忍不住为自己的这副形象而笑了起来。他没有发觉自己裹着三条床单在这个深夜的城市里徒步行走了那么长时间。

药房里的炉火烧得正旺，在墙角处放着的一个小铸铁圆铁炉发出"轰轰"的火声。罗伯特开始打开裹在身上的床单，女药剂师无声地看着宽大的床单堆在了地板上，一个穿着蓝色夹克，牙齿打着冷战的瘦削少年渐渐地显露出来。

罗伯特觉得，他有责任向她做一些解释。遗憾的是，他自己也不明白他遇到了什么事情。"罗伯特。"为了能首先说点什么，他指着自己的胸脯，终于说出了自己的名字，她不知所措地摇了摇头。他向四周看了看，发现柜台上有一个拍纸簿，随手从口袋儿里摸出他的圆珠笔，并且写道：罗伯特。然后他把拍纸簿递给了她，于是她就大声念上面写的字："罗坡特。""不，"他说，"不是罗坡特，而是罗伯特！罗伯特！"他重复了好几遍，直至她正确地读出他的名字的发音为止。

她从他手里拿过来圆珠笔，并且特别仔细地看着它，就好像她从来就没看见过这东西似的。她试着在纸上画了几个圆圈，然后把它拧开，又把它拧上，最后按了按它的顶端，不曾想圆珠笔芯消失了，后来又出来了。她犹豫不决地把圆珠笔送了回去，看样子她特别喜欢这支圆珠笔，罗伯特向她暗示，她可以把它留下。她马上理解了罗伯特的意思，于是把拍纸簿拿在手里，同时指了指自己的上衣，然后写道：

ОЛГА

　　罗伯特应该完全已讨得她的欢心，他不知道如何对这几个讨厌的印刷体字母进行发音。她来帮助他，并教他念"奥尔加"。"奥尔加。"他跟着她说。当他跟着她学的时候，她对他感到更加满意了，只是"尔"的音发得特别重，差不多是在脖子里发出的，应该轻一点，就好像人们要把他自己的舌头吞一下似的。

　　看来这个游戏使奥尔加感到很有趣。这无论如何总算是调剂了一下她单调乏味的夜班生活。那支圆珠笔使她很开心，她满怀激情地在纸上乱涂乱画起来。这样，罗伯特迎来了夜半时分，并且在一个非常偏僻的药房里迎来了他的第一堂俄语课。他怎么才能使奥尔加明白，他是从哪里来的呢？他试图用几笔勾画出一幅欧洲地图来。他用粗粗的箭头线表示从德国到远远的东方，但这个地图他基本上没有画成功。波兰看上去像一个鸡蛋，而在画俄国时，拍纸簿上的地方已经不够了。奥尔加眯起眼睛，认真地看着他的图画。很明显，她也不知道该怎么办。罗伯特撕下了那页纸，他渴了，他不再为地理学去操心了，而在纸上画了一只大肚子的杯子，一团小小的蒸气从杯子里升起。奥尔加点点头，她转眼间消失在一个屏风的后面，不一会儿就拿着一只暖壶、两只玻璃杯和一些饼干又走了出来。"Tschai。"她一边说一边指着放在小小的镀镍的托板上的两只玻璃杯。然后她把一块方糖放在罗伯特的舌头上，并教给他看，如何啜饮苦涩的饮料：你必须把一小口茶放在方糖的上面来回滚动，这样你才能感到香甜。罗伯特觉得，他还从未见过如此这样美妙的品茶法。

　　奥尔加终于朝挂在柜台上方的大声滴答滴答作响的白色钟表看了一眼，时间已经是凌晨三点十分了。她把脑袋放在平躺的合拢的双手上，表示该到睡觉的时间了。罗伯特自己问自己，这里的药房为什么偏偏在这个时候才关门，也许这里就是这样，好像俄国在凌晨三点以后就没有病人了似的。因语言不通，他也无法问奥尔加。她一定很高兴，她的夜班到此结束了。她从衣柜里拿出一件沉甸甸的到处都打着补丁的大衣，递给了罗伯特。这是一件大人的冬大衣，罗伯特穿上后，两手都消失在硬邦邦的袖筒里了。他在镜子里看见了自己，觉得自己像是在一个卓别林电影里似的。奥尔加脱下她的医用帽，换上了一顶皮帽子，裹上一件厚厚的外套，看上去好像是穿坏了的军服，然后从手提

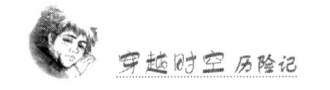

包里掏出一个沉甸甸的钥匙串。

户外非常寒冷,但风已经减弱了。女药剂师非常麻烦地将"嘎吱嘎吱"作响的店铺门锁上,然后他们俩踏上了回家的路。在宽宽的大街上,仍然看不见一个人影,罗伯特大衣的后摆拖在了雪地上。有时候,他们两个不得不穿过冻得光亮如镜的水洼。当奥尔加不小心滑了一下时,他就挽起她的胳膊。他们就这样臂挽着臂继续往前走,这对儿几乎不可能成为一对儿的两个人,从外观上看,已看不出他们是从哪里来的,又到哪里去了。有一次,他们遇上了两个喝醉的民兵战士,他们用怀疑的目光打量着他们两个,但他们没有抓他们俩。

奥尔加终于在一幢千篇一律的灰色住宅楼前停了下来。这座楼房看上去似乎没有完工,好像建筑工人忘了安装阳台,忘了把门洞口铺上石块儿。门洞前有一片结冰的水洼,而且墙壁上有明显的裂缝,墙上的灰浆像旧建筑上的灰浆那样支离破碎,对于这些,好像没人关心。奥尔加掏出了她的丁零当啷的钥匙串,并推着罗伯特进了门洞。在楼梯通道的一个玻璃房里,有一位灰白头发的妇女叉着两腿坐着睡着了,原来是房屋女主管,但她双膝之上看上去却是一个穿着针织上衣的驼背泼妇。在油漆成豌豆绿色的墙壁上有一大片颜色已脱落了下来。

还好,总算有一部电梯。电梯的外面用一个沉重的铁栅栏保护起来,但里面看上去像一个监狱中的单人间。这个小单间"嘎吱嘎吱"地运行起来,随着"咯噔"一声响,它突然停在了八层。奥尔加在住房门前将食指放在嘴唇上,示意罗伯特不要讲话。她无声地把门打开,并在前面踮着脚尖走在一个散发着醋味儿的黑暗的走廊里。罗伯特跟在她后面摸索着走过来,出于某种原因,奥尔加不打算打开她房间里的灯,这个房间好像塞满了家具。她轻轻地推了他一下,于是罗伯特躺在了一个睡椅上,或是一张行军床上。然而,尽管他累得要死,但他还是无法入睡。当他的眼睛适应黑暗时,他开始寻找门在哪里,那么,卫生间在哪里呢?他急需去厕所。奥尔加看上去明白了他要干什么,她牵着他的手,在前面摸索着走过一条长长的通道。浴室里到处乱放着肥皂盒和刮胡须用的刷子,而且牙刷就像一个青年旅舍里的牙刷那样多。在生锈的浴盆上面,有许多各种各样的毛巾搭在穿过房间拉起的横七竖八的绳子上。

在奥尔加的房间里，罗伯特脱下他那湿漉漉的鞋，放在了地板上。他还听到他的女主人脱衣服和钻进被窝儿的窸窣声。终于安静下来了！他转过身来，决定立即睡觉，但这边根本没有墙，只有一个粗麻袋布做的布帘子。他几乎刚一闭上眼睛，就听见从另一边发出的巨大的鼾声。在奥尔加屋里睡觉的那个人离罗伯特的脑袋只有一手宽的距离。他能是谁呢？他讨厌考虑这个问题，他一点都不想知道这个问题。

第二天早晨，太阳出来照耀着大地。罗伯特眨着眼睛环顾四周，他这样持续了一会儿，一直到他再次想起他在哪里，在一个陌生的城市里，可能是在西伯利亚。奥尔加已经起床，正在叠她的被子。当她发现他已经醒了时，就走到他的身边坐下来。把手放在他的脑门儿上，然后从上衣口袋儿里抽出一个体温计，并把它放在他的腋下。"Schar！"她说，并且又不同意地摇摇头说，"Temperatura！"这并不奇怪，罗伯特由于昨天受寒风侵袭，后来又在洗衣房待了几个小时，然后又进行了长时间的夜间徒步跋涉，因此他患了流感。她命令他待在床上，她一个人转身走了出去。

当她再回来时，她拿来一杯水，一盘粥。首先他必须吞下两片白色的药片，然后她像喂小孩子似的用汤勺喂给他吃。罗伯特没有推辞，因为他很饿。那盘粥略呈红色，而且很稠，有点儿咸。一顿特殊的早餐，他想，不过这比什么都好！"Kascha。"奥尔加说，并且把最后一勺粥送到他嘴里。这时，罗伯特一定又学了一个俄语单词。

感冒使他感到很难睁开眼睛，他的脸烧得绯红，他已没有兴趣考虑以后该怎么办这个问题了。他在半睡半醒的状态下，沉湎于他自己的眼睛电影院之中，但他不一会儿就走进他那杂乱无序的梦中去了。他乘坐着沉重的雪橇穿过雪地，他的学校在最上面的小山丘上。当他转过头来看雪橇为什么这么沉时，他看见他母亲坐在科尔恩博士夫人的怀里。她紧紧地搂着科尔恩博士夫人，并且嘻嘻地笑着对他说："心不在焉！心不在焉！"

突然，他又站在厨房的门前，煮咖啡的电壶正在沸腾着。他能认出香料架子、他的火腿面包、桌子下的面包屑。甚至，电视机还开着，而且在电视屏幕上出现了戴着皮帽子的激动不安的人们在雪地里来回奔跑。连由于较低的云层打湿的床单和毛巾还仍然挂在那里，而在他的凳子上坐着一位驼背的老婆婆，她呆呆地瞅着他，并且用她长长的大黄牙啃他的面包。

他听见有人贴近他的耳朵咳嗽。那个厚厚的将房间一分两半的布帘子已经被拉开，一个穿着宽大的睡衣裤的上了点年纪的男人出现在他的眼前。他一脸络腮胡子，有点瘸。当他看到罗伯特时，他只是拒绝地摇了摇头，并且嘀嘀咕咕地消失在走廊里。他是否也和罗伯特一样，是一个陌生的客人呢？或者是奥尔加的父亲？或是她哥哥？或是她男人？太不好说了，罗伯特想，可这家伙对我没好感。其实在他进入发烧带来的半睡半醒的状态时，他就已经对罗伯特没好感了。

接近傍晚时分，他感到好多了。奥尔加不在家里，他决定看看这个住房，于是他站起身来，穿上衣服，并且小心翼翼地打开通向过道的门。那里现在散发的不再是昨晚的醋味儿了。而是甘蓝和油煎土豆的菜香味儿。从过道的尽头传来嘈杂的说话声，整个走廊里都堆满了存物架子和巨大的柜子，在家具与家具的空隙中塞满了红色的弹簧床垫和沉甸甸的面口袋。存物架子的格层里放着破旧的杂志和纸盒，而它们之间又放着一排排怪模怪样儿的玻璃杯。

罗伯特走到了敞开的厨房门前，他几乎无法相信，在这个狭小的房间里怎么能有这么多人。有三个妇女围着火炉站着，她们正在绝无恶意地骂骂咧咧地扯闲天。巨大的汤勺和长柄平底锅散发着一股说不上来的气味儿，而这种气味儿充满了整个厨房。男人们围着桌子坐着，他们各自的面前都有一杯烧酒，看样子他们卷入了一场激烈的讨论中了，那个穿着睡衣裤留着络腮胡子的人挥动着双臂。这情景使罗伯特想起他看过的一出戏剧里面的一个场面，那些著名的戏剧表演艺术家扮演成睡懒觉的人，他们整晚整晚地辱骂别人，在戏剧的结尾，一个怒气冲冲的妇女把这些家伙中的一个打死了，罗伯特不记得是为什么了。在这里，在这个小厨房里进行的讨论看来显然和气多了。在地板上，有三个小孩儿为了一个破损的丝绒玩具兔子扭打在一起。这个玩具兔子是粉红色的，为了打赌，他们从它的肚子里抽出了长长的白色的棉布条。妇女们忙着搅拌锅里的东西，没有注意到这些扭打在一起的孩子。

罗伯特一直站在那里，直至这些男人中的一个，坐在角落里的淡黄色头发的人发现了他为止。他吃惊地张着嘴目不转睛地看着他，就好像他从来就没见过一个穿着蓝色夹克的少年似的。"Strawsdvuitje！"罗伯特说道。这是他学会的很少的几个俄语单词中的一个，因为他参加过战争的外祖父就习惯用这个词招待他的朋友。这时，所有的面孔都一下子转向了罗伯特。妇女们放下了手中的烹饪勺，孩子们甚至丢下了他们的玩具，向他爬去，并且不停地拉扯他的裤腿。罗伯特看着一个个向他提出一大堆问题的陌生人，他试图向他们表明他什么都听不懂，但没有用。很明显，他们好像根本就没考虑过这世界上还有不懂俄语的人。最后，他们只好认为他是个聋子，或者他的脑袋被子弹击中过，是个白痴。他有点特别少见，有点特别危险，也就是说，他是一个地地道道的外国人，而且是一个来自西方的人。对于他的这些想法，厨房里的这些人倒是没有想到。

  第一次骚动就这样慢慢地平息下去了。男人们虽然还时不时地向这个陌生人投去不信任的目光，但终究饥饿还是战胜了好奇，于是他们又坐在了饭桌前。妇女中的一个开始分汤。她是一个满脸堆满笑纹但没有牙齿的胖子，她用大汤勺指着汤锅，罗伯特点点头。她递给他一个盛满了汤的盘子，于是罗伯特就和其他人一起挤坐在一条长凳上。这汤非常好喝，大家闷声不响地舀着汤喝了一会儿，直到那个淡黄色头发的人最终将一杯满满的烧酒推给他时，才打破了沉默。

  就在这个时候，奥尔加走进了厨房。她向着罗伯特这边说话，她从他手里夺过杯子，并开始责骂那个坐在角落里的淡黄色头发的大人。现在，奥尔加开始攻击他们提出的问题，所有的人都放下了他们手中的勺子，只有坐在火炉旁的妇女们插了几句。罗伯特感到奥尔加的手放在了他的肩膀上，并且觉得她是在保护他。大家又安静了下来，所有的人都转向他们的油煎土豆，而男人们同时又斟满了他们的伏特加酒，只有那个穿睡衣裤的男人似乎安静不下来。也许他吃醋了，罗伯特想，或者他因为他必须与我分那间房子而感到恼火。奥尔加并不把他放在心上，她一吃完饭，就拉着罗伯特的手回到了她的房间。

  在房间里，奥尔加给他一个新的惊喜。她从手提包里拿出一本书，它也就比一个火柴盒大一点点，这是一本《德俄词典》。她是从哪里搞到这本词典的呢？

  有一次，在上学的路上，罗伯特和他的六个同学在一家商店里搞到过这样一本极小的书，他现在又突然想起了它。当时他还认为，人们可以把这样一本可以查到一句外语的书放进口袋儿里，书里面可以有所有的词，人们只需要把它们挑出来就行。他把那本微型字典藏在枕头底下达数星期之久，每到睡觉前，他都把它拿出来翻一翻。但过了一段时间后，他确认这本书没什么用。他虽然能在上面记住几十个英文单词——也就是说那是一本英文词典，但他无法找到合适的句子，这使他十分失望。从此以后，在学校，在电影院，在和他父母亲一起去纽约的旅行中，他都专心学习英语，他的英语学得很快。他搞到的那本书还在；在他家里床头柜的抽屉里，和他的日记以及照相机放在了一起。在家里，那可拿不到了呀！

罗伯特问自己，他在某个时候是否又躺在他自己的床上了呢。所有的一切，凡是他所熟悉的都离开了他，都丢失了，都消失了：他的朋友拉提博尔，在温齐格尔那里上的绘画课，厨房里的冰箱等。他母亲对他的消失该作出怎样的反应呢？她是否已经发觉他丢失了呢？她是否已经报警了呢？他现在不仅像科尔恩博士夫人经常说的那样"心不在焉"了，而且他不在了，就连肉体和灵魂都不见了。

奥尔加看出了他失望的神色，并且设法使他安下心来。她摸了摸他的脑门儿，然后翻了翻那本小词典说："退烧了！罗伯特好了！"他忍不住笑了，尽管他刚才还是一幅失望的神情呢。小书在他们两个之间传来传去，奥尔加为朋友罗伯特善意的嘲笑和他说得让人难懂的语言而鼓掌。实际上只有一次，只有当罗伯特向她解释他从哪个国家来时，她才沉思了一会儿。"Njemez,"他说，并同时指了指他自己又说，"德国。"也许她从来就没见过德国人，或许见过呢？罗伯特想起了他看过的战争影片。离现在有多久了？奥尔加多大了？她已经历过第二次世界大战了？见过德国坦克？她父亲也许是战死沙场了？或者是被他们杀害了？

但这时她又笑了，并且试着教他，比如床、手、窗户等的俄语怎么说。使罗伯特惊奇的是，她精神特别饱满。她后来至少睡了有五个小时，而现在她又该去药房值夜班了。

在她走后，罗伯特在她的房间里四下张望起来。这里虽然很狭窄，很寒酸，但却留有过去富有的痕迹：一个镀金腿的五斗橱，一只中国陶瓷花瓶，而且墙上还挂着一张照片，上面是一对穿着白色衣服的人坐在公园的亭子里，他们脚前卧着两只灵猩狗。他翻腾起奥尔加的书架来了，而且他成功地辨认出几个书脊上的字迹：托尔斯泰、契诃夫、法尔马柴夫提卡，歌得。歌得？这本就是《浮士德》，原来俄国人固执地把歌德写成Gete，而不写成Goethe。

但是，还有一个最令人震惊的事情即将出现在他的眼前。奥尔加不仅带来了小词典，而且还带来了报纸，报纸放在五斗橱和床之间夹着的床头柜儿上。罗伯特觉得这份报纸的名字有点眼熟，它叫《Prawda》。他马上查了一下字典，并确定它就是《真理报》。这份《真理报》特别薄，总共只有六页。上面的铅字歪歪扭扭，没有图画。只在报名旁边的最高处印有邮票大小的四位先生的画像。他们中间的两位留着大胡子，一位留着小山羊胡子，第四位只留着浓密的白色的髭须。然后，罗伯特的目光落在了日期上，而且上面白纸黑字地赫然写着：12.dekabr 1956。

1956年！这绝不可能，罗伯特想。那时候我根本就没出生呢！但他手里拿着的这份报纸绝不是旧报纸，它现在仍然散发着油墨的香气。为了完全确认下来，他又翻了一下词典。无可置疑，dekabr 就是12月，12月是冬天，这他已经亲身体验过了。那么年代！难倒这是印刷错误？罗伯特不再想知道他要考虑的问题了。在五斗橱的上面他看见一个袖珍日历放在那里，那么它封面上印刷字体的年代又是什么呢？仍然是该死的1956！

也就是说，他不仅落到了背后的俄国，而且还掉进了深深的时间隧道里了。从已经过去的整个时间里，他感到这里总是有点不对头，他在最近几天看到的所有的一切，都使他觉得非常奇怪：带手摇柄的照相机，拱起的大卡车，洗衣房和药房，它们本身虽然有声有色，但看上去就像是一部黑白电影里的东西。奥尔加对圆珠笔的惊异使他想起许多。1956年是否已经有了圆珠笔？也许美国已经有了，那么在俄国呢？他在学校里听人讲过苏联的故事，但这一切离现在都是很远很远的事了！他一想到远离现代，就吓得起了一身鸡皮疙瘩。而他现在却一下子来到了过去的苏联，可他不认识任何一个可以与之说说这个事情的人。难倒一个也没有吗？也许可以与奥尔加谈谈？他完全可以向她吐露真情，但仅靠他的这二十多个俄语单词很难向她解释清楚，他掉进时间机器里了。她好像并不反对他在她这里住上一段时间，真是不幸中之万幸！当他敲药房的门时，如果她不让他进来的话，那他也许会冻死在街头的。

第二天，她给他带来一双绿色的胶皮长筒靴子，并送给他一件家兔皮毛做的皮夹克。当他穿上试试时，他发现，它的扣子是反扣的。很明显，这是奥尔加自己衣柜里的衣服。看样子，她自己也没怎么穿过它！这样下去可不行。如果他继续成为她的包袱的话，他就必须想想别的什么办法来帮帮她。但怎么帮呢？

　　他决定，首先去看看周围的环境。他穿着奥尔加的冬衣，可以放心大胆到大街上去走走了。户外现在看来充满了生机，上学的孩子们在打雪球，男人们拿着鼓鼓囊囊的文件包，女人们提着彩色针织购物网兜儿，他们都匆匆而过。在一个角落里，甚至还停着一辆挤满人的无轨电车。它同样被油漆成豌豆绿，与奥尔加房子的墙壁上的颜色一样。对于这样一种令人倒胃口的颜色，看来俄国人倒很喜欢。

　　在经历过一场骚动和射击以及在洗衣房度过第一夜之后，这个城市在今天上午使他感到基本上正常了，只是这里的小汽车太少，穿制服的人太多，而且很难找到一个正规的超级市场。有几个商店，他从它们前面经过，给他留下了极其贫穷的印象。人们排着长队去买一个圆形面包和三个品种不同的罐头。他很想给奥尔加带点好东西回去，也许是一个圆形大蛋糕，或是一瓶化妆香水，但除此以外，他好像在什么地方看见过一个糕点食品店或一个化妆品商店似的，可他一点钱都没有，一点东西也无法买。卢布，他想到，也就是说，它是这里的钱，可他连卢布的样子都未见过。他开始翻腾起他的口袋儿来了，结果他发现两马克硬币和几个十芬尼的硬币。但它们在这里一点用都没有，也许它们能买一个圆形大蛋糕，但现在绝对是不可能的。这个住房的厨房里的饭虽然很好吃，但为什么没有肉呢？

　　最后他挤上一辆挤满了人的公共汽车，他进城去了。可他没有车票呀，这对他来说没关系，他的全部活动都是在做一次无票旅行。公共汽车沿着一条条看上去完全一样的笔直的大街向前行驶，但它们为什么这样宽，可又为什么几乎没有小汽车呢？罗伯特又自己问起自己来了，这个城市是否应该有一个市中心呢？一股焦炭和硫黄的气味儿越来越强烈。在一片住宅的后面出现一个建有高大烟囱和油罐的巨大工厂，然后这辆车从一个兵营和一个被熏黑的仓库旁边驶了过去，最终停在一个之字形的弯道上，这时最后一拨儿乘客走下了车。终点站到了！他现在乘坐的应该是往反方向行驶的汽车了。司机不高兴地看着他。罗伯特这才不得不走下去，尽管他在上面坐得很舒服。

　　这里基本上是一个人烟稀少的地方，满眼都是些各式各样的棚屋、仓库和储货场，偶尔也能看到一所饰以花纹的木房子。这里的雪没清扫过，罗伯特很高兴能穿着这双胶皮长筒靴子在雪地上走路。他从一个木栅栏旁边走过去，出于好奇，他通过一个木材上的一个节孔看到两个男人悄悄地接近一辆大卡车，并且打开了车上的帆布篷。他们中间的一个爬了上去，并且将几只沉沉的箱子扔给另一个。他们撬开了其中的一只箱子，罗伯特看不出来，他们从里面拿出来的是什么东西。他们把他们的"猎物"装进了两条口袋里，然后从一个装有铁栅栏的门里走了出去。

他们能做的，我也能，罗伯特想。他在栅栏上找到一个缺口，并从缺口处挤了进去，站在了院子里，远处和近处连一个人影儿都看不到。他仔细看了看被打开的箱子，箱子差不多给拿空了，但在一张报纸的下面，他发现了这两个贼要找的是什么东西了，原来是冻得硬邦邦的童子鸡。他一下抓了三只，并把它们包起来，藏在他的皮夹克下面，使他惊奇的是，他一点都不害怕被抓住。他从生锈的铁门里走出去，离开这个地方，向公共汽车站溜去，并且还安全地上了车。没人注意到他，尽管他胖得很显眼。这三只鸡使他感到沉甸甸的，并且感到胸前冰冷冰冷的。使他烦躁不安的只有一个问题，他要在什么地方下车呢，因为在长长的街道两旁的住宅看上去都一个样子。当他又看到那个破旧的面包商店时，他高兴起来。

房屋女主管正在忙活她的针织物，他在她不注意的时候从她眼皮下溜了进去。他不愿等电梯，而更喜欢走楼梯。当他来到八楼时，他有点喘不过气来了。但很幸运，奥尔加正好在家，她给他开开门。

这三只鸡引起了大家的轰动，吃是重要的问题，奥尔加很高兴。尽管她无法解释他是从哪里给她搞到的。这天晚上，厨房里的气氛缓和了许多。罗伯特发现，他在这个家庭成员心目中的重视程度提高了。就连那个穿睡衣裤的男人也表示说这顿饭好吃，很显然，他从不想麻烦自己去穿其他一件总归比这件绿色的破睡衣要好一点的衣服。

渐渐地，罗伯特已经习惯了俄国的日常生活，并且适应了他的同屋居住者的奇怪的习惯。不，说他适应了他的习惯，倒不如说他在忍受命运的安排。在睡觉前，他每次都陷入如何摆脱这种现状的毫无希望的苦思冥想之中。但他喜欢奥尔加，奥尔加也喜欢他。他们的交谈变得越来越热烈生动起来，词不够的时候，他们就用一种哑语来帮忙，或者他们在纸上潦草地画上几个小图画，那支圆珠笔在他们的谈话中起了重要作用。有一次，罗伯特写下了他前不久还在家里待着的年代，可奥尔加对他写的这个年代一点也想不通，她只是摇头，好像在说：谁知道，我们是否还活着。

　　家庭的和睦没能持续多长时间。一天夜里，门铃"丁零零"地响起来，接着是拳头捶打房门的声音。罗伯特吓得从床上一下跳起来，奥尔加打开灯，急忙穿上衣服。楼道里大声吼叫着命令，现在罗伯特也匆忙在睡眼惺忪中穿上了衣服。门被撞开了，两个宽肩膀的男人站在门槛上。他们无声地看着奥尔加急急忙忙地收拾她的东西：牙刷、盥洗用具、睡衣和纸张等。他们两个中的一个年纪大一点的开始查看房间。他拉开五斗橱的抽屉，把里面的东西倒在地上。然后他打开大衣柜，翻寻奥尔加的裙子。他看上去好像对纸上写的所有的东西都感兴趣，他把书一本一本地从书架上扔下来，把他发现的所有的纸条都塞进了他的公文包里。

　　在此期间，全家人都从睡眠中惊醒了，同屋的居住者在楼道里窃窃私语，甚至小孩子们也不情愿地被从床上叫起来。奥尔加的房间看上去好像一个精神错乱者在里面折腾过似的。罗伯特这才开始明白过来，眼前的这个场面就是他在许多反间谍影片里见过的场面，这使他忽然想起"秘密警察"这个词。他对奥尔加的沉着感到很惊奇，她递给他皮夹克和他的胶皮长筒靴子，甚至还从地上乱七八糟的东西里找出一双手套给他。

　　现在，睡在罗伯特旁边的那位从布帘子的后面走了出来，他幸灾乐祸地笑着观看由警察造成的这些麻烦。这家伙也许希望永远摆脱罗伯特，但他对奥尔加大概也不同情。这很正常！这就说明这个穿睡衣裤的男人是个密探！他想把奥尔加的房间据为己有，相信他什么事都能做得出来。

　　按照年纪大一点儿的官员的示意，他们离开了住房。外面还在下着雪，在楼房的前面停着一辆马达仍在运转的黑色的旧汽车。奥尔加必须被夹在两个看守的中间，坐在后排座位上。罗伯特坐在司机的旁边，可他对他不屑一顾，并且执拗地看着前面的大街。

　　罗伯特出汗了，在长时间的行驶中，他在绞尽脑汁地思考着如何解释当前所发生的这些问题。他突然想起他的童子鸡冒险这件事，最后，他是否要对奥尔加的被捕承担罪过呢？但在储货场他连一个人影儿都没看见，这他非常清楚。另外，苏联秘密警察肯定发现了比这几只被偷的童子鸡更重要的事情，也就是说更糟糕的事情。

　　汽车终于在一幢巨大的阴森森的砖结构的建筑物前停了下来。一个全副

楼道里大声吼叫着命令，现在罗伯特也匆忙在睡眼惺忪中穿上了衣服。门被撞开了，两个宽肩膀的男人站在门槛上。

武装的门卫打开了有刺铁丝网防护的铁门，这次行程在一个无人照管的后院里结束了。奥尔加和罗伯特被带到一个警卫室里。在一张笨重的黑色写字台的后面，有个胖男人正在用一个粗大的黑色电话机打电话。他不停地拍打电话机上的叉簧，并且冲着听筒大声吼叫，好像电话线没接好似的。然后他把两个看守递给他的必须要签字的文件推给了他们。把年纪大一点儿的手中的公文包接过来，把他的两个一直笔直地站在他面前的下属叫到跟前，这是两个把头剃得光光的穿着制服的年轻人。"翻口袋儿。"他吼道。而当罗伯特还没反应过来他想干什么时，他向其中的一个士兵使了一个眼色，于是那个士兵就搜查起他来了。转眼间，罗伯特的家当全都摆在桌子上了：几个硬币、口香糖、手表、词典、火轮、计算器、小波尔舍玩具汽车、揉成一团的二十美元钞票、火柴和照片，照片上是一头蓬乱的红色长发的拉提博尔，看得出来，他为他的一身曲棍球运动服的装束而感到非常自豪。只有一支圆珠笔不见了，对了，他送给奥尔加了。她站在一边，默不作声。当士兵中的一个刚一抓住她的胳膊准备把她押走时，她就猛然挣脱开来，拒绝跟他走。她紧紧抓住罗伯特的胳膊，这时他看见她哭了。后来他们还是被分开了，奥尔加永远地消失在了走廊里。

那个黑色的电话响了，一个值勤人员拿起听筒，一边点头，一边不停地说"Da……Da……Da"，突然又挂上了听筒。然后他好奇地从上到下打量着罗伯特，在他看来，好像有一个特殊的很少见的标本站在他眼前似的。他又叽里咕噜地下了一道命令，于是罗伯特被两个看守送出去了。他们好像把他看做是危险的逃犯似的，因为他们用一种警察惯用的抓握形式一边一个架着他走。经过一个个错综复杂的过道，他们一直把罗伯特带到一个通往地下室的楼梯前，并且带着他沿着楼梯走了下去。在一个长长的昏暗的走廊两边，都有一个个带铁栅栏的并且带有窥视孔的铁门。其中有一个是敞开着的，于是罗伯特在一个毫无装饰的监狱单间里又重新找回了他孤零零的自己。

一张铺有脏被子的木板床和一只白铁桶，这就是这里唯一的家具。这里还有一个唯一的窗户，但所处位置是一个绝对够不着的高度，而且上面的玻璃特别混浊，就是闪电也几乎无法照射进这个单人牢房里来。

罗伯特对他的非自愿的冒险慢慢地厌倦了。为什么有些事情偏偏要发生在他的身上呢？他可从来就没反对过旅行，正相反，他特别喜欢旅行。也许有一天他特别想到俄国旅行，为什么不呢？但这种短途旅行他的确没有打算过，就连日历的事情也同样令人讨厌。那么，他在1956年丢掉了什么呢？那一年到处都是那样脏和穷！如果过去看上去是这样的话，那他宁可放弃过去。那些把他推到这里的下流坯完全沉默下来了。他们到底要从他那里得到什么呢？

他们整天把他关在这个单人牢房里受煎熬。有时有个看守从窥视孔里瞧一眼，并且每天送两次饭，早饭是一杯微温的茶和一块面包，晚上是一盆令人作呕的卷心菜肉汁汤和一碗压成糊状的土豆，肉汁汤吃起来像刷锅水似的。第二天来一个穿囚服的老人把饭桶倒干净。这就是一天的全部生活。

罗伯特发现窥视孔有监视者的眼睛——一只冷冰冰的蓝色的，由于拱形玻璃作用下造成的走了样儿的巨大的眼睛，他就开始大喊大叫起来。"放我出去！我想回家！你们这些下流坯！恐怖分子！罪犯！"但没人听他嚷嚷，他又闭上了嘴，而且他还发现发火儿解决不了问题，达不到目的。

对罗伯特来说有一点是肯定的：他不打算发狂了，他开始唱歌，唱流行歌曲中经常演出的歌曲、唱歌剧、唱电台里面的广告词，所有的，凡是他想起来的他都唱。他还试图破译刻在墙壁上的字，但他几乎看不懂他的前任是怎样咒骂和呼喊的。

终于有一天，在第四天，他们来了，他们把他带走了。这一次却是一个穿着正规军服的真正的军官，他是个浓眉大眼的三十多岁的男子，看样子也许有点生硬，但绝不是一个爱打架的人。罗伯特试图向他提几个用俄语编好的问题，但他没有得到回答。他们把他带上楼梯，沿着拐弯抹角的过道，来到他已经认识的警卫室，然后他们又对一些各种各样的文件和记录进行了一番签字。那个军官从写字台后面的男人手中接过那个公文包和一个用绳子捆住的硬纸盒，他把它打开，并且认真地检查了里面的东西，原来里面是罗伯特的家当。令罗伯特惊奇的是，俄国人对这些完全一般的东西进行了如此细致的研究，就好像他们把它看做是宝贵的出土文物似的。

在院子里，那辆带着他来的黑色的旧汽车已经做好了发车准备，一个好的兆头！他们肯定会把他送回到奥尔加那里去的。然而，从整个情况来看，这可能是一个误解！就连他们行走的大街，罗伯特一点儿都不认识，街上的建筑物比他到俄国后所看到的所有建筑物都豪华。有一次，罗伯特甚至还看到一栋摩天大楼。它装饰得令人难以置信，几乎像一座总教堂，而且它的楼

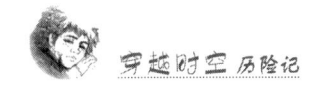

顶被一些古怪的小塔楼围起来。其实，大楼本身就已经很雄伟壮观了，罗伯特想。看来，这个城市果然有一个中心。

司机在一栋用白色柱子装饰的延伸很宽的建筑物前将车子停了下来。罗伯特猜想，这一定是车站了。那个军官走在前面，他无精打采地跟在后面，两个士兵走在两侧，后面还跟着三个士兵，在宽大的售票厅里，有许多旅途中的家庭在地上成堆的箱子、成捆的行李和纸盒子中间过夜。在出口处的上面挂着一个大牌子，上面的白底黑字可以读出来：

НОВОСИБИРСК

现在，罗伯特才终于明白他在什么地方了：新西伯利亚。这个城市的名字是罗伯特从教学地图上认识的。这地方应该在远远的乌拉尔的后面，那里到处都画着细小的蓝色线条，线条的里面是西伯利亚沼泽！有关新西伯利亚更多的东西他无法看到了，因为在车站有一辆长长的火车在等着他们。火车的电动车头看样子是崭新的，在车头的正面挂着一颗红五星。车身漆成了深绿色，上面挂着一个画有地球、锤子和镰刀的彩色徽章。罗伯特在这里第一次产生了有点像旅行前的那种激动的心情，离别并没有使他感到难过，只是为奥尔加而感到担忧。

他觉得车厢是他最近几天以来见到的所有东西中最豪华的一个。苔绿色的软垫座位有点卫生球的气味儿，但很舒服而且很宽敞，人们可以在上面舒展四肢地躺着。他们，两个把手枪别在腰带上的卫兵、罗伯特和军官占用了整个一节车厢。他们几乎刚一上车，军官随后就上了门闩。

当火车开动时，罗伯特才松了一口气。也许就在这一刻，他开始踏上了回家的旅程，罗伯特想，是的，他甚至对他有个护送队而感到有点飘飘然了。在这之前，还没有任何一个人最终因为他，因为九年级的学生罗伯特而如此这般地忙活过，就连那位军官看上去对这次旅行也很高兴。

过了一会儿，罗伯特大胆地提出了一个问题："Kuda？"（去哪里？）对于这种情况下的问话，他就知道那么多了，但对这句问话的语法还相差甚远。
"莫斯科？"

那位刚刚点上他的第一袋烟的军官只是点了点头，他忙着从窗户下面抽出一张小桌子，开始摊摆一副单人纸牌。火车把这座城市抛在了身后，行驶在荒芜多沼的平原上。在奇形怪状的桦树林里，被封冻上的小水洼在夕阳照射下的晚霞里闪闪发光。罗伯特把他的皮夹克挂了起来，因为车厢里特别热。夹克上散发的气味使他想起了奥尔加，她是否获得自由了呢？她是否正在与她的狠毒的邻人，那个穿睡衣裤的男人吵起架来了呢？也许她不在她的药房里度过那一个个不眠的长夜了？

有人敲门，士兵中的一个打开门，一个丰满的围着白色围裙的女子端着茶和热腾腾的小香肠走了进来。罗伯特简直是吃不够，自从摆脱监狱里的那种可怕的肉汁菜汤之后，每吃一口都使他感到像吃美味佳肴似的。当外面天黑的时候，士兵们把上面的床铺翻下来。铺着清洁干净被褥的床！罗伯特毅然决定，什么都不想了，不想家，不想搞不清的日历，连他的朋友拉提博尔和奥尔加也不想了，他准备好好地睡一觉。

这样过了几天，那位军官总是一袋接一袋地抽着烟斗，并且弯着身子看着他的纸牌，而罗伯特目不转睛地看着他。他对这种玩法略微知道一些，因为他外祖母在敬老院经常摆这种单人纸牌，而当他看到一个用一张牌就能结束全局的机会时，他再也无法控制自己，并且拿起那张正确的牌，把它放了下去。于是，游戏顿时彻底进行到底了。那位军官惊奇地瞧着他，哈哈地笑着，手里不停地洗着牌，然后又把牌发了出去。这是另一种游戏，是他建议的，就是一种"17和4"的玩法。罗伯特翻了翻他的口袋儿，他这才发现，他兜儿里没钱了，于是，他朝着放在行李网里的装着他全部家当的硬纸盒指了指，而他的游戏对手只是点点头，并且首先出了红桃10。

有时候，火车在无人居住的边界地带停下来，平原上如此单一的风景使罗伯特失去了对时间的感觉。在车厢的最后面，有随时为每位旅客准备的茶水，在那里，那位围着白色围裙的女子正在面对着一个白铁皮做的小锅炉弯着身子打瞌睡。有人叫醒她，给她一戈比，她给人家一只杯子和一块方糖，罗伯特还从未喝过这么多茶。行驶的火车掠过一些废弃的小车站，这些小车站看上去相像得很容易叫人搞错，人们似乎觉得火车在围着圆圈儿行驶。又过了几天，一个卫兵在一大早拉起窗前可卷起的帘子时，罗伯特才看到远方一个耀眼的白色的连绵不断的山脉。他对每一个有生气的东西都感到很高兴，如扫雪机、巡道工的小房子和大马车等。那位军官渐渐变得和蔼起来，他对那些，对罗伯特大都感兴趣的那些，却没有诱使他说出任何一句话来。直到有一天早上，当他细心地刮胡子、抖掉军服上的灰尘和对着镜子戴正军帽的时候，罗伯特看出来了，他们的旅行目的地不远了。

莫斯科！火车站特别宏大，这里差不多像一个难民营。那些背着沉重行李的蒙古人、蓄着大髭须的南欧人、带着鸡笼的农民、新兵、警察和背着孩子的妇女——全都乱挤乱拥，就好像半个俄国和半个亚洲合成的民族大迁徙的队伍启程上路似的。罗伯特只能向巨大的车站大厅匆匆看上一眼，因为已经有人在等他和他的押送队了。他的军官向一位穿着军大衣而且大衣上还有金银丝绶带的白头发先生敬了个礼。他们从一家荒漠商旅旅店旁边来到一栋建筑物的侧翼，在它的前面停着一辆黑色的大型轿车。它与新西伯利亚的摇晃晃的警车相比，简直就是完全另外一种车！它的长长的笨重车身特别像在汽车博物馆里看到的以前的卡迪拉克。

一个穿军服的司机把门打开，罗伯特真的不知道，针对这一次的接待，他该做些什么。那个穿灰色大衣的男人大概至少是上校，如若不然那就是将军。当他突然想起他的那桩偷冰冻的童子鸡的事儿时，他差点儿没笑出声来。这正对他的老法语老师经常说的那句话：Tant de bruit pour une omelette！如此兴师动众，仅仅是为了一点点鸡肉！

那两个士兵没有一起上车，也许他们要乘地铁去，或者也许马上再乘下一趟火车返回西伯利亚。大型轿车的后面和两边的车窗上都有白色的花边帘子，就跟他外祖母在未去敬老院之前的房子里挂的帘子一样。他把眼前的帘子打开，仔细观看着莫斯科。一轮熠熠发光的冬日悬挂在城市的上空，到处都是雪，当他们从一个公园的旁边经过时，他看到孩子们在封冻的池塘上滑冰。"我要是再为自己担忧的话，真是没有什么意义了。"他睡得很足，并且对那位上校，或将军——对俄国军服他实在不太认识，将要盘问他什么而感到好奇。他这时把大衣脱了下来，一枚满是银线的勋章在他胸前闪闪发光。

这一次，他们没有把罗伯特带到一个后院里，而是在一栋巨大的红白相间的建筑物前停了下来。一个卫兵打开笨重的铜制门，于是他们来到一个很大的装有木板墙的大厅里。他们乘电梯来到二层，罗伯特被带到一个拉上窗帘的会议室里。一张巨大的椭圆形桌子周围坐着一些不认识的先生，其中有几个穿着军服，另外几个穿着便服，他们看上去像古装电影里面的教授，他们都戴着夹鼻眼镜或金边眼镜。那位在火车上陪他来的军官庄重地把公文包和装着罗伯特家当的硬纸盒子放在桌子上，罗伯特紧挨着上校坐在黑板的侧下方。有一位健壮的军人带领主席走了进来，他的肩章上有更多的金色的东西，胸前有更多的奖章。

　　一场长时间的讨论开始了，可罗伯特一点也听不懂。他们打开硬纸盒子，传看着从罗伯特口袋儿里掏出来的东西。教授们把火轮和火柴漫不经心地放在一边。然后，他们用审视的目光翻过来正过去地观看那个小波尔舍，带着严肃的表情从前到后和从后到前鉴定那张一次成像的照片，并且虔诚肃静地摆弄着那个计算器。其中有一个人拿着手表放在耳朵上听一听、晃一晃，并且接二连三地按下所有的电钮，而另一个人则欢欣鼓舞地把二十美元钞票高高举起。真是很难说，谁最感到惊奇，就是坐在桌子周围的那些重要的男人们或罗伯特，他们谁也搞不懂，这些教授们为什么忙于研究这些小东西。那位主席终于发言了，教授们不得不把罗伯特的东西从手中交了出去。当他一讲完话时，大家就从沙发椅上站起身来。卫兵被叫过来，并且带着罗伯特先出去了。

　　这一次罗伯特面临的不是被抛弃在地下室的命运。人们把他带到一间严格按照一定规格摆满一捆捆公文和卡片盒的小办公室里，并把他一人留在了这里。过了一会儿，一个从会议室出来的教授走了进来，并且叹息着坐在一个深深的用一种油亮发光的皮革绷上的安乐椅上。这是一位戴着夹鼻眼镜、脑袋秃顶的先生。他向后靠了靠，并从上到下打量着罗伯特。

　　"好了，"他说，"接下来是该开始研究你的情况了。"罗伯特感到出乎意料。这个男人居然说着一口完美的德语，而且带有轻微的维也纳口音，他的声调使人感到宽慰。罗伯特有一个叔叔，是个公证人，他说起话来也经常是这样，因为这样做可使一个杀人犯安静下来。

　　"进攻是最好的防守。"——这是一句格言，罗伯特经常听他爸爸说这句话。他虽然不相信这个，但这一招也许有试一试的价值。

　　"我真的一点都不知道，这有什么可研究的，"他用坚定的口气说，"你们的人抓了我的女朋友奥尔加，并把我从床上拖下来，让我在一个地洞里不明不白地待了三天三夜。我至今仍不知道，你们指责我的真正原因是什么，难道这次不光明正大的旅行也值得您去研究吗？"

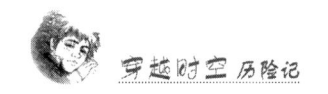

那位教授用嘲弄的眼神看着他,并且叹息着。不过问题是他首先是不是一个真正的教授?如果警察打算紧逼一个人的话,他们经常安排两个侦探去引起被逼人的猜疑。其中的一个粗野,行为恶劣。然后另一个出场,这一个是充分谅解型的,而且态度和蔼,于是他就可以完全轻松地开始与被捕人员闲谈起来。罗伯特知道这些,因为他曾在晚间节目里至少看了二百个侦探影片。只要他母亲一出门他就看。

"够了,"教授说,"我们还是要从头开始,但现在告诉我,你到底叫什么,这对你来说并不困难。"

"罗伯特。"罗伯特说。

"那么你的证件呢?你的护照?"

"我没有。"

"那你能告诉我,你是怎么到苏联来的呢?"

罗伯特沉默不语。

"我们的边防部队对此很清楚,他们不会放过任何一个没有护照和有效证件的人入境。"

这一点罗伯特几乎无可争辩。但他怎么向教授解释,他是用什么方式进入这一段历史的?说真话吗?不,没什么可考虑的,这个男人会笑话他的。

"这我本人还想知道呢。"他终于说了一句,但这句话听起来没有一点令人信服的地方,教授耸耸肩。"我们有的是时间,"他说,"有一点你一定要知道,间谍活动可不是小孩子干的,这可是一个危险的买卖。有生命危险,如果你要是问我的话。"随着这句话的说出,他像魔术师似的突然从写字台的下面拿出一个硬纸盒子,从里面抽出一张美钞,并把它拿到罗伯特的鼻子底下。

"你为什么不想告诉我谁派你来的?他们是美国人还是德国人?"

现在,罗伯特感到有点不舒服了。好嘛,这些先生们真的把他当成间谍了!要是他的朋友拉提博尔知道这些的话——真能笑歪了鼻子!现在他终于明白了他们为什么对他费那么大劲了。住宅搜查、坐牢、大型轿车和庄重的会议室——这一切都不是为了那几只冰冻的童子鸡,事情严重了。那位教授说得对,这个买卖对罗伯特来说不合适。

"说我是间谍?真是荒唐可笑!"那几只该死的鸡始终干扰着他的思考,"您还是仔细看看我吧!如果我的女朋友,那个药剂师不把我带回她家去的话,我会冻死在大街上的。而且在她的住房里是不能进行间谍活动的，对于这一点想必您的同事，早已经认同了吧？"

"那好吧，"他的对手说，"随你怎么说，那么下面我们来谈谈你的装备问题。"

"我的装备？"

"我在这里发现了一个特别有趣的乐器，它是你的所有物中的一个。它看上去像一个钟，但它没有钟表机构，却有一个微小的电机，我们的专家说它是用石英结晶体推动的。我们对它的电路，老实说，还没有完全搞明白。但无论如何，这个器具，就我们所知，具有跑表和测距器的作用，而且也许还有别的什么用处。这些东西中的另外一个器械是计算机，这可是一个精制的特别昂贵的东西。"

"啊，怎么啦，"罗伯特喊道，"这不过是一个广告赠品，如果你去乘飞机度假的话，他们也会送给你一个的。"

"我们已经调查过了，"教授面无表情地反驳道，"这样一种航空公司是没有的。"

罗伯特几乎要放弃争辩了。他对整个审讯感到腻烦了。"你为什么要小题大做呢？"他说，"如果您一定想要的话，您可以把我的东西留下，但您一定要让我安静下来。"

"就按你说的办，罗伯特。今天够了，我将关照你在我们这里受到良好的招待。哦，我亲爱的，也就是说，我把你看做一个非常有用的非常珍贵的出土文物了。"

随着这句在罗伯特看来有点双关语义的客套话的说出，教授离开了他。卫兵把他带到一个小房间里，与他在西伯利亚住过的单间相比，这里真有点待客的味道，里面甚至有真正的床和厕所。

他现在坐在那里，无所事事，转眼间三天多过去了，可连教授的影子也未看见。只有一位女佣人推着一辆漆上白漆的看似医院用的茶餐车给他送饭。话虽如此，可他非但一点也没有感到"非常有用，非常珍贵"，却感到有点痛苦了。他已养成了一个习惯，每每在这种情况下，他就摸一块口香糖扔到嘴里，可这次他感到裤兜儿里有一个硬邦邦的东西。他在那里摸到了一个圆形的木制的东西，可他不知道这东西是怎么跑到他兜儿里来的，这东西不是他随身携带的东西，再说，他随身的东西都被收走了呀。原来这是一个印章！他试

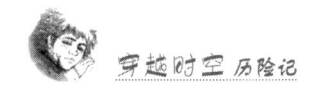

着辨认上面红色的反写体的字：

В ТАЙНЕ
КГБ

这是什么意思，罗伯特不知道。他突然想起一件事：当他在教授办公室里坐下的时候，卫兵让他一个人待了几分钟，那时他由于十分烦闷就围着堆满东西的写字台转悠起来，可能就是那个时候他把这个印章搞到了。不错，科尔恩博士夫人是对的。他确实有时心不在焉——一个荒谬的习惯！如果他们在他身上发现了这个东西，那他们当然就更要怀疑他了。他们说他是危险的间谍，那完全是恭维他的话，可罗伯特还不想因此长久地待在俄国人的监狱里使自己的意志消沉下去。他在考虑，是否可以把这个印章藏在这个小房间的任何一个地方，可他又害怕女佣人那严厉的目光，于是他还是把这个该死的东西放在了他的皮夹克的衬料里了。

又过了几天如此单调无聊的生活，在这几天里没发生事情，可以说根本就没有发生任何事情。后来他终于听到了从走廊里传来的卫兵那沉重的靴子声和人们压低嗓门儿用俄语交谈的说话声。门打开了，但进来的不是教授，而是到车站接他的军官，跟在他后面的是一位穿着灰色三开式上衣、围一银灰色围巾的爱发牢骚的小个子先生，他轻轻向罗伯特鞠一躬，与他握了握手，并一口气说道："请允许我介绍一下，我叫封·加布勒尔，德国驻莫斯科大使馆首席公使馆参赞。"

罗伯特对这样的客套不理解，他已经准备把自己的凳子让给他坐，但他的访问者谢绝了，并且说："您可以穿上衣服了。"

罗伯特二话没说，就登上了他的胶皮长筒靴子，拿起他的皮夹克，慢慢腾腾地跟在一言不发的上校、公使馆参赞和卫兵的后面走了出去。在巨大的入口处停着一辆奔驰，挡泥板的上面插着一面德国国旗。上校漫不经心地行了个军礼，罗伯特上了车，外交官坐在他的旁边，司机开着车走了。一切都是那么简单！罗伯特几乎无法相信所发生的这一切。他很喜欢这辆老式汽车，到处都镶嵌着铬条，司机的前面放着一个塑料花瓶，里面有两枝小花儿。封·加布勒尔先生凝视着正前方，他把那个出了名的硬纸盒抱在怀里，就好像紧紧抱着一个宝贝似的。"对面的那个建筑就是克里姆林宫。"这就是他在整个行程中说的唯一的一句话。

大使馆被安置在一座古老的瓶绿色的别墅里，在入口处，一个俄国警察在一个岗亭里值勤。一个积雪很深的花园环绕着整个房子，房子的旁边有一个木板房，公使馆参赞陪着他的客人径直从那儿走了进去。

走廊里添置了一颗装饰不华丽的圣诞树，罗伯特完全忘了还有这么一档子事儿。"顺便说一句，真是非常抱歉，"加布勒尔含糊不清地说，"真是不巧，偏偏是现在，赶在节前……"

办公室里已经有人在等着他们了，一个高大强壮的男人不耐烦地打着榧子站在门口。他一手抓住罗伯特的胳膊，并且用审视的目光看着他。

"真不可理解，"他说，"我把这个小子完全想象成另外一个样子了，东西呢？"

公使馆参赞指了指硬纸盒，但有点不情愿，这一点似乎被罗伯特看出来了。他觉得，这两个人之间谁都不喜欢谁。

"您请坐吧。"加布勒尔先生请他就座。好久以来，罗伯特就没正经八百地坐过。他不得不承认，外交官过分的客气是有点道理的。至于另一个人，他不打算作自我介绍。另外，罗伯特看上去好像是刚从海滨浴场回来似的，黑黝黝的！那么在莫斯科的隆冬季节，他是怎么搞的呢？

"好吧，那是什么？尽管说吧！"他哄骗罗伯特说，"姓名，出生日期，地址，父母亲的名字。"对于这些情况罗伯特是不能拒而不答的。幸亏他及时想到，1956年他还没出生呢。但他绝不能承认这一点，于是他耍了个小聪明，往前推到四十年代。对于其他的问题他如实地说了，而且有人把他说的一切都记录了下来。

"很好，"他说，"那么现在恳请你告诉我，你是怎么来到新西伯利亚的，你到那里去找什么东西？"

"这我不知道。"罗伯特说。他说的这句话也是真话，但他早已告诫自己，谁也别想知道真相。

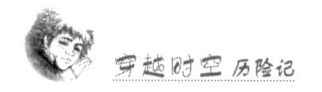

"你撒谎，"高大强壮的人说。看来此时的整个场面使公使馆参赞感到很难堪，"如果允许我提个建议的话，我想该让我们的客人安静一下。从他所经受的所有情况看……"

"如果要是这样的话，就我个人而言，我立刻就报告总部，验证他的履历。不过，我现在可以先把话说在这里：这里面任何一点都可疑，甚至非常可疑，我的第六感觉告诉了我。"

话音未落，他就打算离开这个房间，但他在门口迎面撞上了一位胖乎乎的手里拿着香烟正准备走进来的先生。他吓得倒退一步，急忙说道："请原谅，大使先生。"

还未等人家注意到他，他就急忙离开了。"那么，加布勒尔，您对这个事情怎么看？"大使问。公使馆参赞突然从座位上跳起来，带着一副阴谋策划者的表情走向他的上司。

"大使先生，这件事要十分谨慎地处理，如果允许我这样说的话，"他压低声音说，"真是个奇迹！像这样的事情从来就没发生过！"罗伯特费了点劲，听懂了他们的窃窃私语。"外交部甚至都已经谅解了。"

大使不想参与这些偷偷摸摸的事。

"好啦，加布勒尔，"他用低沉的声音说，"这个事件的背后也可能隐藏着一个国事访问。也许这件事与我们的克格勃朋友搞的新花招有关。他们在最有利的情况下，给我们送来一个丢弃的卒子，为此我们又要出钱了。"

"真是不可理解！他们甚至把材料都退还给我们了。"

"材料？什么材料？"

"应该是那些工艺非常有趣的东西。"

"是吗？那我们公司的男人对此怎么说？"

"他非常兴奋。他已经用无线电联系去了。"

"你瞧，是这样吧。"

"我听说，我们的对手应该对这些东西已经进行了研究。那个下达退还给我们的指示的机构，想必是他们的最高机构，而这个指示的精神显然引起了下边的不满。"

"越这样越好。那么，那个小男孩怎么样？"

"他不说话。他声称，他什么都不知道。"

"哦，"大使叹息着坐在了加布勒尔先生的椅子上，并且仔细地打量着罗伯特。"始终保持沉默，我的小伙子，"他最后说，"这事我们已经办到了！"

"您知道，这种长久的审讯早已使我厌倦了。"罗伯特抱怨道。

"这不奇怪，但如果你与俄国人打交道的话，那更是不出所料。我可以给我自己介绍一个比莫斯科更舒适的职位吗？"

正在这个时候，"我们公司的男人"冲了进来，他就是那个行为很不得体的高大强壮的人，他满脸通红。

"一切都是撒谎，"他喊道，"这个小男孩简直是拿我们开玩笑！这个，这就是总部的无线电报！那个地址，他所提供的地址根本就不存在。他所谓的父母亲，连影子都没有。那里一片废墟，而且户口登记处也查不到。"

"喂，然后您必须当心的是，您如何继续按您的方式进行下去……我亲爱的。太有趣了！我还要去照顾接待英国人的事情，晚安。"大使拿着他的香烟，转身向加布勒尔先生的方向走去，转眼间离开了房间。

"如果他继续装傻的话，我们必须改变策略。""公司的男人"说。

"但为此您必须求得贵总部的指示才行，没有特殊批准不行。而我认为我有责任向波恩报告全部情况。"公使馆参赞反驳道。罗伯特感到，那个瘦小的男人并没有被那个英雄型的人物所吓倒。

"如果必须是这样的话。"高大粗壮的男人含糊不清地说，并且走开了。

此后停顿片刻，然后罗伯特说："那句话到底是什么意思？什么改变策略？"

公使馆参赞清了清嗓子说："如果您问我的话：他将像挤柠檬似的逼问您。"

"这比在俄国人那里更糟啊！"

"然后有人让您'坐飞机'（一种刑罚），如果您继续坚持什么都不知道的话，有人将把您送到一个医院去作检查。"

罗伯特几乎不相信自己的耳朵，医院，为什么去医院？罗伯特想，我可一点病都没有啊，然后他悟出了公使馆参赞指的是什么了。

"你们要把我扔进疯人院！"他喊道。

加布勒尔先生大吃一惊。他没想到把话说得那么清楚。罗伯特气得不得了。他向四周看了看，于是他的目光落在了一捆沉甸甸的文件夹上了。他连想都没想，就抓起那捆文件夹，向正在完全吃惊的公使馆参赞打去，他被打晕在他的小安乐椅里了。罗伯特不顾一切地寻找绳子，但他只发现一条挂在挂衣钩上的长长的白色丝绸围巾。他用这条丝巾把加布勒尔先生紧紧绑在他的椅子上，一切都进行得很顺利。"顺便说一句，真是非常抱歉，"他对着被绑人的耳朵小声说，"真是不巧，偏偏是现在，赶在节前。"然后他拿起他的硬纸盒子。逃之夭夭了。

他很幸运，在户外，天色已经黑下来了，而一场大雾正笼罩在城市的上空。他蹑手蹑脚地来到了大门口，门卫躲在他的岗亭里，从他的样子看好像正在打盹儿。罗伯特弯着腰，尽量压低身子，在未被人看见的情况下，从士兵的旁边飞也似的跑了过去，来到了大街上。他强迫自己慢点儿走，这样不会引起别人的注意，于是他混在行人中不停地往前走。

他在考虑一个问题，那就是从加布勒尔被绑直至他解开丝巾到整个使馆都被惊动起来，需要多长时间？公使馆参赞感到很后悔。偏偏是他，始终对人特别友好的他，不得不感到受到了欺侮！他介绍说，这件事使一个外交官感到多么难堪，并且不得不向他的同僚们承认，一个十四岁的男孩用一捆文件夹使他失去了战斗力。

然而，罗伯特在考虑这些问题的同时，并没有停下来，他知道他只有几分钟时间的领先。他继续跑下去，直至看到一个地铁站上面发光的 M 字母时才停下来。这里连一个卖票的窗口也没有，罗伯特伸手摸了摸裤兜儿，这才使他忽然想起，他一个戈比也没有。他向四周看了看，看看这里是否有看管人员，但在自动扶梯前面十字形转门的旁边，只有一位老太太站在那里，他立刻决定从检票口上面跳过去。一个装有木腿的男人在他身后骂个不停，然而这时他已经站在往下滚动的没头没尾的自动扶梯上了。他运气不错，正好跳上了离他最近的一辆地铁火车，在行驶了三四站远的样子时，他在一个站台上下了车，这个车站上拥挤着特别多的人。在出口处，既没有检票口，也没有车票检查口。

在大雾的笼罩下，这个城市显得阴森森的。到处都是一片雪白，连汽车上的前灯、雪，甚至空气都是雪白的。天气很冷，罗伯特六神无主，他不知道往哪里转弯，不知道藏在什么地方，不知道应该在哪里过夜。他漫无目的地继续跑下去，在远处他看到了发光的克里姆林宫钟楼，现在他穿过了一座桥。在河的对岸，有几个发光的字母透过浓雾显现出来，他来到近前并读道：

КИНО

电影院是救命的地方！至少他可以在黑暗的地方暖和几个小时，而且也不会有人注意到他。可他又想到，没有钱，这确实是一个很麻烦的问题。对于这个问题他还从没有像现在这样绞尽脑汁，但就他所知，苏联打算最好全部把钱这个东西废除掉。话虽如此，但在莫斯科，看来人们还是步步离不开钱，就完全像在家里一样。可在家里如果没钱的话，人们还可以耍花招：乘黑车，不打票，偷点小东西，得过且过，混日子。

电影院的门厅特别大：木板镶嵌的墙壁，深红色的帷幕，一位胖胖的围着一条白色短围裙的女引座员。以防万一，只有厕所，罗伯特要找的厕所没人看管。厕所里散发出一股股臭气，当然没有卫生纸了。罗伯特在外面等着，一直等到有一大队人马出示他们的电影票，于是他就跟在他们的后面溜进了灯光昏暗的放映大厅。

他在后排找到一个没人坐的空座位，这才松了一口气。此时他才发现，他仍然一直紧紧地抱着他的硬纸盒子。这纸盒子用来装他那点东西未免太大了点，东西在里面来回乱撞，发出叮叮当当的响声。他问自己，他为什么一定要把这个四四方方的废物带在身上到处跑呢。从另一方面来说，里面的东西才是他自己的东西。他又用这些东西把他的口袋儿填满了，然后把空纸盒子放到了地板上。

他在大使馆的一个个场面，单方面与可怜的加布勒尔的战斗，在大雾笼罩着的莫斯科逃跑——这一幕幕此刻都不太真实地浮现在他的眼前。此时，他坐在这个供暖过热的电影院里，就好像在看一个杂乱无章的电影里的片段，而他，罗伯特，就在这个电影里不得不扮演一个男奴詹姆斯的角色。那么，现在他暂时没有危险了，可绝望又涌上了心头，他处于走投无路的境地了。如果灯光再次亮起，电影院该关门的时候，他该怎么办呢？为了安慰自己，他把最后一块口香糖扔进了嘴里。

他根本不去注意银幕上演的是什么，但现在他听到了使他感到意外的声音，他居然听懂了，里面的演员们都说英语。他向银幕看去，电影是彩色的，下面有俄语翻译的字幕。

电影镜头转向一片低矮的岛礁风光。大海深蓝深蓝的，天气晴朗。一个多岩石的半岛切入画面，于是人们看到了小小的人的形象，他们好像是在一种外国产的灌木丛中到处攀爬。镜头越拉越近了，原来是一群孩子，有十多个孩子穿着鲜艳的服装，看样子，他们好像是在找什么东西。复活节彩蛋？逃走的狗？或者是他们在玩简单的捉迷藏游戏？但无论如何，他们看上去都很快乐。

罗伯特觉得，好像有一股自怜的冲击波袭上心来。他要走运了！当他在俄国的冬天没有床、没有钱、没有朋友而且还被不知什么样的秘密警察追捕的时候，他们却在仲夏的海岛上愉快地度假。他听到他们的笑声和叫喊声，于是他的眼眶里充满了泪水。

一个大一点儿的男孩突然激动地喊起来："找到了！找到了！"大家都赶快跑过去，并且围着他。他弯下腰。另一个小男孩帮助他，他们高高举起了一个方形的东西。镜头拉近他们的发现物，原来是一个箱子，箱子镶嵌着生锈的铁皮，孩子们欢呼起来。

罗伯特差点儿哭出来了，他揉了揉眼睛。他含着眼泪模模糊糊地又看到另一个男孩，大小与他本人差不多，他穿一件蓝色的皮夹克，背对着镜头。然后，电影突然断片了：罗伯特眼前一片漆黑，而且他也不知道，他在哪里了。

第二次旅行

"停！停！"

罗伯特睁开眼睛，这个嘹亮的嗓音几乎突然换了个腔调说："你们真的发疯了？那个穿皮夹克的小子到底是从哪里来的？格雷斯哈姆小姐！总是这样，如果你需要她的时候，她就是不在。那是什么时候的服装！弗雷迪，你去照顾一下，让那个小家伙从画面中走出去，但要快，快点儿！"

罗伯特觉得，有人从后面拉他的皮夹克。他转过身来，看到一个穿着一件衬衫的年轻的男人，他斥责他道："快拿过来！这件夹克早就该扔了！我们这里不是西伯利亚！"

使罗伯特特别吃惊的是，他没有作出任何反抗，那个男人是对的。太阳火辣辣地照射在小山丘上，他觉得额头上冒出了汗珠。那个男人把罗伯特的衣服搭在胳膊上，转身离开了现场。

罗伯特迷迷糊糊的感觉慢慢地消失了，他向四周看去。在灌木丛和岩石块的中间站着一群孩子，其中有几个瞪着眼睛看着他，好像他做错了什么事似的。在远处岩石的下面，罗伯特看见一个木制的脚手架、一台放在钢轨上的老式起重机和一辆大卡车。卡车的圆形挡泥板还在太阳的照耀下闪闪发光，在起重机最上面的平台上放着一架巨大的装有特大卷片轴的摄影机，它看上

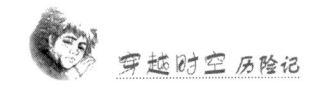

去好像博物馆的一件陈列品，有两个男人坐在它的旁边。

到处都聚集着一小群一小群的人们，他们好像在等什么似的。一个戴着鲜艳的棒球运动帽的秃顶的男人引起了他的特别注意，他坐在折叠椅子上，并且狂怒地挥了挥双手，他被他的助手们围了起来，他们不断地劝他，并想办法让他安静下来。终于他拍了一下手掌，其中的一个助手递给他一个黑色的话筒，于是扩音器里传出了他的喊话声："那么，全部从头开始，再来一次。全体人员，各就各位！安静！开拍！音响！行动！"

装有摄影机的起重机马上开动起来，孩子们又从头开始围着岩石往上爬。罗伯特对他们在那里找什么感到好奇，他也开出一条路，沿着灌木丛往上爬去。突然，他几乎被一个大蚂蚁巢绊了一脚，就在这时他听到那个大点儿的男孩喊道："找到了！找到了！"罗伯特比其他喊叫着匆匆冲过去的孩子都快。他这时已经站在充满幸福感的发现箱子的男孩身边了，正当他弯腰准备把放在他们面前洼地里的生锈的箱子高高举起的时候，那个男孩低声说："一定要抓紧。"于是，他们俩在其他围着他们欢呼的孩子们中间，把那个沉重的箱子高高举了起来。

罗伯特看上去像一个在光天化日下的梦游者。他对第二次经历这个场面有着完全不同的感觉，这一次不是在莫斯科市中心的某个黑洞洞的电影院放映大厅里担惊受怕地从外面向电影里看，这一次是在他们中间，在电影里，在海边的一个童话般的地方，天知道是在哪儿……

"停！"那位穿着白色亚麻布外衣的导演喊道，并且从他的椅子上站起来，他看上去特别矮小，"今天就到这里了，第二场过了，你们大家可以收拾东西了。"

小人物们马上行动起来，孩子们看着起重机臂慢慢落下来，沉重的摄影机被卸下来。各工作小组也开始忙乱起来，许多汽车开了过来，导演第一个离开了现场。孩子们咯咯地笑着从山坡上走下来，山下有一辆黄色的公共汽车在等着他们，这辆车俨然是一个古老的带有拱形挡泥板的高大的模型。一位金发女郎手里拿着一张准备好的人名单，并且开始点起名来："林达·格雷那瓦伊、杰克·布劳韦尔、赫拉·科瓦尔斯基、乔治·林德哈尔德……"凡是叫到名字的，都举手喊到，他们的名字也就随即被画上了一个勾，然后他们都上了公共汽车。渐渐地排队上车的人稀疏了下来。

罗伯特已经预感到，他的名字不会在人名单上了。他转过身来，并且在摄影助手中发现了那个男人，就是拿走他的皮夹克和蓝色亚麻布夹克的男人。"等一下，"他喊道，"我的东西！"那个男人笑着说："别着急嘛！"他从轿车后部的行李室里拿出了罗伯特的衣服。"这完全不适合这个季节了。"他一边说一边把那些东西扔给了他。

当罗伯特再转过身来时，他还能看到那辆坐着孩子们的黄色公共汽车的唯一的尾灯。他们所有人中只有两个留了下来没上车：其中一个是找着生锈的箱子的那个大一点儿的男孩，另一个是长着一对绿眼珠的苗条漂亮的小姑娘。他们站在那里，好像在等什么人似的。

"你是从哪里来的？"男孩问。拍摄现场开始逐渐空了下来，大卡车一个接一个地开走了，并且在它们的后面掀起一团团巨大的尘埃。"你是第一次到这里来吧？"

"是的。"罗伯特回答说。

"这是卡洛琳娜，我的妹妹，我叫米歇尔。"

"我叫罗伯特，你们在等谁呀？你们为什么不乘公共汽车回去呀？"

"那你呢？"

"我没在人名单上。"

"这又是一个特殊情况，"米歇尔说，"这些电影制片人总是头脑不正常。这里总是乱得一塌糊涂，而大家所做的事情都很重要。"

罗伯特幸好能听懂他的每一句话，虽然他说的是一种有点特殊的英语，这里的人们都说这种英语，但他毕竟可以不费劲地听懂他们的话。我可能落到美国的一个什么地方了，罗伯特想。使他惊奇的是他对此没有感到一点惊奇。按照他在俄国所经历的一切看，这里应该是真正的天堂了。

"他们也把你们给忘了吧？"

"啊，怎么会呢，"米歇尔的妹妹说，并且用她那双长着绿色眼珠的眼睛嘲笑地看着他，"我们有人接，要我们带你走吗？你想到哪里去？"

罗伯特本身当然不知道往哪里去。"先离开这里再说吧。"他结结巴巴地说。

"他们已经到了。"米歇尔说。这时真的有一辆长长的白色的可打开车顶的大型轿车开进了空荡荡的拍摄现场，这又是一辆有收藏价值的老式汽车！到处都是镶嵌的铬条，雪白的轮毂盖特别显眼。这是美国的一种车型，罗伯

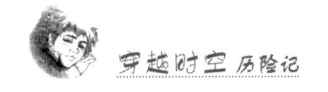

特从过去的电影里就能认出来,它是一辆老式的别克。方向盘后面坐着一位戴着白色鸭舌帽的司机。当汽车停在他们跟前时,他跳下车,打开车门。一位穿着薄薄的白色连衣裙的夫人坐在汽车的后座上,并且示意她的孩子们上车。

"米歇尔!卡洛琳娜!拍得怎么样?那个大导演对你们满意吗?你们在等谁啊?快上车!"

坏了,罗伯特想,现在他们要和他们的母亲一起回家了,而我还要站在这里,而且还不知道要站到什么时候为止。

"你们带来的是谁啊?"夫人问。

"他们把他给忘了。"米歇尔解释道。

"他叫罗伯特,我觉得我们应该把他顺便带走。好吗,妈妈?"卡洛琳娜说。然后她又小声补充道,"我觉得他挺可爱。"

"那好吧,为什么不呢!请你坐在前面特维基的旁边好了。"

特维基显然是指司机了。罗伯特二话没说,就上了车。他们兄妹坐在后排母亲的旁边,大家坐好后,车就开了。感觉真好!罗伯特舒服地向后靠着。汽车几乎无声地在马路上滑行着。他们从一个裂缝斑斑充满野趣的岩石海岸旁边开过去。在岩石下面的海边上时而可以看到白色的空空如也的沙滩。突然,罗伯特发现一群鸟,这些鸟长着一身黑白相间的羽毛,显得威严庄重,一个挨着一个地站在那里,好像在开会。企鹅!他几乎不能相信他的眼睛。这里不是动物园,它们在这里可以自由自在地乱跑!

他不敢问别人他在哪里,这让人听起来太鲁莽了。一个人,连他自己在哪里都不知道,那太让人怀疑了,要么就被看成是精神失常。他考虑的是,企鹅应该在什么地方出现。在南极?但在南极没有树木生长,那里不像这里这样热,而且比这里冷多了。也许他来到了美国?来到了加利福尼亚,那里倒是日照时间长……

然后,马路渐渐离开海岸线,于是他们又行驶在一个山脊上的盘山道上。这个地区的一切看上去完全是另外一个样子,就连树木对罗伯特来说都很稀奇,它们好像来自另一个行星,不管怎样它们都变成了野树,或许是一个变异的树种。这时候,突然有一对动物跳到了马路上,离汽车很近很近,司机不得不踩刹车。它们浑身淡褐色,比兔子大,但比狍子小,两条腿一跳就是很远。毫无疑问,这是大袋鼠,比动物园里的小,但不会弄错,一定是袋鼠。

这时候，突然有一对动物跳到了马路上，离汽车很近很近，司机不得不踩刹车。它们浑身淡褐色，比兔子大，但比狍子小，两条腿一跳就是很远。毫无疑问，这是大袋鼠，比动物园里的小，但不会弄错，一定是袋鼠。

啊哈！罗伯特想。澳大利亚！太好了，不用问了。至今为止，还没有任何一个人像他这样一下从莫斯科来到了澳大利亚——其速度比最快的喷气式飞机还要快。而且没有机票，没有钱，没有安全带。这本来就是一种理想的旅行嘛。

"你如此这样沉默，出什么事了吗？你饿了吗？"一个声音从后面传来，打断了他内心的思考。原来是米歇尔和卡洛琳娜漂亮的妈妈，她想知道他怎么了。这很难说！不，饿他倒是不饿，他感觉很好，只是有点被这个他流落到的新的世界所征服了。于是他摇摇头，说："不，谢谢。"此时什么都不透露，才是最理性的做法。

在足足行驶了一个小时后，他们来到了一个人口稠密的地方。农场、集镇和小工场，一眼望去，这里的一切都显得很平常，但同时也显得很不平常。这里的一切就像人工搭建的电影背景似的：两个白色的石膏狮子把守着加油站，这里除了汽油，别的什么都不卖，一位老人正在从一个圆形的柱状物里抽汽油；铁器商店的门面用淡红色的糖衣装饰而成；装有铸铁柱子和遮阴走廊的别墅掩映在爬满紫丁香的花篱的后面。他们到达了一座大城市的边上，这里有裸露着土地的花园和网球场，人们可以听到网球啪嗒一声掉在地上的声音。主街道的两旁矗立着上个世纪的宫殿式建筑。大酒店？邮政总局？火车站？国会大厦？罗伯特辨别不出这一个挨着一个的建筑。这是不是一个首都呢？罗伯特不相信这是首都。因为这里发生的许多现象都说明不是首都。商店的陈列橱窗极小，大多数十字路口都没有交通指挥灯，一种很容易使人入睡的情调笼罩在大街上。也许这些住户都是来海滨浴场度假的吧？

"好吧，我们应该把你放在什么地方好呢？"卡洛琳娜的妈妈问。罗伯特还是不知道该怎么回答，只好沉默不语。这样做很不礼貌，但这也是最简单的一种做法。

"我亲爱的，你知道我心里所想的是什么吧？我相信，你是离家出走的！"

她当然不会想象得到，要是她认为她是对的话，罗伯特想。虽然她的猜测完全错了，但不管怎样他还是因为一不小心才外出旅行的呀。

"那么这样吧，罗伯特。你是叫这个名字吧？或者叫别的什么名字？顺便说一句，我是苏托恩夫人。然后你马上就到一个农场了，明天早上我们再给你父母亲打电话，他们一定非常为你担心。"

第二次旅行

　　罗伯特一点儿都没有想到这一点，他父母亲可能还不知道他发生什么事了。他设想他母亲回来的很晚，也许到第二天早上才回来。但最晚到吃早饭的时候，他母亲就会发现罗伯特失踪了。她是否很不安呢？那么他父亲，他会不会在什么地方的一个饭店里过夜呢？"啊，罗伯特，他可能在他的朋友拉提博尔那里过夜。这似乎也不是第一次了……"反正他们的反应基本上都差不多，他父母亲不属于那种马上就报警的人。总而言之，他们是否在惦念着他呢？

　　他没有兴趣为这个事情去伤脑筋，这次的澳大利亚旅行使他非常喜欢，他不想让这些多余的顾虑扫了自己的兴致。他的这种心理大概是由于这里和西伯利亚监牢里的日子大相径庭所造成的吧！他们渐渐离开了城市，空气中散发着桉树叶的味道。汽车行驶中产生的迎面风向后吹着罗伯特的头发。这地方有葡萄种植园、海枣树和一些除了长有叶子外还长有一束束青草的树木，五颜六色的鸟儿站在树冠上叫个不停。

　　再往后的地方又变得荒野起来。是草原？还是灌木林？或是热带稀树草原？他突然想起了图解地图册里面的这些词，但他不能准确地知道，哪个词放在这里是正确的。连绵数里的红土地像红砖一样闪闪发光，到处都是绵羊，成千上万的绵羊。

　　他们穿过一个长长的两边长有法国梧桐的林荫大道，向一幢古老而雄伟的房子驶去。这是一个农场吗？这个庄园与他认识的农民田庄一点都不像。人们虽然不能说它是宫殿，但有一点是明确的：这里完全不像是一个穷人家。现在已经看到它的入口处有高高的栅栏大门，大门两边是精心修剪的矮树篱笆。在一个宽大的露台上，彩色的太阳伞下，放着几把雪白的老式藤椅。罗伯特觉得，这里的一切看上去都很华丽。

　　"欢迎你来到安娜拜，"苏托恩夫人说，"你没有行李吗？"

　　"他可以用我的东西，如果他愿意穿的话。"

　　这所房子凉爽舒适。穿过装有护墙板的大厅，有一个大楼梯直通二楼。"这是你的房间。"卡洛琳娜说。罗伯特惊奇地打量着房子的四周：一张天蓝色的床，一个高高的老式橡木柜子，上面放着一个装有老照片的银色镜框，一幅老祖母手拿鲜花和小孙子们合照的刺绣照片挂在墙上——这么说，他没有想到在世界的另一端还有这样一个农场，这里看上去很像以前英国的庄园。

"太神奇了,"他说,"你知道我想起什么来了吧,卡洛琳娜?我想起了《爱丽丝漫游仙境》来了!"

卡洛琳娜笑着说:"哦,是的。这是整个地区最古老的房子之一。你知道,在澳大利亚,人们把所有在维多利亚女王时代建造的东西,都看成是非常古老的,甚至浴室,"——她打开一扇门,罗伯特看见一个建在狮子脚上的巨大的浴缸,"甚至浴室至少也有五十多年了,我爸爸,你也许知道,他特别喜欢古老的旧货。"

她留下他一个人离开了房间。当罗伯特透过窗户向花园看去时,他发现了一个大游泳池。那里也放着一些古老的藤制家具,甚至这个游泳池看上去也像一个古代的文物。但在他考虑这一次落下来的时间是哪一年时,有人敲门,于是一个女侍者给他送来了一套熨得笔挺鲜亮的西服,一件干干净净的衬衫,两条毛巾和一些卫生用品。"晚宴七点三十分开始,"她说,"我希望您在我们这里过得舒适。"

大家都这么说。

在换衣服的时候,他感到有东西从他的夹克里掉了出来。总是这个鼓起的口袋儿!总是这个多余的不值钱的东西!他根本不忍心扔掉这些东西。每当他想起苏联秘密警察的头子们对着他们的发现物紧张地弯着身子观看时,他就禁不住要笑出声来,好像他们在他的裤兜儿里发现了价值连城的宝贝似的。他耸耸肩,把这些小东西推成一堆儿,扔到了五斗橱里的一个抽屉里去了。

那么,米歇尔和他在岩石边找到的那个生锈的箱子里到底装的是什么呢?也许它是空的,只不过是一个逼真的道具而已?而这个电影是怎么发展下去的呢?他想起他曾经读过的一本书,书名叫《宝岛》,作者是一个英国人,他的名字他想不起来了。但这个故事涉及海盗、水手、暴徒,绝不仅仅只涉及几个找到箱子的孩子。这是不是他卷进去的最后一个场面呢?他,罗伯特究竟参加演出了吗?在他来澳大利亚之前,莫斯科的电影院里恰恰放着这个电影,可它早就摄制完成了呀。或许是后来才拍成电影的?如果他越是长时间地思考这个问题,他就越是糊涂,这一点他是肯定的。再没什么可说的了!现在他必须洗洗手、梳梳头,要拿出一副无拘无束的样子来。他被邀请了,他在等待着晚宴的开始。

罗伯特在客厅里四下张望着,突然他发现一棵装饰得很美的圣诞树。

又是圣诞节了，他想，圣诞节在仲夏！在一个小写字台上面的墙上挂着一个日历。

> 1946
> 星期六
> 22
> 十二月

当然是圣诞节了！他完全忘了，在澳大利亚要把季节倒过来。如果我们那里是冬天的话，他们这里就是夏天，要颠倒过来。但在炎热的夏天过圣诞节，真是别有一番情趣！但无论如何，他不仅要知道自己在什么地方，而且还要知道是什么时候。有时候，不仅地点可以把他搞糊涂，时间也是如此。但无论如何，他看上去总是不断地向后运动，或者正确地说，后退和前进同时进行。看来他一定要思考这个问题，但不是现在！现在他必须首先要做到举止文雅，而且要注意不能搞出什么差错来。

"苏托恩先生外出旅行去了吧？"他用探询性的口气问，"或者他还要赶回来吧？"

"啊，杰弗里，"女主人笑着说，"他准是又在半路上了。"

"但圣诞节希望他一定在，"卡洛琳娜说，"不然我要生气了。"

"如果他能办到的话，"米歇尔插了一句，"我几乎不太相信。"

"至今为止他每次都还能办得到，"他母亲说，并且转向罗伯特，勉强解释道，"你也许知道，杰弗里，我丈夫有些不同寻常的爱好。比如他每年一定要横穿整个大陆一次，他开着车行驶在根本谈不上是路的路上——人们把这种路称作什么灌木丛路。"

"他精神不正常，是吧，妈妈？他该冷静下来了！"

这是米歇尔说的一句话，但苏托恩夫人使眼色不让他说下去。

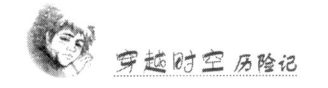

"今天我们在厨房吃饭,"她建议道,"我相信,没人反对。"

这是一个特别惬意的老式厨房。墙上挂着铜锅和铜平底锅,橱柜的抽屉是用瓷做的,甚至那边有一个带烟囱的真正烧煤的炉子,这边有一个巨大的大腹冰箱,苏托恩夫人从里面变出来各式各样的美味佳肴。这时,一位身材修长的年轻男人走过来,他长着一头黑色鬈曲的头发,留着一个小八字胡。"这是阿巴斯诺特先生,罗伯特,我们的家庭教师。"美丽的妈妈说。大家都围着一张长长的擦得乌黑锃亮的饭桌坐了下来。

"其他人在什么地方吃饭呢?"罗伯特问。

"哪些其他人?"

"特维基,那位司机,和女佣。"

"当然是在毗邻的房子里。他们和女厨师、园艺师和全体职工在一起。但不能忘了老克朗比,他是我们的总管,以前他叫施米德,但现在他整天瞎忙活。"

"你相信吗,"米歇尔解释说,"这样一个农场需要多少人呢?两个管马厩的伙计,而其他所有工人……"

"你们的农场有多大啊?"罗伯特想知道。

"就我所知吗?大概有几百平方英里。你从这里骑马,骑一天也走不到头。"

罗伯特有点受感动了。"那么,你们有多少只绵羊?我一个羊圈也没看到啊。"

"傻瓜!绵羊一年四季都待在外面,大概有十万到二十万只。我们秋天才清点一次,那时它们该剪羊毛了。该怎么计算呢!我们需要十二个剪羊毛的人,他们全是些粗野的滑稽可笑的人。我可以告诉你,如果他们不喝醉的话,他们每人每天可剪二百只绵羊的毛,每只羊能出八千克上好的美丽奴羊毛。大家同时还发现,你是一个城里的人,罗伯特,你一点都不知道农场!"

卡洛琳娜立刻为他辩护。"别这样,好像你是上帝恩赐的牧羊人似的!相反,你根本就不关心农场。要是按你的意思办的话,我将整天玩你那个槌球游戏。正好,阿巴斯诺特在这里,要不然你一遍也不念,一遍也不写。"

但米歇尔一点也没有生气,并且说:"她说的全对。"他只是说了这么一句。阿巴斯诺特先生毫不注意罗伯特,在整个吃饭的时间里,他都在和苏托恩夫人谈话。人们吃了好长时间,大家一离席,罗伯特就高兴上了,他可以回到他那刚铺好的舒适的床上睡觉去了。

这恐怕不是真的吧，罗伯特在睡觉前想，明天一早又该刨根问底了。"我们必须给你的父母亲打电话。把他们的电话号码写给我，到时我再跟他们解释这一切。"

但事情并没有像他想象的那样发生，苏托恩夫人没有提任何问题，而罗伯特大模大样地坐在早餐的桌子旁，就好像他是这个家庭的一员似的。也许她看透了他？也许她已经料到他根本没有家——不管怎样，至少在澳大利亚没有家。罗伯特感到她喜欢他，他非常感谢她。

在安娜拜的日子并不让人感到单调乏味。卡洛琳娜指给他看马厩、温室和放着一辆破汽车的车棚。"这是小木屋，老克朗比就住在里面。"当他们从一个长满常春藤的车棚旁边走过去的时候，她说。人们可以听到里面有锤击的声音。

"你想到里面看一眼吗？但不要害怕。他的工作间看上去像一个废料堆。"他们来到跟前，在一个由一些车床和开始生锈的机器堆成的乱七八糟的地方，罗伯特看见一个白头发的粗壮男人，他弯着腰对着一块铁皮骂骂咧咧地，并且不停地翻过来正过去地摆弄着。

"克朗比，这是罗伯特，他要在我们这里住一段时间。"

"是这样，"他含糊不清地说，"又是一个这样的，他整天什么都不干吧？"

卡洛琳娜笑着说："他总是严厉地责骂我们。这就是他的个性，但他没有恶意。"

克朗比审视地打量着罗伯特。"好吧，如果他学点儿聪明的东西的话，也许将来会搞出点儿名堂来的。你会用它做活儿吗？"说着说着，他就高高地举起一个沉重的圆柱形的工具，罗伯特不解地看着他。"你不认识这个？这是一个电焊工具。如果你想知道怎么用的话，我告诉你如何去做。"

"我几乎不相信，他会有兴趣在你这里当一个钳工学徒。"卡洛琳娜说。但罗伯特很喜欢这位老人，他仔细地打量着工作间四周的东西。四壁上挂着各种各样的工具，其中有几个用坏了的马鞍和生锈的马蹄铁。正中间的一大块地方放着一辆废弃的汽车，靠最后面的墙角里他发现了一张没有拾掇的铁床，床旁边的水泥地板上放着几个啤酒瓶子。整个房间散发着机油味儿，罗伯特闻到并且完全感到有一股淡淡的草料、皮革和马粪的臭味袭来。

"您就住在这里呀？"他问。

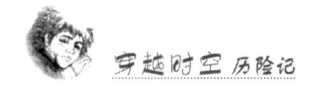

"当然住在这里，否则住在哪里？你可以随时来看我，只要你愿意。但现在你们要让我安静一下。"

"他想把所有的东西都修补好，"当他们走开以后卡洛琳娜说，"这就是他纯粹的嗜好。所有的东西，凡是我们扔掉的他都捡走——爸爸的旧汽车，损坏的拖拉机、收割机，几年前我们已经打算不要的东西，我们的生锈的抽水机和我们不需要的剪羊毛机，等等。"

"那他为什么住在这个脏兮兮的工棚里呢？"

"他就想这样罢！他已经有些年没进我们的家门了，他觉得我们爱虚荣。"

"爱虚荣？"

"是的，他是这么说的。到处都堆满书！银质的餐具！一个女人家，弹什么钢琴。后来我们请了家庭教师，他容不了他，他还不愿意与别人一起吃饭。他通常都是在他的工棚里搅拌点什么东西吃，那里有一个煤油炉。他正是旧式移民中的一个，你知道吧，第一批到这里来的移民都是刑事犯，或者是在英国没事干的人，你在每一个大农场里都可以找到这样乖僻的人。你喜欢游泳吗？"

他们在游泳池旁度过了整整一个上午。罗伯特从米歇尔那里借了一条游泳裤，这条游泳裤太长了，都到他膝盖那里了。卡洛琳娜穿一件似乎更适合老年妇女穿的蓝白条纹相间的游泳衣，尽管如此，罗伯特觉得她看上去仍然很美。下午他们仨玩了一局槌球游戏，罗伯特需要一段时间领会比赛规则，但在第二轮，他几乎快要赢了，这时特维基，那个司机，从房子里冲出来，并且大喊："他来了！他来了！他们从彼得博罗打来电话，十分钟内就到！"

整个家庭的人都激动起来了。大家都集中在门前的车道两旁，就连园艺师、女佣人和戴着厨师帽围着围裙的女厨师也来了，只有老克朗比连看都不看一眼。苏托恩夫人焦急地看着表。大家都紧张地等待着。

"大家为什么这样激动呀？"罗伯特问。

"你当然不知道，这意味着什么了！几乎四千千米的沙漠，必须在几天内穿过去。如果你那时偏离大道的话，你只能躺在那里了！没有水，周围没有一个人……只有野蛮人。"当时，在米歇尔说这些话的时候，听得出来，他有点生气。

"野蛮人？"罗伯特问，"什么样的野蛮人？"

"它们乌黑乌黑的,我只能告诉你这些。他们生活在澳大利亚内地没人的地方,没人知道他们整天在干什么,他们没有真正的家,他们靠标枪和飞去来器狩猎。有时候人们在这里也能看到他们,我不得不承认,他们使我感到一种不可名状的恐惧。"

"我们每次都这样高兴,只要爸爸一回家,"卡洛琳娜说,"谁知道呢,干吗每年都要进行这样危险的汽车拉力赛呢?孤零零的,他可以干脆不参加嘛。"

米歇尔把一个望远镜放在了眼睛上,一团巨大的红色尘土在林荫大道上扬起。发动机排气管道的声音越来越大,罗伯特看到一辆火红色的运动车开到近前。上面的车顶是敞开着的,但它不是真正的敞篷车,因为它的边窗是打不开的。而且它的发动机听起来极度高速运转,从侧面的蛇形管道看,这是一种压气机。可能是战后英国的双座敞篷车?或者,甚至是一辆战后时期末的赛车?不,罗伯特估计是阿斯顿—马丁或洛塔斯。那个时候已经有洛塔斯了吗?拉提博尔似乎一眼就能认出来这是什么车,甚至还可以说出它的制造年代。但无论如何,这东西看上去像一个炸弹似的。手握方向盘的那人可以看得出来是一个头戴皮防护帽的男人,他还戴着一副巨大的黑色防尘眼镜。随着一声刺耳的刹车声,发动机停止了运转。那个开车的人摘下眼镜和防护帽,打开车门走了下来,什么车门呀,实际上就是用黄色的赛璐珞做成的小窗户而已。

"爸爸!"孩子们叫着冲过去。他拥抱他们,并且问候着他夫人。罗伯特看见他有白色的鬓角了,他的脸皮像一张薄薄的精细的皮革贴上去似的,并且被太阳晒得黝黑黝黑的,在额头和下巴上有两个深深的红色伤疤。

"这是我朋友罗伯特,"卡洛琳娜说,"他已经在这里待了几天了,我们给了他那间绿色的房间,允许他住下吧!好吧,爹爹!"

"为什么不呢?就我来说,"男主人说,并且仔细地打量着罗伯特,"你们是在哪里碰上他的?"

"他参加我们的电影拍摄,后来他们忘了把他接走了。"

"啊,是这样。你们的电影!拍得怎么样了?那位导演,他叫什么来着,他对你们满意吗?"

"所有的镜头都拍完了,"米歇尔骄傲地说,"于是我们每个人都挣了15英镑。"

这使罗伯特在感情上受到了一点小小的伤害。他一点薪俸也没有拿到，虽然他需要有点自己的钱啊。但他必须承认，没有任何人聘请过他呀。

现在他一定要耐心等待，静静地待着，不要让人看出任何破绽来，要装得就像在安娜拜做客一样，要把这件事看做是世界上最普通的事情一样。

"非常感谢，先生。"他说。杰弗里伸出手与他握手，并热烈欢迎他。

接下来圣诞节到了，一个没有大雪的圣诞节，一个在仲夏夜过的圣诞节。罗伯特着急了，因为他没有任何礼物可以送人。他翻腾起他的五斗橱来了，可在他的这些东西里他没有找到一样适合送给苏托恩夫人的。也许火轮可以？他犹豫不定。这不太小气了吗？卡洛琳娜会不会见笑呢？或者她会不会觉得太小孩子气了？他决定去问她妈妈。

当他敲她的门时，她正在里面化妆。

"苏托恩夫人。"他开始胆怯起来了。

"尽管进来，你不会打扰我的。另外，你还可以随心所欲地跟我聊聊。"

他走到她跟前。她正在镜子前面试一条鲜亮的珠链，在桌子上他看见一个打开的小匣子，在一个天蓝色的丝绒上十分小心地放着一个绿宝石项圈。

"你有这么稀奇的东西。"罗伯特低声说。

"这是我父亲给我的，它是我来澳大利亚时，唯一带来的一样东西，你好好地看看吧。"

罗伯特把项圈内盖上的金字读了出来：

萨洛蒙·希尔斯贝格
王家宫廷宝石匠

"啊，夫人"，他说，"看来我真显得贫穷了。我不知道我要送给卡洛琳娜什么东西。"

他从口袋儿里掏出他的小火轮，并把它送到苏托恩夫人的面前。

"这的确很奇妙，"她笑着说，"这个小东西我还从来没见过呢。你看，它还发着光！比我的宝石项圈还亮。卡洛琳娜一定很高兴，我向你保证！"

她是对的。当礼物在大厅里分发的时候，卡洛琳娜最激动，她整个时间都在玩火轮的小轮子。她把崭新的自行车、法国围巾，甚至时髦的马裤都放在了一边。一双送给罗伯特的耐穿的旅游鞋放在礼物桌上,他在俄国时多么需要它们啊。因此他不得不想起了奥尔加,她后来怎么样了呢?这使他觉得,他好像回到了当年坐在她药房里的时候。不过,事情还是要发展下去的呀!他飞快地推算了一下。从1956年—1946年,整整十年。他一想起这些,就感到头晕。可以说,他前进了四天,却同时后退了十年。这真是荒诞透顶啊!

这时女厨师敲响了开饭锣。他们给罗伯特的是英式烤牛排和葡萄干布丁。他费了好大的劲,才把这堆褐色的吃起来有点像榭如树油、桂皮和葡萄干味道的东西咽下去。真是一个可怕的大杂烩,但其他人看起来得到的是美味佳肴。

在烛光的映照下,杰弗里脸上的伤疤显得火红火红的。他小声问卡洛琳娜,是不是车祸造成的呀?

"不,这是在战争中留下的。爹爹当时在新几内亚,他在那里与日本人作战。一个杀伤弹击中了他,他全身都受了伤,真是非常可怕。不再敢面对这一事实,但从那以后,他和以前就不一样了。以前,在我小的时候,他带我到处去,而现在他几乎不跟我说话了。"

吃完饭后,苏托恩夫人坐在房间的一侧。阿巴斯诺特先生,那个家庭教师站到她的旁边唱歌。使罗伯特惊奇的是,他的男中音的嗓子堪称完美。这个头发鬈曲的人很会唱歌,这一点大家不得不承认!他为什么不能容忍他,罗伯特似乎也说不上来。这个男人可没做过对不起他的事啊。但每一次,如果看到他的话,罗伯特就怒火中烧。

否则,像这样精彩的场面他还从来就没有遇到过呢。他完全无忧无虑地过着日子,并且根本不想去思考什么。他觉得宁可傻点好,傻比机灵和像在西伯利亚时充满忧愁更幸福。新年过后的一天,卡洛琳娜教他骑马。刚一开始时,他行动特别笨拙,差点儿被从上面扔下来,但卡洛琳娜是一个有耐性的教师,而他的马脾气也很好。他们整个下午都在周围漫游,直到天黑才回来。

有一次,他们从一个个用瓦楞铁皮盖的棚屋的居住点骑过去。半裸体的孩子们在街上玩耍,男人们拿着啤酒瓶子跟在他们后面大喊大叫。

"这里纯粹是一个贫民区,"罗伯特说,"像这样的地方这里还有吗?"

"他们都是季节工,"卡洛琳娜向他解释说,"现在,在夏天他们没事儿干,整天狂饮,到了晚上他们就揍他们的女人们。"

罗伯特惊奇地看着他们,而她看上去却显得无所谓。

"你一定知道,什么是澳大利亚本地人吧?"

不,他哪里知道。

"在他们的头脑里,什么都比不上他们的运动:汽车和啤酒。他们认为我们痴呆,理由是我们读了许多书。我一次也不会和邻居的孩子们聊天。"

"那是为什么呢?"

"因为他们太无聊!"

"我不知道,你是怎么认为的,卡洛琳娜。我觉得我很喜欢这里。"

"是的,你说得对,这里使我们感到不错,而且安娜拜也非常美。但从长远看……你知道,我宁可离这里远点儿,越远越好!我想去看看世界,旅行,我自己去冒险。"

她说话简直就像瞎子谈颜色,罗伯特想。他真的不希望她作为一个女特务被投到任何一个冰冷的地下室里,或落到任何一个陌生的地方。他看着她,并且产生了一种一定要保护她的感觉。

"要是我处在你的地位的话,我宁可待在这里,"他终于说道,"在别的地方没有马,没有给你端来你爱吃的葡萄布丁的女厨师。"

他们沉默不语地继续往前骑,当他们来到马厩时,卡洛琳娜才说:"你是不是把我当成一个有点娇生惯养的小孩了?也许我是吧。大家都说,我是爹爹的宝贝女儿,即使他最近一段时间几乎不再关心我了,那我也仍然是。"

"因此说,最重要的是,你在这里过得很好。"罗伯特想使她安静下来,可她突然发起怒来,并且说:"你根本不了解我!你相信吗,我愿意将我的意志长期在这个讨厌的农场消沉下去吗?"

这时他轻轻地挽着她的胳臂,这样持续好长时间,直至她的怒气渐渐消失为止。

每天上午,米歇尔和卡洛琳娜在阿巴斯诺特先生那里上他们的课时——最近由于天热而改在凉爽的大厅里了——罗伯特大多在马厩、温室或车棚一带闲逛。总是这样,如果这个老师准备给他们两个讲英国历史或三角函数时,他就软弱起来,并且断然拒绝参加。在他的眼里,这个男人是个无能的人。

相比之下,老克朗比更吸引他。他蹑手蹑脚地围着他的工作间转来转去,并且透过窗户往里窥探,直到有一天老人走到门前,并且发出呼噜呼噜的声音说:"有什么可直瞪瞪地看的?你没有什么好干的吗?如果你控制不住自己的话,最好还是马上进来,不要在窗户前面晃来晃去。"

车棚里散发着润滑油和烧焦皮子的味道。"昨天晚上我就把他收拾好了,想看看吗?"克朗比说,并且指着罗伯特第一次来时看到过的那辆废弃的汽车。这是一辆装有可摆动的挡泥板和宽宽的脚踏板的老本特利,行李室上面还放着一个备用车轮。车身不像他记忆中的那样用千斤顶顶起的,老人在原来的底盘上又把它装配起来了。

"我又把它搞好了。"克朗比说。罗伯特怀疑地看着他的成果,车身上的油漆到处都崩裂开来,排气管锈迹斑斑,挡风玻璃看上去像是被一块石头击中过似的。

"您打算开这个老爷车?"罗伯特问。

"开它,那还用说!1934年造,现在仍然是一个坚固的制成品,这样的车现在根本不制造了。你可以跟我一起去,如果你不相信的话。"

"去哪里?"

"只是一个小小的试车,去考珀家的温希那里,我的老朋友家里看看。走,上车!"

为什么一定要说不呢?罗伯特喜欢郊游。克朗比又扔在后座上一只汽油桶和一个水罐,然后他就开着车走了。

首先他们穿过几个积满灰尘的小居民点,它们给人以被遗弃的感觉。很快就看不见田地和篱笆了。在远处贫瘠的平原上,只长着散乱的树木和尖硬的野草。突然,他们从一个巨大的雪白色的湖旁驶过去。

"盐,只不过是盐而已,"克朗比解释道,"你看不到水,水在干硬的表皮下面,至少有两米厚,养不活鱼,一切都是死路一条。"

当他们在路上开了四个小时的时候,罗伯特渐渐坐不住了。"告诉我,克朗比,"他开始说话了,"我们到底去哪里?"

"你马上就看见了。"

"但我必须在安娜拜吃晚饭,否则莉亚,我是说,苏托恩夫人,也许该担心了。"

"漂亮的莉亚!到目前为止,你已经取得了一些进展。真了不起!"

"你容不下她,你承认!你根本容不下苏托恩夫人一家。"

"那又怎么样呢?我更喜欢我的老朋友。我是一个独特的人,我待在安娜拜，是因为对灌木丛来说我太老了。你知道什么！他们，苏托恩一家，根本不是真正的澳大利亚人。他们以为他们是什么好人，因为他们有一大堆钱，从他们的行为看，他们好像是英国人。"他蔑视地从鼻孔里哼出一股气，"那你呢？你也是这么一个英国人吗？"

"那好吧，"罗伯特回答说，"我本来就不是这里的人，但他们大家对我都很好，这我必须要说在前头。"

"但随着时间的推移，你会改变自己的看法的。"更多的克朗比不想说了。罗伯特几乎要睡着了，因为这一段的风景太单调了。突然，老人推了他一下，于是罗伯特看到，他们好像遇到了一群骆驼。这群动物至少有二十多个，它们悠然自得地慢慢腾腾地走着。罗伯特以为自己在做梦，澳大利亚也会有骆驼？但克朗比看起来一点也不感到惊奇。他沉着地拖曳着他的美丽的本特利，它在这个沙漠式的地带中穿过这个张口呆视的畜群时，仍然显得很奇特。"它们毁坏植物，它们像家兔那样繁殖，我们已经把它们射杀数千头了，但没有用。"

夜幕已经降临，罗伯特在远处看到了一连串白色的小山丘。不像是雪，也许是盐？

"我们马上就到了，"克朗比说，"前面就是考珀家的温希的住处了。你看见地表层上面的土堆了吗？这样的土堆到处都可以看到，那就是挖掘人工作的地方。什么？你当然不知道什么是挖掘人？他们可以说就是澳大利亚人！"

罗伯特渐渐地领会了克朗比讲的要点。在这个地方几乎都是些铁皮屋，住着一千多人，他们来自世界各地，为的是挖地，寻找宝石。

"蛋白石，"老人喊道，"世界上最美的蛋白石！如果你幸运的话，可找到一块黑石或一块彩石，那你至少也要弄到几百英镑。这种石头必须深度发光，有卓越的色彩变幻，你懂吗，而且不能有任何一点乳白色的地方。鲍勃·马利甘，我的老朋友，他在这里已经二十多年了。他对这个很在行，这一点你可以相信我。"

在街道的左右两旁和碎石荒地的中间，到处都是巨大的由发光的沙子组成的鼹鼠式土丘。有些地方还有被抛弃的坑道和矿井。任何地方都看不见一个人影。

"挖掘人到底住在哪儿啊？"罗伯特想知道。看样子，他必须忍受一下，在这个荒野的地方过夜了。但在这个鬼地方，他想，能有床铺、客栈、可以食用的东西吗？

"你马上就看见了。"他听到的总是这句话。在一步远的地方，他们遇到了第一拨儿蛋白石的勘探者。他们看上去虽然衣衫褴褛，没洗过澡，但却非常强壮。他们的白眼珠儿从他们结了一层黏土的脸上发出光来，而他们的头发里沾满了许多尘土。给罗伯特的印象是，跟他们很难相处。克朗比驾驶着他的老爷车来到了沙土中，突然他把它停了下来。

"到站了，"他喊道，"你可以下车了。"罗伯特看了看四周。这里到处都没有任何生机。"这里。"老人命令道。他走到一个地洞口的前面停了下来。"比尔！"他喊道，"出来！"

一个沉闷的声音答应着，紧接着地洞里也亮了起来。在一个有遮光装置的提灯的照亮下，罗伯特看见一个被凿出的干干净净的阶梯通向下面，一个强壮的光着膀子的男人从下面走了上来，并径直向克朗比冲过去，拍了拍他的肩膀，紧接着就是骂着笑着拥抱他。他们两个高兴得手舞足蹈，简直把罗伯特给忘了。

"进来吧。"挖掘人说。

"我把他带来了，这个小男孩在苏托恩那里住下了，你已经知道了，但我觉得他不那么讨厌。"

罗伯特跟在他们两个的后面，跌跌绊绊地走下陡峭的台阶，来到一个深深的井状的空间里。这里舒适凉爽，这个比尔在地下大约三至四米深的地方建造了一个真正的洞穴式住房。这里有双层床、酒精炉、水罐和窄橱，在最后面的墙角里有鹤嘴锄、铁锹、筛子、凿子和沉重的沾满泥土的冲击钻——这是整个房间的摆设。

挖掘人马上拿出了面包、熏肉、刀子和叉子，但他首先拖来了一箱子啤酒。罗伯特也跟着吃喝起来，但他非常累了，过了一会儿，比尔给他打开了一个散发着煤油味儿的睡袋。过了好长时间，他还能听到他们两个在说话、骂人、唱歌和怪声大叫，然而尽管他们如此大声吵闹，他最终还是睡着了。

当他们在第二天早上爬上来时，太阳已将它那闪烁的光线散落在没有树木的平原上了。在鼹鼠式土丘的中间也已经热闹起来了，到处都是挖掘人在他们的坑道和过道里挖刨、铣切和钻探的声音。一些申请购买土地的人也像真正的矿工似的挖掘起来，而他们的土地占有者则拥有滑车组和放在铁轨上

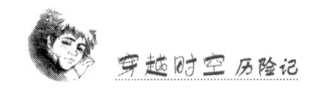

的沉重的钻机,而且还建有奇形怪状的吸尘器。其他人只能用铁锹和鹤嘴锄费劲地刨起来。

"每个人在这里都能碰碰运气吗?"罗伯特问。

"你有兴趣挖一挖吗?那你一定要住下来!三天以后也许你就坚持不下去了。"老人郑重地说。

"让他试试吧,"比尔反对道,"我们大家不都是从小开始的吗,但不过要注意!你想在这里搞到一个许可证几乎是不可能的。往后,你可以圈定一块申请购买地。当然,好的地方早就没有了。因此,你的机会基本上等于零。可不是这样嘛,凡是地下的东西,都属于挖掘人。凡是他们找遍的石头或扔进碎石场的东西,都是一钱不值的货。当他们每个人可以在坑道里翻寻的时候,他们就打算能找到多少就找多少。那些可怜虫只能在地面上找,他们都是清一色的傻瓜。他们叫什么来着,他们没有自己申请购买的地,他们使我感到同情。不过,或许偶尔他们也能找到一个值钱的东西。"

"胡说八道,"老克朗比低声吼道,"对于这些傻瓜的故事我一个字也不信。在我必须要回去之前,还是让我们去喝一杯吧。埃利斯·巴德还在吗?我请你们在座的每人喝一杯。"

但罗伯特对一大早上就喝几瓶啤酒不感兴趣,"如果你借给我一把铁锹的话,我想试一试。"罗伯特冲着比尔说。两个男人笑话了他一番,克朗比敲了敲脑门儿,但他的好心肠的朋友说:"就是一只瞎眼的鸡有时也能找到一颗谷粒呢。"于是,他们就让他一个人拿着铁锹在荒地里,在几千个鼹鼠式土丘的过道里任他向前挖掘。

罗伯特不知道应该从哪里开始,他只好随意在附近的一个沙堆上翻找起来,但当太阳高高升起的时候,他的一片热情减了大半。这里到处都没有一个可以遮阴的地方。他越是在乱石堆里翻腾,落到他身上的尘土就越多,他已经后悔不该跟他来了。他在想象克朗比和他的老朋友比尔是怎样地坐在遮阴的帐篷里喝酒,于是他想到喝一杯冰凉的啤酒滋润一下干渴的嘴该多好啊。

"停一下!"一个嘶哑的声音从他身后传来,吓了他一跳。他转过身来,看见一个留着大胡子的小个子黑人向他走来,他长着宽宽的鼻子,浓浓的眉毛,一头蓬乱的头发,戴着一顶宽边草帽。这样的人原来就是令卡洛琳娜毛骨悚然的野蛮人中的一个吧,然而,这个戴着太阳镜、穿着沙土色裤子的男人看上去却非常一般。

"你是从哪里来到这儿的？如果你这样干下去的话，没有帽子，没有手套，我的朋友，你会中暑的。"

"我不是这里的人。"罗伯特说，并且放下了手中的铁锹，他不知道这个小个子男人为什么吓唬他。

"你们大家都不是这里的人，我，我相信，唯独我是。想来一块儿口香糖吗？"

罗伯特从把他的最后一块口香糖扔到嘴里到现在已有很长时间了，那还是在俄国的电影院里吃的最后一块口香糖。他现在需要的正是一块薄荷口味的口香糖，它比啤酒好多了。

"谢谢，非常感谢，"罗伯特说，"但怎么唯独您是这里的人呢？"

"那些其他的人，他们都是从世界各地跑到这里来的。"

"没有真正的澳大利亚人吗？"

"真正的澳大利人是没有的，小朋友。那些白人自夸自大，他们把这里当成了家。但没人叫他们来啊，他们落到这里，仅仅是一个偶然的事件而已。"

跟我完全一样，罗伯特想。

"他们在我们这里到底找什么呢？"这个男人喊道。他看样子把罗伯特给忘了，当他继续说下去的时候，他的眼睛闪闪发光，他的声音几乎突然发生了变化。"这是我们的土地，"他发出嘶哑的声音说，"我们早就在这里了。"

"对此我一点都不知道。"罗伯特结结巴巴地说。

"那很好，但你在这里丢掉了什么呢？"

"我找石头，我的朋友告诉我，这里每一个人都可以开采。"

"哈！你当然可以用你的可笑的小铁锹长久地在这里无序地忙活下去，我的小家伙。我已经在这里干了七年了，那我从这里又搞到了什么呢？连几双新鞋也没挣到。这些该诅咒的蛋白石只会给人们带来不幸。你不知道这些吗？或者你装傻？"

他和罗伯特一样都没有兴趣再干下去了，于是他们两个就这样聊起了那些挖掘人和傻瓜，罗伯特这才对安娜拜的人们对此一无所知有了一些了解。

当老克朗比再次来到他的生锈的奔特利跟前时，太阳已经高高升起来了。他向小个子黑人投去了一束阴森森的目光，并且示意罗伯特该上车了。罗伯特弯下身去，飞快地往口袋儿里装了几块小石头作为纪念———一个令人讨厌的习惯，他可能改不掉了，他有礼貌地向长着一头蓬乱头发的正面无表情地看着那辆汽车的朋友告别。他在比尔面前感谢他借给他铁锹，然后，他们就登上了返程的路。

"你最好看一看，他是否偷你什么东西了没有？"克朗比提醒他说，"对于他们你一定要注意！"

"我身上什么都没有，"罗伯特一边说一边翻腾裤兜儿表示什么都没有，"只有这一点点不值钱的东西。这就是我找到的全部东西。"

"你看见了吗？我跟你说什么来着？"

他在漫长的行程中也没有说更多的话。突然，汽油没有了，罗伯特必须把储存桶里的汽油再灌到油箱里。

"小心！"老人喊道。一条黑色的蛇正在小路上爬行，罗伯特跳到了一边。"要是谁穿着这种蠢鞋在灌木丛里闲逛遇见它的话，"克朗比嘀嘀咕咕地说，"那才算是自作自受呢。你还算是很幸运的，如果它要咬到你的话，那你可就不存在了。这种畜生都能置人于死地，你要记住！"

他确实是一个脾气不好的老人。但罗伯特喜欢他，而这次去考珀家的温希那里的冒险他也很喜欢，尽管他一个蛋白石也未找到。当很晚的时候，他们才看见安娜拜的灯光，尽管如此他也很高兴。也许他们大家都是对的，罗伯特想，老克朗比、比尔、挖掘人和根本不野的野人，也许他本人和他的女朋友卡洛琳娜一样娇生惯养。然而当苏托恩夫人责怪他的时候——因为他两天多不着家，也不给家里说一声，她仍然马上给他端来一杯冰茶和一些面包，由此他感到非常幸福和满足。

自从和克朗比一起出游到现在已一个星期了，这天他吃完早饭漫不经心地从马厩旁边走过去。突然在一个棚里听见有人在哭泣，能是谁呢？他在里面发现了卡洛琳娜，她蹲在地上哭着。她双手捂住耳朵，失望地晃来晃去。

"你怎么了？出什么事了？"

她只是摇头，什么都不说。他开始抚摸她，但她推开了他，他一时没了主意。

"你可以告诉我嘛。"他恳求她说。

"我想离开这里！"她突然冒出一句，"只有离开！"

他轻轻地将她的脑袋放在自己的怀里，并且耐心地等她开口说话。

"因为妈妈，"她终于说道，"她有情人了。"

"这一定是你自己想象出来的，卡洛琳娜。"

"不！"她向他叫喊道，"不！"

"你是从哪里知道的？那么他是谁？你相信吗？"

"是这样的，昨天半夜里我必须要出去。爹爹已经进城去做羊毛交易了，他必须为搞个好价钱而操心，你知道吗，这时我看见阿巴斯诺特从妈妈的卧室里出来。"

"什么？家庭教师？那个卑鄙的教书匠？"

"他是轻手轻脚地溜走的，我当时全都明白了。你必须知道。妈妈和爹爹之间早就不好了，自从他受伤以来。现在一切都结束了，我一定要离开这里！如果我要知道，该怎么离开就好了！"

罗伯特觉得，不应该长时间地让她忍受痛苦。

"你想想，你可以旅游，你想去哪里，"他小声对着她的耳朵说，"太简单了！"他用手指头打了个榧子，"你想去哪里？"

"当然是英国。"

"你一个人？这也许太没意思了。"

"和你一块儿去。"她小声说。

这时他不再把她搂在怀里了。

"你仔细听着，我打算告诉你一个秘密。但你答应我谁也不能说，就连你妈妈也不行。"

卡洛琳娜点点头。

"你知道我是怎么到这里来的吗？"

"当然是坐我们的别克来的。"

"傻瓜，我的意思是怎么到澳大利亚来的？"

"也许是坐船，从德国来。"

"你是怎么知道我从德国来的？"

"你知道，我们能不注意这个吗？但我是听说的。米歇尔从一开始就断定，你是一个野蛮人。"

"一个野蛮人？为什么？这是什么意思？"

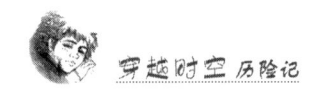

"是这样的，自第一次世界大战以后，这里都这样叫德国人。但妈妈不许他这样叫你。她相信，你父母在纳粹上台之前就逃走了，对不对？"

罗伯特忍了下来，他对这段历史不了解，但又不愿意撒谎。最后他鼓起了他的全部勇气。

"你可记得，"他说，"当时我是怎么突然出现的？怎么突然出现在你们拍寻宝那场戏的山上的？在这之前你已经参加拍摄那个电影了，不是吗？你注意到我了吗？没有吧？你看！我突然出现在现场。就在一瞬间出现在其他人的中间。准确地说，我还可以轻而易举地从一个画面上再次消失，你也可以。"

"你撒谎。"她说。

"如果你相信我的话，我可以证明给你看，这只需要持续几分钟。"

她迟疑了片刻，但最终还是跟他来到了他的房间。在房间里，他拉开了五斗橱的所有抽屉，把里面的东西全扔到了桌子上。卡洛琳娜迷惘地看着这些乱七八糟的东西。

"这一个，"罗伯特说，随即把他的俄语词典拿到她的鼻子底下，"是我从西伯利亚带来的，而它是莫斯科出版的！"

她拿起那个印章，于是他跟她解释上面写的是什么字："KGB——克格勃，这是我在政治警察局搞到的。也就是说，我坐了三天多的监狱。"

"你不是在说疯话吧。"卡洛琳娜说。但他没有想停下来的意思，"而那个火轮，我送给你的那个火轮，是从德国带来的，钱也是。"他拿起他的马克硬币。

卡洛琳娜坐在床上，并且茫然不知所措地打量着他。

"对此我什么都不知道，"片刻之后他又说道，"这都是我的眼睛干的。如果我在晚上睡觉前揉一下眼睛的话，我就会看到许多东西，你会吗？全是彩色的图像。不过，还有完全意想不到的事情也发生在了我身上。如果我不论在什么地方看电影或看电视——当然用不着我去多想，我就会经常陷入到这样一个状态中，你已经知道了，你叫它什么都行，只要你愿意，我的女老师总是说我心不在焉，这时我只需要揉一下眼睛，我就已经在电影或电视播放的画面里了。"

这听起来简直令人难以置信，卡洛琳娜皱起了眉头。

"你说的电视是什么东西！"她问，"是不是这样子，就像是用望远镜看见的那个样子？"

在房间里，他拉开了五斗橱的所有抽屉，把里面的东西全扔到了桌子上。卡洛琳娜迷惘地看着这些乱七八糟的东西。

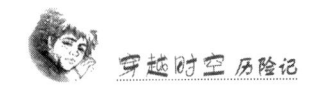

他该给自己来一个耳光。这件事情不管怎样已经够复杂的了，而且他偏偏又把那个该死的让人作难的日历给忘了，那时，也就是现在，1946年，在澳大利亚可能还根本没有真正的电视节目。

"是的，当然。"他马上说，"我就那么看着电影，并且揉了一下眼睛，然后我就在那里了。"

"在哪里了？"

"那里，就是电影演的地方。就这样，我一下到了俄国，第二次我就落到了这里，澳大利亚，你们拍电影的地方。"

"我不相信你的话，罗伯特。"

"那好吧，如果你不想相信的话。我知道，这事听起来有点特殊。因此我还没给任何人讲过，除了你。我想，你慢慢会理解的。"

她想了片刻，然后鼓起勇气来，并且带着一副没有打消疑虑的微笑说："如果这事那么简单的话，那你为什么不告诉我，我该怎么做呢？"

"可我非常乐意！最好马上就开始！我们这就试一试这个办法。然后我们就一起去旅行，你仍然想去英国吗？"

"是的，但这里没有电影院。最近的一家电影院在伊丽莎白，离这里有五英里。"

罗伯特想了想，"也许用一张照片也行，"他迟疑不决地说，"你们家有没有一本关于英国的书，有插图的？"

"肯定有，等我一会儿，我去图书室拿一本。"

当她回来时，她手里拿着一本图画册，上写着"英国乡村大型住房"的字样。他们翻来翻去，寻找最美的房子。一开始他们意见不统一，但后来他们发现了一个谁都没有意见的房子。这是一幢装有绿色百叶窗的雪白色的住房，它坐落在野草丛生的花园里，不大也不小。

"那么我们做什么，如果我们要到那里去的话？"卡洛琳娜想知道，"在英国没有人认识我们。也许他们根本不让我们进去，或者他们问我们是谁，我们从哪里来。那么我们该怎么说呢？"

罗伯特笑了。"这个我知道，"他含糊不清地说，"当导演大喊'今天到此结束'和公共汽车来接其他孩子时，我是怎么站在那里的，你还记得吗？连我自己都不知道我到了什么地方了。如果你们不把我带来的话，也许我现在还在那里站着呢，这根本没有任何危险。但我已经知道，是怎么闯过去的了。"

她一直怀疑地看着他，然而诱惑是极大的。"那好吧，"她说，"尽管我还有点儿不相信。"他把书拿在手中，并且提醒她："你不许想任何东西。只要看着图画就行！你的大脑必须完全一片空白，你懂吗！然后你就揉你的眼睛，我数到三：一、二、三。"

他们并排坐在床上，并且不停地揉眼睛，揉眼睛，直至卡洛琳娜忍耐不住了，才结束了这次揉眼睛。她生气地用拳头捶了罗伯特一通。

"我就知道你这一套！"她喊道，"为了愚弄我，你自己想出了这一套，而我居然上了你的当了。走开！别打扰我！我再也不想见到你了！"

她一头扑在床上，并且又开始哭了起来。罗伯特感到很羞愧，这使他的心情极为沉重，他自己也流出了眼泪。他小心谨慎地把胳膊搭在他女朋友身上，而她并没有把他推开。"原谅我，"他轻声低语地说，"我只是想帮你一把，因为你在这里忍受不下去了，可我没有对你说谎。"她还有一点儿叹息，但她什么也没说。

他们一起躺在了床上，并且相互挽着胳膊。卡洛琳娜忘记了她的愤怒，并自己安慰自己一番，很快她就不再想那个失败的旅行了。在纯真的愉快中，他们两个睡着了。是的，人们在极度的愉快中也可以入睡。

接近傍晚时分，他们被粗暴地唤醒了。门被打开了，有人大喊："你们要干什么？你们丧失理智了？"原来是米歇尔的声音。他们惊恐万分，卡洛琳娜的哥哥高高举起拳头向罗伯特走去。他气得不得了，并且抓住他的胳膊大喊："不要打扰我妹妹，你这个白痴！否则……否则我杀了你！"

"他什么都没干，"卡洛琳娜用坚定的口气说，"完全不是像你想象的那么回事儿。再说，这与你有什么相干。走开！你给我出去！"

米歇尔恼怒地退了出去。罗伯特准备起来，但卡洛琳娜拦住了他。"他总是认为，他必须要照顾我，"她骂道，"他只不过是我的异父兄弟而已。肯定无疑，我们的爹爹跟他讲的。"

"他不会说出去的，"罗伯特试图使她安静下来，"他也会掌握分寸的。"

可他当时看错了。几天过去了，他们两个相信，一切都该恢复正常了。只有那个令人恶心的阿巴斯诺特先生也许还不知道这件事，当他知道时，卡洛琳娜偷偷地给他使眼色。苏托恩夫人仍不知道这事，而米歇尔则有意避开

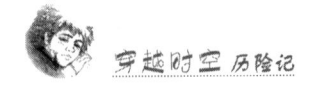

他们两个，并且沉默不语。

直到有一天晚上吃过饭后杰弗里敲着桌子，并且令人惊异地讲了一段话后，才打破了僵局。

"你一直想到英国去学习，卡洛琳娜，"他开始说道，"我同意！我觉得这个主意很好。但如果你确实想到牛津去的话，我已经打听好了一所很好的寄宿学校。你光靠阿巴斯诺特先生讲的那点东西，"——这时他向那位家庭教师投去了冷漠的目光，"无论如何是不够用的了。你下周就可以出发了，船票已经订好了，莉亚将帮你打点行李。我想，这对我们大家来说，都是最好的解决办法。"

接下来是死一般的沉静。罗伯特看见米歇尔呆呆地扫了一眼卡洛琳娜。这都是他的过错！他把他妹妹出卖了。这个阴险的家伙！莉亚无可奈何地举起手来，以表示她没有别的办法来阻止这个决定。"不要这样难过，就算我求你了，"杰弗里补充道，"这正是你始终所希望的呀，卡洛琳娜。"

这天晚上过得特别让人压抑。

第二天，一种令人不快的气氛笼罩在安娜拜的上空。就连天气也来凑热闹。一天下了几次大雷雨，大家都待在自己的房间里没出来。莉亚和卡洛琳娜为旅行准备。罗伯特觉得浑身特别软弱无力，好像得了流感似的。他在马厩里只碰见卡洛琳娜一次。她正欲骑马外出，过了好大一阵子她才难过地说："你做得的确是对的。你打了一个榧子，仙子就满足了你的愿望，我不该揉我的眼睛。"

"你不要这样说，卡洛琳娜。这你完全清楚，这都是米歇尔的罪过。他大吃他那无聊的醋！我真想勒死他。"

"我也是。我真不知道，这该怎么办。另外，勒死他也没有用。"

全家唯一不知道这件事的只有女厨师了。她只是感到惊奇的是，卡洛琳娜没有胃口。"她一向向往英国，可现在却一下子不向往了。"

在启程的早上，大家又都站在了房前。这一次甚至老克朗比也来了。只有阿巴斯诺特先生，那个令人作呕的只会取悦女人的男人没来。他在头天晚上就已经走了，看样子没人觉得他的不存在会使人感到大有所失，就连莉亚也没有感到这一点。杰弗里面无表情地看着特维基，那位司机把很大的海运行李箱摆好，莉亚用手帕轻轻擦拭她睫毛上的染眉油。然后大家一一拥抱卡洛琳娜，她尽力控制自己的感情，即使这样，她的眼睛里还是挂满了泪水。罗伯特除了拥抱她，还给她一个告别吻，并同时怒冲冲地看了一眼米歇尔，好像是说："相比之下，你没这个份儿。"

当白色的别克在一团飞扬的尘土中消失时，罗伯特飞快地跑回了自己的房间，他一天也不想待在安娜拜了。"亲爱的，"他想，"我打算到阿德莱德或悉尼去碰碰运气。"

这一次他无论如何也不想听其自然了。他穿上那身最好的衣服，即米歇尔借给他的那身衣服。难道那个告密者还要穿着罗伯特的那件口袋儿鼓鼓的且还缺少纽扣的旧蓝色夹克衫到处乱跑吗？

罗伯特消除了自己一心要报仇的思想。他从抽屉里找到他的全部随身物品，并把它们一股脑儿地放进了口袋儿里。人们真不知道，这些东西有什么好的。

这时有人敲门，当他打开门时，他看见苏托恩夫人站在外面。

"罗伯特，你在干什么呀？你也想离开我们吗？"

他真不知道该怎么回答才好。

"进来，我们应该不要拘束才是。经过刚才的一番激动之后，我很想喝一杯茶。"她是来请他参加一个小型沙龙的，她还从未邀请他参加过这样一个小型集会。

"请相信我，我很体谅你的心情。安娜拜不是什么都是最好的，但我已经经历过一个糟糕的年代了。"

"我也是，"罗伯特说，"告诉我，您是怎么到澳大利亚来的？您是在这里出生的吗？"

"不，"她微笑着说，"我也是流落到这里的，完全和你一样，我觉得。我说的对吗？"

罗伯特此时差一点儿又流出了眼泪。这真让人恼火儿！但他决定要从容不迫。可这时他忽然想起了家，想起难得见面的父亲、母亲、他的好朋友拉提博尔，甚至住在养老院的外祖母和在老温齐格尔那里上的绘画课。使他完全感到惊奇的是，他有一种说不出来的感觉。这也许就是那种人们叫做想家的感觉吧。

"你想看看吗？"莉亚问，并且同情地望着他，好像她已经猜出来，下面发生在他身上的事情是什么了。她拿起放在茶几上的相册,并把它递给了罗伯特。

他打开这本用皮革装帧的相册,并且翻看起来。里面全是些老照片,有的已经有点发黄了。男人们穿着小礼服,脖子上挂着勋章;女人们穿着结婚礼服,老太太们把穿着白色衣服的孙子们抱在怀里。他打开新的一页,这时他屏住了呼吸。照片上是一位穿着黑色泳装的少女,一个身材瘦长的男人将胳膊搭在她的肩上,二人微笑着看着镜头。但这并不是使他感到惊奇的,使他感到惊奇的是,照片上有游泳池,有小房子,后面有教堂尖塔,教堂前的铁栏杆上长满了野葡萄蔓,他们两个就站在栏杆的前面。

他辨认出了所有的东西,直至最小的细节他也看出来了。照片上的露天游泳池,当他在家的时候,如果在夏天特别热的话,他都会在里面度过一个闲暇的时刻。他的游泳池,在地球的另一边,可望而不可即!照片在他的眼前游起泳来了,也许他现在又流泪了。他掏出手绢儿,擦了擦眼睛。

莉亚手里拿着茶壶,准备再给罗伯特沏一杯新茶。当她抬头看他时,他已经消失了。她吓得大叫一声,茶壶从她手里滑落下来。她机械地擦拭着溅在衣服上的烫乎乎的污点。"我得把它送到洗衣房去。"这是她当时所能产生的唯一的念头。

第三次旅行

这一次消失得很轻松。罗伯特完全清楚地知道,这一次他落在什么地方了。那些供躺下休息的草地、木栅栏和被漆成白色的小房子——一切如旧。而他穿的那套鲜亮的亚麻布西服也正适合这个季节穿用,从气候看,大约是八月。只是那辆自行车,他骑在上面的那辆自行车,他不认识,他正要从自行车上跳下来。很自然,这辆自行车是属于他的。这一切都显示出是一个好的兆头。这里和往常一样,在天气炎热的时候,都会挤满晒得黝黑的打着盹儿的懒汉和大声叫喊的孩子们。在他前面的草地上,有一对情侣依靠在栏杆上,而第三个人正看着他的照相机取景器,他正准备给他们两个拍照。"这是你们最后的机会,"他说,"我的胶卷没了。你一定要看着我,你,特罗特尔,不是莉亚!"

罗伯特让他的自行车停了下来,并随即跳过了栏杆,向摄影师冲过去。

莉亚?她是莉亚吗?绝对不可能。他不假思索,光凭一个名字就奔跑过去,从某种程度说,有点"心不在焉"。他目不转睛地看着那位姑娘。过了一会儿他认为,面对着他的应该是卡洛琳娜,但仅从这个女子的面孔看,她是黑眼睛,在白色泳帽的下面露出来的是黑色的头发。可以肯定的是,她还不到二十岁。要说她是卡洛琳娜的姐姐还差不多,但实际上并不存在这样一个姐姐呀,而且,此外……此外这一切都是无稽之谈。她穿的那件黑白条纹相间的紧身泳装使她看上去更加迷人。站在她旁边的那个家伙紧紧地抓住她,好像他永远都不想放开她似的,而且还吻了她的脖颈儿一下。她微笑着推开他,这边的罗伯特却听见她抗议道:"够了,阿尔贝特!该回去了,我们两个,但我必须回家了,否则我又该挨爸爸的骂了。"

这是莉亚的声音。可在几分钟前她不是还给他沏茶喝吗?"我也是流落到这里的,"这是她最后说的一句话,"完全跟你一样。"

罗伯特打算大喊一声"莉亚",但他话哽在喉咙里却喊不出来。他又能跟她说些什么呢?说他会在瞬间按动快门进行抓拍?说相册里的照片在世界的另一端放着吗?说他因为与他最好的女朋友分开,而几乎,但仅仅是几乎要号啕大哭起来?说她的女儿卡洛琳娜现正在开往英国住宿学校的一艘轮船上的小房间里睡觉?不,这是说不通的。罗伯特站在那里,不知该怎么办才好。

她惊奇地打量着他,片刻之后他觉得,她好像认识他。但她马上转过身去,那两个男人拉着她从游泳池监督员的小木屋旁边走过去,消失在小更衣室里了。这些小更衣室看上去也完全是另外一个样子,好像他回忆起它们来了。它们是用红木建造的,每扇门上都雕刻有一个区别男女的标志,好像山上农家的厕所,罗伯特曾在这样的小屋里度过假。

他慢慢腾腾地跟着莉亚和她的朋友们走过去。严格讲,他是不知不觉地来到小房间跟前的。他闭着眼睛依靠在小房间的墙上,木地板上湿衣服的气味钻进了他的鼻子里,于是他想起了一件事,准确地说就在这里,在一扇门的后面,他们,他和他的好朋友拉提博尔曾经有一次通过隔板上的木头缝儿往里偷看人家。后来他甚至还有几次梦见过那两个女子,她们在那里相互擦干净身上的水,从上到下,当她们一擦完后,她们就开始相互嬉戏起来……离现在有多长时间了?有几个月了吧?也许有好久好久了?

他打断了自己的回忆,它使他感到很讨厌。现在他才注意观察周围的环境。游泳池看上去好像前不久刚举行了落成仪式,不那么显得破旧,和他想象的不太一样。除了小更衣室以外,其他所有的东西都新油漆了一遍。只是那个高大的跳台不见了,记得跳台上还有一个薄薄的木板,出口处的冷饮小卖部也找不到了。

但游泳池监督员住的小木屋看上去还依然如旧。我对这里很熟悉呀,罗伯特想，这里实际上就是我的家啊，我在这里根本不会出事的。这里与西伯利亚的荒凉和澳大利亚的沙漠完全不一样。

他这次落在什么地方了，这都很清楚了。但在什么时候呢？这是一个问题。发生在他身上的这个问题已不是第一次了，按照这个方式，他在时间空间里被四处冲撞。虽然他不知道如何发展下去，为什么偏偏要发生在他的身上，但事情已经是这样了，他必须就此忍受下去。他要高度注意的是，他消失的方式并不都是一样的。第一次冒险是哭，第二次没允许他揉眼睛，否则也许是另外一种新的形式使他消失。更多的东西，他不想知道了。

他跑了几步来到游泳池监督员的小木屋前，向背阴的空间里望去。监督员的小椅子上空无一人，但后墙上挂着一个广告宣传日历。一位穿着不多的金发女郎，留着一头短发，骑坐在一条橡皮艇上，下面写着：乘折叠船走出炎热的夏天。上面的数字特别小，他无法辨认出来，但在彩色图画的上面，有几个数字特别清楚：

1930年8月

不用问了！离他出生的年代已有半个多世纪了。罗伯特果断地转身离开了小木屋。摄影师第一个走出了小更衣室，紧跟着的是他的朋友，那个热恋中的阿尔贝特，他现在穿着一条方格纹的灯笼裤，脸上堆满了微笑，美丽的莉亚最后也出来了，她穿一件随风飘动的白色上衣，他们三个热烈地闲聊着向出口处走去。罗伯特一下子跃过栏杆，跳到了他的自行车上。

在出口处的外面，他们三个在一辆小型双座敞篷车前停了下来。这是一辆由蓝色和米色两种颜色油漆而成的时髦的老宝马。摄影师驾驶汽车，莉亚挤在了中间，最后上去的是穿灯笼裤的朋友。罗伯特踏上脚蹬，骑上自行车，跟在他们后面疾驰而去。但是，不管他怎么使劲蹬，都无法跟上敞篷车。转眼间，他就看不见莉亚那迎风飘动的头发了。

现在怎么办呢？罗伯特向四周望去。他在努力追赶汽车时，几乎没有注意到周围的环境。他停在了一个十字路口的前面，但他并不认识这个十字路口。周围的房子在他看来又旧又黑，一辆有轨电车咕隆咕隆地从他身边驶过，并且咯吱咯吱地转了一个弯。它的后面有一个敞开的平台，在车厢内，人们都坐在一条木制的长凳上。它看上去特别的小,几乎就像一个玩具车!这里的一切都显得那样小,那样没有活力和贫穷,居住人家的大门、房屋的正面是这样,甚至人也是这样。这就是那个城市,但又不是那个城市。指挥交通的不是交通指示灯,而是一个戴白色头盔的警察。有些汽车特别像黑色的盒子,并且不停地按着喇叭,尽管大街上几乎空无一人。一辆满载麻布口袋的运货马车咕噜咕噜地从市中心缓慢地穿过。马车夫突然使车辆停在一个十字路口前,并走上前去,与一个警察说话,大概是向他问路。再看过路人,他们的穿戴都是那样简朴!

就连商店他也不再认识了。罗伯特在一个服装店的门前停了下来,这个服装店有一个小小的令人感到亲切的商品陈列橱窗,里面还有一个手工制作的标价牌,一套西服才卖三十二马克。商店入口处的左边和右边都高高地挂着一面镶边的黑色镜子,上面分别写着烫金的字:

戈尔德施米德兄弟后裔商店

建于1872年

摩登的女士们、先生们

需用的针织和编织品

始终适合

老年人和儿童穿的服饰!

警察用他戴着白手套的手做了一个夸张的向前推动的放行动作,于是罗伯特继续往前骑下去。他渴了,当他再往前骑了几个街道后,看见一个卖牛奶的小屋,小屋建在公共汽车站上的一个小亭子下面,上面用白色凸起的字体赫然写着两个大字:

牛 奶

于是他停了下来。在小屋前面的一个黑色的写字石板上写着:一大杯全脂牛奶十个帝国芬尼,外加一块华夫巧克力饼干。这里的一切都这么便宜!还有华夫饼干多好吃呀!

第三次旅行

罗伯特万万没有想到在付款时出了问题，他从口袋儿里掏出了他的零用钱。他把十个芬尼硬币推给了那位头戴白色卫生帽的女士，她先是一愣，然后将硬币在太阳光下照了照，随即便开始用她那令人吃惊的低沉的声音骂开了，就像布袋木偶戏中的食人者那样："筹码？假钱！无赖！流氓！你要干什么？你拿这个戏弄我，不行！"

罗伯特吃惊地看着他手中剩下的零钱。当然！这些硬币都是在五十年或六十年后才铸造的，在这个地方，在这个牛奶小卖部里的这个胖子还从未见过这种硬币呢。她用她那捏成拳头的手紧紧握住物证，同时从她的小窗户里探出身子，伸长脖子大叫警察。

罗伯特知道，跟她解释他的差错是没有用的。他跳上自行车，头也不回地骑上车就跑，而且尽他所能，能骑多快就骑多快。当他骑过两条街道时，他还能听到那个"受骗"的女子的叫喊声呢。

渐渐地，他又在这个变化很大的城市里找到了头绪。他想都没用想，就踏上了回家的路，和往常一样，只要他在露天游泳池度过整个一下午的话，他都是走这条路的。但这里的一切和往常相比不仅小了许多——就像人们把一个观剧望远镜翻过来放在眼前看到的那样，而且还散发着另外一种气味——不是汽油，而是煤烟和煤的气味儿。在他到达他的市区和他的街道之前，路两边的人家一直延续到很远很远才真正结束。一辆铸铁制造的黄色的有轨电车在他前面转了一个大弯，并且停了下来。终点站到了！

他继续往前骑，在经过一片木板栅和金属废料场之后，来到一个叫"德国—非洲"令人不可思议的小果园移民区的面前，他以为自己一定是走错路了，这时他在小果园的后面看到了一个老式的煤气厂，厂子的左边有一座贮水塔。这条大街，他整天走的这条大街上，原有的超级市场和拐角处的电话亭等，都不见了，就连他父母亲的房子也不见了。更确切地说，那时还没建呢。他可真傻啊！他会想到这些的。"1930年，"他喊道，"1930！你终于想起来了，你这个白痴！"

一位老人背着一个大筐站在入口处写着"德国—非洲"的牌子下面，正惊奇地打量着他。退一步说，也许他父母亲的房子不在他所站的位置上。但无论如何，他在这里是不会遇见他母亲的。她是什么时候出生的来着？第二次世界大战后的1950，或1951，他总是忘记她的生日，后来她每次都为这个

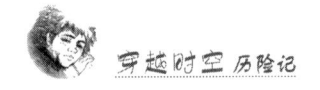

而生气。于是他不必再去寻找他父母亲了,现在他忽然想起要办其他一些事情。

这时夜幕已经降临。罗伯特在考虑,他是否要在周围小屋里过夜,但隔着篱笆一望才使他觉得,这不是一个好主意。里面绝大多数的小屋都点上了灯,到处都有狗吠。有许多果园主看样子是在房子的外面睡觉的。

他除了返回城里,没有别的选择。住饭店是不可能的了,即使特别便宜的也不行,因为德国马克在这里从没有使用过。城里的照明设备很差,煤气灯笼里跳动着淡蓝色的或黄色的小火苗。如果街道上出现不太老或不太歪扭扭的房子时,偶尔还会看到几个霓虹灯广告,他的故城使他几乎想起了俄国。就连火车站也不是原来的火车站了,它像一栋特别大的陷在地下的土黄色别墅坐落在那里,而不再是用钢铁和玻璃建成的建筑物了。罗伯特放下自行车,并随之踏进了车站的大厅。这天晚上,这里不那么热闹,迟到的旅客们急急忙忙地向站台赶去。一位身穿一件褴褛不堪的罩衫的老人在一把坐椅上伸了个懒腰,但在这时一位戴天蓝色帽子的警官突然出现在了他的眼前,把他给吓跑了。老人一句话也没说,就拿着他的小行李包溜走了。

"车站布道团在什么地方?"罗伯特问那位正在怀疑地打量着他的警官。"车站布道团?这里没有。如果你指的是救世军的话,在对面,穿过广场,第三条街的左边。"

救世军!对救世军的含义罗伯特一点儿都不懂。但也许可以在那里过夜?他扶起他的自行车,向那个方向骑去。在一个管状的房间里挤满了人,空间的狭小令人感到窒息。在一张长长的桌子旁坐满了清一色的男人,有一些人穿着蓝色的罩衫,但大多数穿着脏兮兮的破烂不堪的西服。那位从火车站出来的老人也来到了这里。大家都目不转睛地看着罗伯特,好像这里没他的事儿似的。他上下看了看自己,就知道他们看什么了。原来是他的一身崭新的熨平了的亚麻布西装!这身西装在这个地方就显得完全不协调了。但从外表却看不出他口袋儿里没有一芬尼,即没他们的一芬尼钱。

一位坐在桌子末席的行动果敢的女子站起身来。两位头戴藏蓝色清洁小帽的少年分别站在她的两边。他们都穿着救世军的军服。有人拿过来一个乐谱架子,于是他们开始唱起来,这是一首欢快的进行曲,是歌颂神的宽容和美好希望的歌。有几个老年人唱得声音很大,但却跟着唱错了。歌儿唱完后,开始祷告了。站在罗伯特旁边的一个喜欢闲聊的秃头跟另一个人讲笑话,但他换来的是少尉一道严厉的目光。少尉就是那位主持集会的女子的头衔，她以关于失业和住房困难为题的简短讲话结束了集会。这种弊端似乎就是一场严格的考试，但谁能通过这场考试，神就会帮助他。

现在，离桌子后面远远的地方打开了一个窗口，于是大家立即拥了过去，把小小窗户团团围了起来。两位穿军服的妇女分别把热汤盛给大家。罗伯特排在最后面，也许这种状况使他感到不满。这里是否有一间有床的房间呢？但他没敢问。

吃完饭后，那位习惯发布命令的且上嘴唇长有"女胡须"的女上尉用她的钥匙串拍了一下手掌，并且随后下达了她的指示。

"住房注意事项你们大概都知道了。我要求大家在夜里一定要保持绝对安静。早上六点钟有人叫你们起床。你们每个人都要拾掇好自己的床，并叠好被子。七点三十分，我不打算看到你们中间的任何一个人。晚安。"

男人们顺从地跟在她后面踢踢踏踏地走去。集体寝室是一间加长的房间，墙壁被漆成了棕色。一行行铁架子排得笔直，每个铁架子上有三个上下重叠的铺位，就像卧铺车厢里的那样。有些人马上为争夺最好的床铺而开始争吵起来。他们是不是为下面的，还是为上面的，或是为靠窗户的而争吵呢？罗伯特一无所知。他摊了一个人家剩下的。一股股从铺盖里散发出的霉臭味儿弥漫在空气中，而且不久，第一拨儿打鼾的人已开始打起呼噜来了。罗伯特对他们很反感，但他已经很累了，并未受多大干扰，他睡了个好觉。

当早上六点钟铃声响起时，他还没睡醒，他真想揉一下眼睛，但他忽然想起，这样做会被投入困境中的。房间的臭气虽然把人搞得喘不过气来，救世军之夜确实也不像安娜拜那样，也就是卡洛琳娜在大门外等待他的安娜拜那样充满希望，但如果他再次陷入时间的漩涡中的话，那他下次将会被送到哪里去呢？他小心翼翼地用毛巾的一角轻轻地把睡眠从眼睛里赶跑。在盥洗室里，男人们站在一个长长的锌盆前面，草草地洗一下脸。手里有小镜子的人，就刮刮胡子，或把头发分出纹路来。这些人是乐观主义者，他们仍对未来抱有希望。

在饭厅里，每人发一个白铁盆和一块面包，热肉汤实在难喝。罗伯特还是第一次见到麦芽咖啡，也就是咖啡的一种代用品。女少尉开始摇晃她的钥匙串儿，于是罗伯特又来到了大街上。

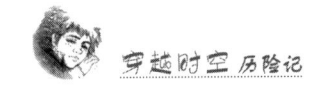

"我的自行车！我的自行车哪里去了？"其他人对他的举动仅仅是笑笑而已。他这不是第一次忘了锁车了。没关系，反正有一个可怜的魔鬼跟着他，罗伯特想，再说这自行车也不是自己的。管他呢！罗伯特现在感到很舒服，这里的天像澳大利亚的一样白。

他心不在焉地掏掏他的口袋儿，但口袋儿里早就没有口香糖了。最后一块儿口香糖他已在电影院里咬碎了，那还是在……啊，在莫斯科！他没掏出口香糖，却抽出了一张揉成一团的绿色的纸来。他的美元！他完全给忘了。也许它还有点儿用？美元什么时候都可以换成马克，许多美国电影都谈到过这个问题。我们只相信神！上面画有神的眼睛的钞票看样子始终都是一样的。

他继续往前走过几条街道，一直来到市中心。真是令人惊喜不已！这栋紧挨着歌剧院的富丽堂皇的银行大楼还在，他又认出它来了。总的看来，只有歌剧院广场有些变化。他在绿化地带闲荡，一直等到银行九点钟开门。大厅的上面拱起一个画有彩色图画的玻璃穹顶，穹顶上的彩画让人想起教堂或博物馆。他犹豫不决地将他的二十美元钞票递给了出纳员。他看看钞票，并对着光线照了照，然后迅速地点清了几张钞票和几个硬币，转手递给了罗伯特。"按照一比四点多的行情，二十美元正好兑换八十三马克，当然扣掉一马克的手续费。不客气，先生。"

在外面，在一个公园的长椅上，罗伯特看了看他手中的钱。在棕色的钞票上写着"帝国马克"，硬币是真银做的。

他暂时搞到了这么多钱，八十三马克可以在戈尔德施米德兄弟服装店购买两身半男西服。但这些钱至少可以花上几天了。

罗伯特首先想正正经经地吃一顿早餐。在歌剧院咖啡厅，他要了一杯真正的咖啡和两个火腿炒鸡蛋。这里看上去绝对不那么穷，更确切地说倒很阔气：上了点年纪的夫人们弯着身子吃她们的热奶巧克力，她们大都戴着饰有鲜花的过分夸张的帽子和白色的或黑色的面纱。她们戴着雪白的尖尖的手套喝她们的可可。八十三帝国马克在歌剧院咖啡厅和无住所者的收容所之间，显示出了完全不同的差别！

当他完全吃饱时，他脑子里产生了一个想法。如果已经无望访问他自己的父母亲的话，因为在一定程度上他父母亲还根本没有出生呢，那么，访问他祖父母怎么样呢？他觉得用脑子计算一下还不太费劲儿，但对他们的生活

他继续往前走过几条街道，一直来到市中心。真是令人惊喜不已！这栋紧挨着歌剧院的富丽堂皇的银行大楼还在，他又认出它来了。

却知之甚少……他母亲的父亲早就死了，但他外祖母前几年刚过了七十五岁大寿，在搬到敬老院之前，还一直住在家里。可她现在还应该是一个孩子，大概九岁或十岁的样子。真是难以置信！可这事说起来也十分的荒唐透顶，这主意已经开始给他带来乐趣了。私人侦探！这真够有诱惑力的。但如果他要找不到她住在哪里的话，才真可笑呢。她大概住在她父母亲那里，也就是罗伯特的外曾父母那里！这真是一个离奇的想法儿。他知道，外祖母的娘家姓舍尔茨。

他叫来堂倌儿。"这里有居民通讯录吗？"他问。非常职业——"喳，我的先生。"这里的招待的服务态度没什么可挑剔的，堂倌急忙拿来一本厚厚的书；城里有四个姓舍尔茨的人。一个是多瑙河畔的州高级法院顾问，他几乎没有印象。接下来的是一个女舞台布景设计师和一个开家具场的人。这两个人都不可能。事实上只有一位叫弗里德里希·舍尔茨的先生，警察总局警官，可以考虑，他住在默比乌斯大街二十二号，花园式住房，两层。没有电话号码，但如果有电话号码的话，罗伯特又该怎样通报呢？"我叫罗伯特，是你们的外曾孙子？"这绝对是说不通的！

他们的住址很容易地就找到了，但当罗伯特站在灰色的可出租房子的住宅前面时，却不知道该怎么办了。暗地里跟踪？说起来容易，长此下去，可是非常令人厌倦的。要不调查一下？调查谁呢？在静悄悄的大街上看不见一个人影，只有对面的一所房子里躺着一位忧虑憔悴的妇女，她靠在一个红色的枕头上，神情紧张地透过窗户看着他在那里优柔寡断地走来走去。他也许是这里唯一一个有吸引力的人，这里其他的一切这位妇女肯定都很熟悉了：拐角处的"绿色橡树"客栈（尽管远近都看不到一棵橡树），她正前面的广告张贴柱和一个尚未开门的小洗衣店，小店的门旁卧着一条猎獾狗在晒太阳。罗伯特拿开广告柱后面的遮盖物，读上面写的所有的东西：

德意志人民一致拒绝

战争有罪的谎言！

震撼人心的效果！

蓝色天使

马尔轮娜·迪特里希和埃米尔·杨宁斯主演

千载难逢的有声电影大体验!

广告的下面贴着一张用特大字母写的引人注目的黄颜色广告。罗伯特读道:

> 选自第9表　　选自第9表
>
> 德国国家社会主义
> 工人党致
>
> **全体党员!**
>
> 1919年**尤德·兰德**在柏林教师联合会会所里说:
> "如果德国人知道我们犹太人在世界大战中
> 都干了些什么的话,那我们就被
> 打死在大街上了。"(犹太人问题手册)
>
> **德国人民联盟盟员们**!女士们!先生们!请于
> 1930年8月22日星期五,晚八点到
> 马尔斯费尔德大街马戏团大厦来
> 我们的党员同志
>
> **尤利乌斯**
>
> **施特赖伊歇尔**
>
> 一个犹太民族最恨的人在那里作
>
> **"人民的毁坏者,全体犹太!"**
>
> 的演说
>
> 他将撕下犹太报纸和犹太党隐瞒的所有
>
> **游荡的神秘者**的面具!
>
> 失业者凭证自由进场!
>
> 犹太人禁止入内!/晚六点开始进场,入场券五十芬尼,
> 对号入座,地点:
> 省分部办事处,舍林斯大街37—1号

这些广告总是与犹太人有关，罗伯特想。一种摆脱不了的思想！完全不合情理！就连他父亲也一再提起犹太人。在历史课上，人们展示他们在（法西斯集中营里专门杀人的）毒气室里的照片。每当他看到一堆堆尸体时，他就感到不舒服。而另一方面，他的老师却偏偏爱好所有犹太人的东西，就连电视节目每次都强调犹太人的事情，不是这事儿，就是那事儿，准有一个犹太人在里面。他们究竟是从哪里知道谁是犹太人的呢？犹太人长得与其他所有人没有什么两样。这一切都很容易让人觉得莫名其妙。就是这里，在这个静悄悄的街道拐角处，却贴着这种令人厌恶的广告。他试图把它撕下来，但它粘得很结实，他只撕下来一小条。而且胶水的残渣还迸溅在了他的裤子上，于是他不得不把它们擦掉。

这时，从二十二号院的大门里走出来一位妇女，罗伯特立刻警觉起来。她大概四十岁左右，有可能还要年轻几岁。这很难说，因为她看上去显得很苦恼，用"苦恼"这个词也许不太合适，用"忧心忡忡"或"忧虑憔悴"更贴切一些，她的情况似乎告诉人们，这里的生活并不那么好。罗伯特认为她的举止说明了这一点。她背着一筐沉甸甸的东西向这边走来。

这是她，这大概就是她！他不敢确定，因为她看上去的确不像他时髦的妈妈，所以他不那么肯定。但不知是什么地方，也许是她行走的姿势或体态，比如她走路昂首挺胸，这使他确信，这位妇女就是他外曾祖母。

他连想都没想，就急忙向她走去，并且说："我可以帮帮您吗？"她惊奇地打量着他，在她看来，好像还从未有人帮她从身上卸下过这沉重的箩筐。他接过装满一堆床单的箩筐，并背着它紧走几步，来到了热辊挤干机的前面。

"早上好，舍尔茨夫人。"那位胖乎乎的女老板说。他做得对！在充满蒸汽的房间里，到处都是些烫衣板，紧靠最后面的地方还有一台带轧辊的机器呢。"你怎么样？你好吗？"

"非常感谢，我的小伙子。"她转向罗伯特说。外曾祖母好像是来自一本童话书里的人物，这句话使他突然觉得很孩子气。说她是妇女绝不合适，因为看她现在，最多也不过三十岁。从此以后，他单方面暗自叫她舍尔茨夫人。他站在敞开的门旁，听她们两个聊天。侦探经常是贴在墙边站着的窃听者，否则他很难达到目的。因此，他一定要待在这里了。

"您是知道的，还是照老办法办吧，诺瓦克夫人。我再在您这里赊一次。"

月底总是拮据，现在我们的租住备有家具的房间的先生又搬走了，而他却又无力支付我们的房租。"

"可您男人是个当官的，现在您运气不错，像我们这样的人日子不好过。如果您要是知道……"

"我下月一日给您送钱来，我保证。我明天可以来取东西吗？"

"下午三点后，舍尔茨夫人。再次祝您安好。"

当她从洗衣店走出来时，罗伯特就紧盯着她不放。在大门前，他同她攀谈起来。

"对不起，请原谅。我听说您有一间房子出租，我已经找了好几天这样合我心意的房子了。"

她仔细地打量着他，他看样子已通过了考试。

"这不过是一间很小的房子，"她说，"而且我们只按月出租，您想看看房间吗？"

这间住房位于房屋背街一面的第三层。它非常整洁，只有一点陈设，这里显得很简朴，这是罗伯特注意到的一个方面。他可以从这里看到厨房。厨房的后面有一个小房间，比一个储藏室大一些，里面放着一张童床，床上还端坐着一个布娃娃。这里应该是他的外祖母住的地方啦，也许她现在正在学校里。这间住房对于"租住备有家具的房间的先生"来说，同样显得小了点儿。它只有唯一的一个窗户，从这里可以看到一面防火墙和在后院里长着的一颗干干巴巴的槭树。一张床，一个床头柜，一把椅子，一个衣柜，一张小饭桌——这就是这里的全部陈设。

罗伯特非常满意，"这要付多少钱？"他问。

"啊，"舍尔茨夫人说，"那位先生，前不久在我们这里住的那位先生，付给我们十三马克。"

"我付十五马克。"罗伯特没多考虑就回答道。他觉察到，她的内心变得轻松下来，这使他感到很难过。就为了这不起眼的两马克吗？的确，多半是钱把人们的境况搞坏了。他模模糊糊地记起了"世界经济危机"这个词。现在他开始领悟到，世界经济危机意味着什么了。救世军那里的集体寝室、没钱给洗衣店、对于那位付不起房租的先生来说极易于刮伤手的饭桌，还有广告柱上那不堪入目的大字标题，这一切肯定都与世界经济危机有关。

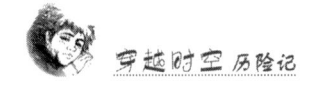

"您明天就可以搬进来，先……"

"您就叫我罗伯特吧，舍尔茨夫人。"

"那好吧。我还要再打扫一下房间，铺上新被褥。早餐当然包在房租内。"

"第一个月的钱我这就给您。"罗伯特说。当他看到，她是那样地高兴时，他几乎又要悲痛起来。

这天剩下的时间他采用闲逛市中心的办法度过去了。在一个护墙板被烟熏黑的昏暗的餐馆里，他吃了一份醋焖牛肉。当他走出餐馆门时，他才发现天已经暗了下来，眼看一场暴风雨就要来临。他躲到了一个商店里，并且马上决定买件雨衣。接近傍晚时分，他发现了一家廉价的膳宿公寓。店老板向他抛去了猜疑的目光，因为他没有行李，但当罗伯特先交了住宿费后，那个男人才露出了满意的脸色。

房间一点也不舒适。罗伯特刚一躺到床上，准备好好休息一下，他就听到从隔壁传来的音乐声，乐曲声很大，曲子的词他能听懂：

> 有这样一个舞曲，
> 它热情、奔放，
> 但在这个艰难的时代里，
> 它却不适时了。
> 对此有这样一个探戈舞，
> 它可激起大多数人的兴奋，
> 最终每一个人，
> 都会跳探戈舞。

这是一个多愁善感的音调，但全部听下来，唱得还蛮独特的。看起来，隔壁的这位邻居拥有一台留声机，这东西有一个黑色的大喇叭口，唱片肯定是那种转得非常快的，几分钟后就可以放出声来。罗伯特在技术装备博物馆里见到过这种机械。这个男人看来特别喜欢他的留声机，因为他总是从头放这张唱片。

他终于安静了下来，而罗伯特则要考虑他下一步的打算。他不带一些自己必需的东西，是无法搬进舍尔茨家里去的。他在那里要待多久呢？一个月，或一年？这是一个使人意志消沉的揣测。但他至少需要一个牙刷、一把梳子、一块肥皂和一盒牙膏。他的漂亮的亚麻布西服看来也已经有点旧了。一双长筒袜、几件换洗的衬衫、一双鞋——这是最起码的吧。他数了数他的钱，只剩下三十八马克了，另外有一点芬尼。这些足够了，如果他省着用的话，正好可用一个星期。他还可以挣点钱嘛，但怎么挣呢？这个地方到处都蜂拥着失业者！

他又把他的口袋儿翻了个底朝天，把他的家当全部摊在了床罩上。说不定这些东西里面的某一个可以变成钱？比如手表。他知道，在这个比较大的城市里有一个当铺。如果人们在不得已的情况下，可以把自己值钱的东西典当在那里。这是人们不愿意做的事，绝对不愿意！他想，这表是不是也能值点钱？

这时，他的目光落在了一块不知他在什么地方放进口袋儿里的砂石。一块略呈红色的造型不规则的石头，大小像一个火柴盒那样。对啦！这是去远远的沙漠旅程的全部收获，就是他和老克朗比一起去沙漠作的一次试车旅行的收获。那真是一个糟糕的丢脸的事！他翻过来转过去地摆弄着小石头，突然，一条贯穿石块的深深的裂痕引起了他的注意，他把它拿到挂在天花板上的一盏由黄色玻璃做的光线暗淡的灯下，光线实在太弱了，他什么也看不出来。他试着用火柴照个亮儿，他把跳动的小火苗紧紧贴在裂痕上，这时他看到石头里面有点闪光，一个薄薄的光层，它从蓝色到绿色变换着闪光。从某一个特定的角度看，它却发出火红色的光亮。他不相信地向这个狭长的裂缝中窥探，直至火柴快烧到手时才停下来。他是不是真的在考珀家的温希那里的田鼠式土丘中，在毫无希望的挖掘中找到了点东西呢？好心肠的比尔是怎么说的来着？"就是一只瞎眼的鸡有时也能碰到一粒米呢。"

如果在这个砂石块中确实藏着一颗蛋白石的话，那他可就有救了。在怀疑与希望的来回神往中，罗伯特睡着了。一大早他就被留声机的嚎叫声吵醒了：

  一只小猫咪，
  她从安哥拉带来，
  而她，而她，而她，
  给我看了一夜它。

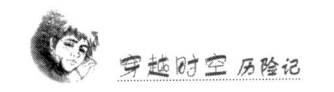

他决定不再听下去了，于是他从床上跳起来，从搪瓷盆里搞了一捧水喷洒在脸上——流水是没有的，他抓起自己的东西，连同雨衣一起，离开了这个膳宿公寓。

他可不能把他的发现拿到当铺去，如果把一块鹅卵石放在柜台上的话，那里的人们会笑话他的。他本人当然也不肯定，它是否能值点钱。他对宝石能知道多少啊！

他又乘上了咕噜咕噜作响的有轨电车。他特别喜欢坐令人镇静的有轨电车，在市中心下了车。他首先买了一个旅行提包。当他一件一件地往里装必需的东西时，如衬衫、袜子和卫生用品什么的，他才发现他的现金令人可疑地花没了。

在马尔克特广场，他看见一个位于拐角处的大商场。但没有用，这个十层高的混凝土大商场没有适合鉴定他宝贝的地方。它是战后才加高的，在那里，大多都是些陶器匠的货摊和儿童玩具商的货摊。

如果人们一想到这些乱七八糟的事情时，就会头痛，这里的过去是一个遥远的外国。他父亲经常谈起这事儿，这里看起来像第二次世界大战后的样子，整个旧城在当时来说就是一个独一无二的瓦砾堆，这是在轰炸机强烈地轰炸下造成的。在这些瓦砾堆没有清理和重建的广场，没有落成之前的 50 年代，这个城市仍然是一片废墟。

在水果市场的后面，有一座建于 19 世纪的给人以威严感的建筑，它被粉刷成黄色，并且在阳台和第二层凸出部位装饰了起着承重作用的巨大的肌肉发达的大力士。第一层的拱门下相互排列着最显贵的商行。其中的一个用突起的金色大字写着它的名字：

萨洛蒙·希尔斯贝格

下面还有一行小字：

王家宫廷宝石匠

罗伯特认识这个名字,他想起了莉亚装饰盒里面的蓝色天鹅绒!她的绿宝石项圈!这似乎不是一个偶然的事件。他在摆有清一色贵重物品的并且装饰成黑色的商品陈列橱窗前面站了好长时间。然后他鼓起自己的全部勇气,并且踏了进去。

有一位身材修长的先生微微俯着身子坐在一个小玻璃桌的后面,他站起身来,给罗伯特搬来一把椅子,并且问道,他能帮什么忙。他是不是就是希尔斯贝格先生本人呢?他的脸部肌肉时而有一点儿抽搐,眼睛周围有神经质的眨眼动作,但他的声音却很友好客气。

"我有一个东西,"罗伯特说,并且掏出他的砂石块。"我想让您看看。您是专家,也许您能告诉我,这东西是否值点钱?"

宝石匠把石头拿在手中,并把它放在有光线的地方照了照。然后,他把一个黑色的放大镜夹在右眼上,来回不停地翻转着小石头,同时咂得舌头声声作响,最后他把它放在了眼前的一个黑色的天鹅绒软垫子上。

"有点意思,"他说,"我可以问一问您是从哪里搞到这块小石头的?"

罗伯特迟疑不决。没办法,他只好又撒了一次谎。

"一个朋友,他是海员,这是他从澳大利亚给我带来的。"

"是这样?您把它拿到我这里,多半是因为您乍一看上去,这东西还真的靠点儿边,那您也许是对的。但是,单凭肉眼几乎是无法确认的。如果您愿意的话,我就把您的石头拿到我的实验室里去研究一下。"

"我可要十分感谢您了,希尔斯贝格先生。"罗伯特这样请求他说,是因为他准备孤注一掷。很显然,他说到了点子上,因为宝石匠只回答道:"那么,请您明天上午来取,再见。"

罗伯特由于激动而出了一身汗,他出汗的原因不仅仅是因为他作为"傻瓜"而满怀着胜利的喜悦,而且还因为他找到了莉亚的足迹。谁有可能把希尔斯贝格作坊制造的绿宝石项圈送给莉亚呢?阿尔贝特?从露天游泳池走出来的她的男朋友,他行为特别不规矩,好像他有这个权利似的。或者是杰弗里?但他又是怎样陷在这里——罗伯特的故城呢?这是不可能的。莉亚不是说她是从她父亲那里得到项圈的吗?他打算彻底地研究一下这个谜。

但他首先要关心一下自己的住宿问题,他用剩下的钱给他外祖母买了一个玩具熊。

在默比乌斯大街上已经有人等待着他了，"这是我的女儿玛格达。"舍尔茨夫人说。这位外祖母大概有十岁的样子，并且特别腼腆。当她一看到绒毛玩具熊时，他们之间的生疏就消失了。"说谢谢。"她母亲提醒她说。完全是这样，就像所有的母亲提醒孩子做某事的行为一样。她不想说，只是做了一个小小的屈膝礼，并且用闪光的蓝眼睛惊奇地打量着罗伯特。对了，他认识这个强烈的蓝色的目光，这个目光在玛格达高龄时也没有丢失。每一次，如果他去老人公寓看她，她的眼睛就发出这种目光，尽管她在大多情况下，不知道她孙子叫什么了。

"我叫罗伯特，"他说，"因为我现在想在你们这里住一段时间，所以我给你带了点东西。我希望，我们能合得来。"

舍尔茨夫人引他来到了住房，一个沉重的餐具柜是这里最显眼的摆设，在放两个花瓶的地方有一个棕色的木匣子。罗伯特认识，这是一台收音机，墙角放着一个落地大座钟，从那儿发出五声沉闷的钟声。

"我可以给您倒上一杯咖啡吗？"罗伯特不寒而栗地想起了在救世军那里尝到的麦芽咖啡，就马上礼貌地谢绝了。他有点不好意思，因为女主人无疑是一片好意，但那个麦芽汤确实使他产生了难以克服的厌恶感。

"这位罗伯特先生，"舍尔茨夫人向他的小外祖母解释说，"是我们的新的租住备有家具房间的先生。我现在突然想起，您还一次都没告诉我您的真实姓名叫什么呢。"

"这个嘛，就请免了吧，您就简单地叫我罗伯特吧。我根本不是租住备有家具房间的先生。我才十五岁，还正在上学呢。如果您用'你'称呼我的话，我最乐意。只是，当然，如果这对您无关紧要的话。"

出于某种原因，罗伯特不想透露他叫什么。另外，他总是"舍尔茨夫人"、"舍尔茨夫人"地叫下去，也使他感到不舒服。他们之间毕竟有亲属关系，尽管她不会知道这些，但事实是不可改变的。

"好吧，就按你说的，罗伯特。那么，你什么时候开学呢？玛格达的假期早在一周前就结束了。"

罗伯特没考虑到这个问题。"再过几天。"他说，因为他一时想不起更好的词儿。但几天过后呢？他看着她的表情——她一定要照顾他早上八点三十分准时去上学，一点儿也不能耽误，并且要看着他好好地做完家庭作业。可

宝石匠把石头拿在手中，并把它放在有光线的地方照了照。然后，他把一个黑色的放大镜夹在右眼上，来回不停地翻转着小石头，同时咂得舌头声声作响，最后他把它放在了眼前的一个黑色的天鹅绒软垫子上。

他本来是想顺路访问一下他的特别家庭的呀！没打算在这里上学。

玛格达忘我地玩着她的玩具熊。罗伯特回到了他的房间，正准备打开行李，这时他听见住宅大门关上的声音，然后又听到走廊里有沉重的脚步声，罗伯特注意听着。

"罗伯特，"外曾祖母喊道，"你能来一下吗？我男人想认识你。"

舍尔茨先生全身穿着制服站在了房子的中间。他把一个奇怪的头巾，也可说是半个帽子或半个防护帽的东西搭在他的绿色的制服上。当他叹息着把腰带、手枪，最后连同头饰都弄下来的时候，他就将罗伯特看在了眼里，罗伯特也将他看在了眼里。有一点从一开始就明确了：他们之间谁都不喜欢谁。

"您就是那个新来的？"警官说，然后他停了下来。他偏偏叫舍尔茨！人们根本无法想象到这个名字对这个顽固的人来说是不合适的。

"你是从哪里搞到这个东西的？"他问小玛格达，她惊恐地看着他，并且紧紧抱着她的玩具熊。

"这是罗伯特先生给她带来的，这是人家的一片心意，弗里德里希。"

"你们太给我娇惯这孩子了，"他嘀嘀咕咕地说道，"不是有圣诞节礼物嘛！那么，现在咱们歇息去吧。"

罗伯特认为最好走开为好。他拿起了住房大门的钥匙，当他离开住宅时，他还能听见舍尔茨夫人试图使她男人平静下来的话语。"他预先支付了整整一月的房租。"她说。警官对这一点未作任何反驳。

罗伯特不得不承认，他的慷慨造成了失误。他现在又没有支付能力了。很简单，他只好作没有钱的打算了。他在城里一直闲逛到深夜。他饥肠辘辘，因为他口袋里没有足够的钱去下饭馆。第二天早上，他因人造黄油面包和他要求将可怕的麦芽咖啡换成的牛奶而感谢女主人。那位男主人还没有出现，他要在紧张的工作后好好休息一下。

罗伯特还没有一次买不起有轨电车车票的时候。当钟表的时针指到九点时，他站在了希尔斯贝格先生的珠宝行的前面，一个店铺伙计刚好把商品陈列橱窗的栅栏高高拉起。罗伯特在拱门下烦躁不安地走来走去。为了弄清自己的这块石头与蛋白石是怎样的一个结果，他真该抛个硬币或掷下骰子来决定该不该做这个事情。他设想：如果希尔斯贝格先生笑话他，那他该是怎样地难堪啊。"我年轻的朋友，到底是谁愚弄了您？这里面包着的仅仅是一个完全一般的云母片岩罢了。"如果是这样，他真要心情沉重地承受这个耻辱了。

但是，事情并不像他想象的那样，萨洛蒙·希尔斯贝格迎着他的客人走来，他微笑着请罗伯特坐下。

"我很吃惊，我的先生，"他说，"坦白地说，这样的事我还没碰见过，这是您的岩石试验品。"他用一个丝绸小布块包着一小块石片，放在了罗伯特的面前。"我当然要把这个捡拾物分下来一些。您看这里，这就是母岩。而这里，就是我们的黑色蛋白石，它无疑是可看得见的最小的部分。那么，它怎样产生效益的呢，如果我们把它从它的监狱里解放出来，不久就会见分晓。但在荧光灯下，它已经暴露了它的机密。现在我可以告诉你的是：基本色调深沉，色彩变幻卓越，几乎无杂质，而且透明度很高。我们可以从中搞到十五克拉宝石，也许可以搞到十七克拉，当然是打磨之后了。"

罗伯特不得不控制自己的激动心情。要不然他真的要跳起来了，并且要表演一段欢乐舞。再说，在希尔斯贝格的房子里做这些极不合适。他一点也没让人觉察出来自己的心理活动。

"那么，希尔斯贝格先生，它的价值怎样？您对这块石头的估计价格是多少？我根本用不着它。您一定能从里面搞出点非常美的东西出来。"

使他感到惊奇的是，他不知为何能冷静地说出这些句子来，他的表现完全像一个了解这个行当儿的大男人。

但当宝石匠正欲回答时。一位小姐从玻璃柜中间的一扇装有软垫的门外走了进来，并且说道："请原谅，爸爸，我这就想向您告别。我得动身了，阿尔贝特已经把全部行李都装好了。"

这是莉亚，美丽的苏托恩夫人！"你不认识我了？莉亚。"罗伯特把到嘴边的这句话又吞了下去。她把一个非常精美的白山羊皮做的圆形行李包放在了小桌子上，并且使劲地亲了她的正在急忙走过去的父亲一下。那实际上是一个帽盒——罗伯特只是在电影里见过这样的东西。

"看一看，我手里拿的是什么，莉亚。太有意思了！一块澳大利亚蛋白石，它还仍然在母岩里面，一块非常美丽的东西，是这位先生把它带到这里来的。"

莉亚向罗伯特抛去了一束无法解释的目光，她是否想起了在露天游泳池的那一幕？或者她根本就没有印象？她把眼睛闭上了片刻。也许，罗伯特想，她似乎在还没有完全显影的即显胶片的照片上模模糊糊地看到了自己？在世界的另一端的一间屋子里坐着，喝茶，与罗伯特一起喝茶，他对她的项圈惊叹不已，项圈放在蓝色的天鹅绒上，上面镶嵌着许多绿色宝石，并刻有"萨洛蒙·希尔斯贝格，王家宫廷宝石匠"字样。

但这时已经过去了一会儿。她向他点点头，对着她父亲的耳朵说了点什么，拿起帽盒，并且带着一身充满期待的快乐跑了出去，罗伯特呆呆地看着她跑出去。外面有一辆带敞篷的小宝马汽车等着她。她再次向她父亲挥手告别，然后登上汽车。罗伯特呆呆地看着她消失在远方。

"请您多原谅，"希尔斯贝格说，"您想打听您的石头值多少钱？这很难说！我认为值六百至八百马克。我对这块石头非常感兴趣，这没什么可说的，但是……"

"如果我把它放在您这里，您能付给我定金吗？"罗伯特马上问，"我相信您的判断。"

"首先，三百马克您满意吗？"

罗伯特马上同意了，尽管这个数目对他来说太小了。三百马克！他在家里自己的户头上就有这么多钱。然而刚才之事又使他突然想起，同样是三百马克，在这里就是一大笔钱，这里到处都显得没人有钱，几马克就能买一件雨衣。当他口袋儿里装着沙沙作响的新钞票站在商店的前面时，产生了一种不同寻常的感觉。是的，他富有了，他如愿以偿了，但他同时又想到他将永远见不到莉亚了，这件事使他又伤心了起来。

默比乌斯大街的生活总是按照老一套进行着。瓦利·舍尔茨每天早上七点三十分准时叫醒他，这样就不会耽误他上学了。他除了参与上学这个游戏外，还有没有别的玩法呢？他习惯在市立图书馆度过整个上午。不管怎样，他必须熟悉一下他身临其境的过去。为此，图书馆里的报纸和小册子帮了他许多。1930年，这是怎样一个让人搞不清的年代呢！他不理解，他们大家为什么彼此殴打。就连安静的阅览室也经常有破口大骂和唆使他人打架的现象出现，就像"绿色橡树"客栈前面的招贴那样招人观看。就是舍尔茨先生身上也有这种令人不愉快的声音，一旦他回到家后，他就这样。他经常向他夫人和他女儿发号施令。罗伯特每到这个时候就回避他们，他去散步，到了晚上他在一个小饭馆里吃点东西，他很快就成为那里的受人喜欢的常客。

下午他经常跟小玛格达聊天，她克服了她的胆怯，并且对他产生了信任。

他与舍尔茨夫人也很合得来,很快就取得了允许他叫她瓦利的进展。虽然她的关怀使他神经受不了,但在那个毫无装饰的狭小的房间里他也待不住。他需要她的陪伴,而她也需要他的陪伴,可她害怕她男人。如果她男人在的话,她的孤独反而更强了。

有一次,罗伯特找一只不知怎么搞得跑到床底下去的鞋,并且在那里发现了一只漆成黑色的锁着的箱子。难道是前承租人忘记的吗?就这事他询问了瓦利,她有点不知所措。"这是你的最好的东西,罗伯特,"她终于说道,"就是我的床下也有一只这样的箱子。它与地震射线有关。在这个地区,地震射线很强烈。如果人们对此不采取任何措施的话,人们就会睡不好,而且还不利于健康。"

罗伯特还从来没听说过地震射线这一说。他还渐渐证明,瓦利对此有一连串奇特的思想。她给他一本她订的杂志。"你必须防备这种神秘力量的侵害,"她向他解释道,"你才能吸引好鬼站在你的一边。"

杂志的名字叫《白旗》。当他阅读上面的文章,他就抓耳挠腮,表现出一副不理解的样子。文章内容大都涉及摆动艺术:千里眼和形形色色的阴谋策划等。其中一个广告描写了地震射线造成的危险,并且写着可提供什么放在您床底下的仪器:"货到时通过邮局代收货款三十二帝国马克、希望分十次舒舒服服预付款者每次付三点五帝国马克、不满意退钱。"

他外曾祖母很迷信,这是肯定无疑的了。当她出去买东西时,罗伯特找了一个螺丝刀,把箱子打开了。里面有几根电线、一个电容器、一个铜线圈和一个旧式天线。这些部件就这样被装配成一个毫无意义的整体。对于这样一个东西,可怜的瓦利掏了三十二帝国马克的腰包!

罗伯特重新把螺丝拧紧,并且决定不把这事告诉她。钱已经回不来了,告诉她除了使她失望,再无别的任何意义了。鬼知道,也许她和床底下的这个可笑的东西在一起确实睡得好一些,也许它真的能帮她至少在夜里忘掉她的忧虑。这么说,这东西还算是有点用的吧。

有一天,当小玛格达不在家的时候,他跟她说了些话。

"一个偶然的机会,我有些钱余了下来,瓦利,"他说,"你可以尽管拿着。我是知道的,家庭开支从来都是不够的。"在此之前,希尔斯贝格先生还要给他四百马克。那个黑色的蛋白石已经被镶嵌在戒指上闪闪发光了,这枚白银

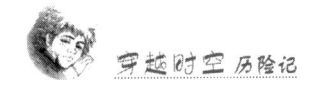

戒指被装饰在他的商品陈列橱窗里了。

瓦利吃惊地看着放在她面前桌子上的三百马克钞票。

"我做了几个好的生意，"他向她保证说，"只是你不要告诉你丈夫。你是知道的，他是那样地多疑。"

"老天爷，"她说道，"我无论如何也不能要。天知道，这是什么样的生意啊！我可不想与你的生意有关联。"

他看到她很是不安，于是他有了一个主意。

"要不要我把秘密泄露给你？你能答应我，你对谁也不能说吗？任何人，就是你最好的女朋友也不行，能做到吗？"

她瞪着两眼看着他。

"我许诺，我庄严许诺。"她压低声音说。

"其实这非常简单。我有两个面孔，"罗伯特明确地说，"不是总是，只是有时，在睡觉前才有。"

这纯粹是说谎，但严格地讲只有一半是说谎。事实确实如此，他知道未来，至少知道其中的几个片断。

"你能想象的出来吗，"他继续说道，"这是什么意思？如果你事先知道老师问你什么问题的话，那你也一定不需要害怕高级中学的毕业考试了。要是如此，你总是能得好分。这与挣钱一样，完全一样，如果你知道股票上升和下跌的消息，你就会老是获利。"实际上，他对交易市场一窍不通，但他也不需要告诉她这些事情。

她完全相信他。但罗伯特对他的新思想是那样地神往，以至于他根本就没注意到她目不转睛地看着他。瓦利·舍尔茨聚精会神地听他讲话。不，他怎么说都不是一个无助的受害者，他只是被推来推去，就像一件行李那样从一个地方运到另一个地方而已。不论他落到什么地方，但他知道的都比别人多，他知道，他们将面临什么，而且他所落到的这个地方给予他一个权利，一个使他毛骨悚然和令他激动不安的权利。他外曾祖母忧心忡忡地问他，这样一种能力是不是不会给他带来很大的负担。罗伯特考虑了一会儿。"会。"然后他又补充道，"有时候，可怕的预感折磨得我够呛。然后我会看到，从许多房子里冲出火焰，整个城市燃烧起来，许多尸体出现了，你有这些感觉吗？这种持续不断的暴动的消息被登在了报纸上，而且这种内容的招贴也到处都是！

这一切都预示着不会有好的结果。你必须做好各方面的准备，瓦利。我私下里把这事告诉你吧，要发生战争了，到时候你一定要把你的小玛格达照顾好。对于你男人，我打算一点都不告诉他。"

对于最后这一句话，也许他本来就不应该说，他外祖母从来就不说起她爸爸。为什么不？他参加党卫军了吗？他欠账了吗？罗伯特不知道，他对这事应该怎样评价。他不愿意看见他，主要是因为他不喜欢舍尔茨先生，他相信他会犯下滔天罪行的。

瓦利吓得要死，但她却被他的讲话吸引住了。罗伯特又讲了些话使她镇静了下来。"这些钱你一定要好好地收藏起来，当你遇到困难的时候，你就把它们悄悄地花掉。我知道你将来还有一次需要这些钱。"

幸好玛格达回家了，要不然他真不知道该怎样结束这场谈话才好。从现在开始，他外曾祖母就像对待神通广大的魔术师那样对待他，而他不得不接受她的敬畏和崇拜。至少她不再敢问他做家庭作业的事儿了，这对他也许很合适。

这种单调的生活，当然是罗伯特过的这种单调的生活，慢慢地使他感到无聊起来。他在这里到底丢掉了什么呢？他去了电影院、博物馆、图书馆。有一次他甚至去探访了一个舞厅，一些黑人音乐家在演奏一首旅行旺季的流行歌曲。萨克斯管不停地叫着，一个穿着饰有许多闪闪发光的小金属片儿的紧身服的女子唱道：

一只小猫咪。
她从安哥拉带来，
而她，而她，而她，
……

他已经听出来这首歌了。一位瘦削的姑娘请他跳舞，他被她在从下面照亮的镶木地板上拖着跳。跳完第一个舞后，她想和他喝一瓶香槟酒，她称他是"我的甜蜜蜜"。第一杯过后，他就仓促离开了这个场所。

整个下午他都是在露天游泳池度过的。如果他在太阳下躺着，并且闭上眼睛倾听孩子们在冷水浴下的尖叫和水球比赛者的喊叫的话，他就感到像在家里一样。他几乎相信，他感到拉提博尔的影子就在眼前：他弯着身子用草茎拨弄他，使他发痒，但这纯粹是无稽之谈。他似乎不止一次地又看到了莉亚，即使他几周前才在这里刚看到过她。那个阿尔贝特行为造次，好像他是她的未婚夫似的，也许她和那个家伙一起去度蜜月了。从他的某些行为举止中，罗伯特想起了米歇尔，看他那趾高气扬的样子，然后是他那硕大的耳朵！或者这是一个不符合事实的想象？米歇尔比他同母异父的妹妹大一岁。这么说，他应该出生在——罗伯特飞快地推算了一下，1931年！也许杰弗里根本就不是他父亲？

他不再穷追这个思绪了。他为什么一定要折腾莉亚的家庭秘密呢？她对他是那样地热情，从第一时刻，也就是当他在拍摄现场像一只被忘掉的行李箱那样立在那里时，就开始了。他打算看到他经常在那里吃早饭的安娜拜的厨房、老克朗比的锻造车间、马厩——连同那些每次都使他受不了的太直率的话语，如果他想让他的记忆自由翱翔的话，他也都可以听到。为什么他一定要想起那一个个的杯子、钉在墙上的大钉子、挂在墙上的卡洛琳娜的马鞍、钉在她衣服上的珠光纽扣呢？他突然跳进水里，把脑袋浸入水下，这样持续了好长好长时间，直至那些画面消失为止。

当他回到家时，他就马上看到有人在他的房间里。床头柜的抽屉被打开了，他的书被放在了床上，手表落在了地上。他奔向起居室，那位警官站在餐具柜的前面。瓦利坐在桌子旁，两手捂住耳朵。小玛格达把她的玩具熊紧紧地抱在怀里，并且号哭着。

"这里出什么事了？"罗伯特问，"有人翻出我的东西，有人秘密监视我！"

"是我，"舍尔茨先生叫道，"而你要留神，别人说你从事间谍活动！这里，这是什么？"

他拿着那本小书和那个圆圆的东西向罗伯特走来。印章！罗伯特早就把它忘了。那是莫斯科的印章，和他的俄语小词典！

"这关您什么事！"罗伯特十分生气地喊道。

"我只是尽我的责任而已！"舍尔茨先生喊着回答道，"我作为一个国民的责任和作为一个警察的责任！你在这里，在我家里不受欢迎地住下来，你没有证明自己身份的证件，没有按照规定登记。而我在您的行李里找到了什么呢？一个布尔什维克的间谍活动的官印！我把它找出来了，尽管我不懂俄语。"

"但是，弗里德里希，"他夫人反对道，"罗伯特是一个非常可爱、非常正派的人。他一定会向你讲清楚这些东西是从哪里来的。这绝不是犯罪，一本俄语词典能说明什么问题。"

"那么，这许多钱是从哪里来的？你能告诉我吗？"他摆动着连罗伯特都还完全没有意识到少了的三百马克钞票。

"您没权力拿走我的钱！"他说，并且气得脸色煞白，随即从这个男人手里把钞票抢了回来。

"这是你的付给叛徒的酬金，"警官喊道，"这个家伙为俄国人工作。"

"但现在它使我富起来了。"罗伯特说，并且离开了这个房间。他把自己的那点可怜的东西，像衬衫、牙刷、小玩意儿、他的钱等一切乱七八糟的东西，都扔到了他的旅行提包里了。然后把住房大门钥匙放在了床上，离开了这个住宅。当他把门"砰"地一下随手关上时，他松了一口气。在楼梯间，他还能听到警察和他夫人继续争吵的声音。那个男人咆哮着，他外曾祖母哭着，罗伯特对他们感到厌烦了。

他叫了一辆出租车，并且让司机开到希尔斯贝格珠宝商行旁边的大饭店，明天，他自言自语地说，又是一天。

但在第二天，天空灰暗，罗伯特不知道该干什么了。他必须找一个新的住所住下，可到哪里去找呢？莉亚已经启程了，他在这里没有朋友。他能到谁那里去呢？没人需要他，没人注意他。饭店房间里很舒适，可这里甚至连一台电视机都没有，电视可以把他的注意力转移到别的方面去。这个1930年，确实不是一个好的选择，他想。如此这么说，他好像可以挑选自己的旅程似的。

他在房间里虚度了整整一上午之后，离开了饭店。天空下起了毛毛细雨，他把雨衣的领子向上高高翻起。他摸到了口袋儿里的那些老是随身带来带去的不值钱的东西，那只表、那个玩具汽车、那张弄平褶子的即显胶片，他没把它拿出来，它只是曾经使他垂头丧气过。那是拉提搏尔的，它不见了。然而，他的这些从旅行中带回的纪念品是那样地无用，可使他感到抚慰的是，他救了它们，因为它们依然是唯一证明他就是"他自己"的有力证据。

他来到了一个不认识的小广场上，在一块绿草稀疏的草地上聚集着一群心神不安的人们。这些人，估计至少有五百人，他们紧紧地拥挤着站在一个被一队穿军服的人监视着的讲坛前。在指挥台上，一个吹奏乐队在演奏一首

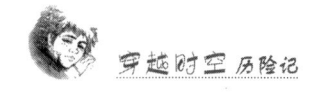

刺耳的进行曲，许多观众在跟着唱。他只能听懂只言片语："……起来，饥寒交迫的人们……这是最后的斗争……"然后，中间的一个戴凸肚帽子的男人开始讲话。他很快就激动起来，并且喊出口号式的句子。每一次，如果他停顿一下的话，前一排的听众就大喊"红色阵线！"并且举起双臂。双手握成拳头。

　　罗伯特想起来了，他们是共产党人。但那个人讲的话，他几乎一句也听不懂。他向四周看了看，并且发现一支在波斯滕广场边上集结好多的警察队伍。

　　从很远的地方传来另外一种音乐，有鼓声和笛声，音乐声越来越近。"注意！"有人喊道。罗伯特发现身后有个警官把一只哨子放在嘴上。那位演讲人突然中断了讲话，然后向他的人们呼喊注意，或下达命令。一支由怒目注视着对方的青年组成的队伍从人群中开辟了一条道路。观众们离开指挥台，并且跟在他们后面，罗伯特看见一些人用短粗的木棍武装起来。

　　吹鼓手队伍在这期间已赶上了警察队伍。领头的穿着淡褐色的军装，戴着淡褐色的帽子，他们看上去像薄木片盒子似的。从后排传来响亮的齐呼声："德国觉醒！犹太该死！"

　　"打倒法西斯。"共产党人回喊道。他们一个接一个地高高举起手臂。罗伯特问自己，他为什么偏偏又陷入到这样的暴动之中呢？他对这些爱吵闹的人和他们的口号摸不着头脑。这已经是第二次了，在西伯利亚，他已经看过这些了。他知道，那里与坦克车对抗的人们，是有理的一方。但这里，这些穿着很穷的人们与怒气写在脸上的人们彼此列队前进。看样子，他们都心存不善，好像都想要打死对方似的，只有警察才能制止他们。

　　然而，第一排纳粹分子已经通过了封锁用的障碍物，并且伴随着"胜利—幸福"的吼叫声向对手冲击。警察抽出了他们的橡皮棍，但面对狂怒的人群他们毫无办法。罗伯特看到，有一个人被摔倒在地上。他定睛一看，原来是警官首领舍尔茨。也许，他闪电似的一想，我冤枉这个男人了。但马上他就把他忘掉了，因为其他的警察已经逃跑了，于是他看到他被相互攻击的人们夹在了中间。这使他想到，他早已避开了校园里那些无恶意的打架了呀！他一定要离开，快点离开这里！

　　罗伯特成功地从一群相互攻击的男人们中间逃了出去。他觉得，这是他经历的最糟糕的事儿了，这时，他的后脑勺挨了一棒。他失去了平衡，跌倒在地上。于是，他脑袋里发出的嗡嗡声与巷战的吼叫声混合在了一起。他又恢复了知觉，并继续奔跑下去。

位于广场边上的商店店主们早已把他们的卷帘式百叶窗拉了下来。罗伯特捂住脑袋，他感到手上有些发黏，仔细一看，他流血了。他跟跟跄跄地穿过大街。在大街上仅有的一家商店还没有关门。那位店主，一位瘦小的老人甚至心神安定地站在门下，观看广场上的骚乱。

罗伯特飞快地向他跑去，他几乎差一点奔跑着把那个男人撞倒。那位老先生向旁边一闪，于是罗伯特向漆黑的从上到下都堆满书的商店冲去。还好，他紧紧抱住了一个低矮的陈列柜。失血使他的耳朵嗡嗡作响，他觉得身体不舒服，并且感到马上就要昏过去了。他俯身在玻璃柜上，看到一个挤满帆船的小海湾，海湾的后面是一个建在海边的小城，许多白色的和红色的小木房子建在绿色的丘陵地带上。就好像图画册中的一幅由成千上万个小点子构成的并且用水彩颜料着色的田园风光画似的。罗伯特把脑袋放在凉凉的玻璃上。白色的教堂尖塔高高耸立在正前方的丘陵上，这是罗伯特看到的最后一个画面。

第四次旅行

当罗伯特睁开眼睛时,他看到两只乌黑的大瞳孔,原来是一位留着细长而又精心削尖的小胡子的人,他觉得,谁知道为什么,他像法国人,而且在他精神饱满的脸上,靠在面颊上长着一个黑色的痣。这位男人的脸离他的鼻子很近很近,以至于他第二眼才看见万里无云的天空在他卷曲的发型后面发着蓝色的光芒向远方延伸而去——天空特别亮,亮得罗伯特闭上了眼睛。

有一个特别小的声音在含糊不清地紧贴着他的耳朵说着什么:

Jöss! Waha schet medej? Jatrudiifoh mehjem Sowimohsee wawikan jöhre.

听不懂,俨然是一首无意义和无理解性的单声调的歌。罗伯特闭着眼睛躺在那里,并且不知道他在哪里。如果知道该多好啊!他突然从一个熟悉的地方落到一个不熟悉的地方,对于这些他虽然完全不习惯,但他也不是第一次遇上这种事了。可这一次更糟糕。这一次他几乎想不起来,他是"从哪里"来到这里的!这个"从哪里"就好像有人在用潮湿的抹布抹干净黑板上擦去的粉笔痕迹似的。

"记忆力丧失!"他想。突然的恐惧降临在他的眼前。

他觉得，那个男人轻轻地把他的身体欠起来，并且用纤细的手指头按摩他的脑袋。他把眼睛睁开一条缝，看见了救助者的一双手，他的手上全是血。

那个男人扶着他，抚慰着他。"你受伤了，"他试着用英语说，"保持镇静！伤口看来不特别危险。但你需要医生。"

罗伯特想坐起来。"慢一点儿，"他换了一下口气说，"等一小会儿，我这就回来。"

过了一会儿，这个男人拿来一件钉有许多银色纽扣的浅蓝色超长夹克衫和一件紧身的瘦腿裤。他看上去有点像《蓬头彼得》中的博士。他突然站起身来，越过草地，向一个他刚才已经合上的木三脚架跑去。这是画家们在露天支起的一个东西，要是他们想画风景画草图的话，就把它支起来，这东西叫什么来着？画架！罗伯特很高兴，这个词忽然又使他想起事物来了。在这种困难的情况下，他的记忆力没有完全舍他而去。

这位画家把画架夹在腋下，另一手拿着他小心谨慎卷起的图画。

在他的身后是由丘陵和岩石岛屿构成的开阔的全景。在远处敞开的海边上可以看见一个白色的灯塔。在一条河的入口处，有一座小海港城市向内地展开，那些油漆成白色和深红色的撒落在各处的房子在朝阳下闪闪发光。在小港湾和码头处，罗伯特看到了许多帆船和小艇停在那里，其中的一个是三桅船。水手们在细小的帆具中爬来爬去，忙着把帆缩起来。在一个小山丘上，一片高高的树后，耸立着一座白色的教堂尖塔。他觉得，他好像看见过一次这个带有黑色雄鸡和金球的塔楼……这个小世界全都那样透明，那样明亮和清新，远处海里的许多岩石岛在凉爽的北方气候的阳光下闪烁。这不是一个普通的小海湾，这是——话到嘴边，但他一时又想不起来了，后来他想起来了：这是挪威海岸边的峡湾！

这位画家把画架放下，并且慢慢地活动罗伯特肩膀下部的胳膊，把他扶起来。一条田间小路从丘陵向下一直蜿蜒着延伸到第一片房子的地方，从海边吹来一股凉爽的微风，微风中夹杂着盐的气味，饥饿的狮子在早晨的天空下转悠。罗伯特不感到疼了，只是后脑勺有点低沉的跳动感。在他的救助者的帮助下，他完全可以不费劲地往前走了。一座长长的狭窄的小木桥跨过峡湾的一个平坦的支流直通小城的出口处。

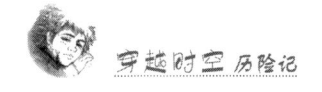

"我们马上就到,"罗伯特的救助者肯定地说,"顺便提一下,我叫莫根斯,你呢?"

"罗伯特,"罗伯特说。他们穿过一所古老而又低矮的木房子的前庭花园栅栏。这所木房子看上去有些破落,白色的油漆已经剥落下来,倾斜的阳台上,有些窗玻璃也已经破碎,野蔷薇顺着一个花木支架一直爬到屋顶上。房门敞开着,仅有的一处较大的活动场所几乎占据了整个房子。活动场所里散发着颜料香和放在地上的高高的花瓶里的花香,几幅画布靠在墙上。在一个半明半暗的墙角里放着一张床,到处都散落着衣服和空瓶子。

"坐下吧,罗伯特。我去请大夫,马上就回来。"

罗伯特慢慢地恢复了知觉。当他脱去他的雨衣时,他的随身物品在口袋儿里发出咯嗒咯嗒的响声。但他觉得是他用蛋白石换来的钞票发出的沙沙声。现在他忽然想起他是从哪里来的了:从他的故城,还有露天游泳池、莉亚、救世军和他的小外祖母。他的记忆恢复了正常,他摸摸后脑勺,摸摸粘在一块儿的头发。然后他又想起了巷战、"胜利—幸福"的吼叫声、从身后来的一击、向漆黑的小旧书店里逃跑……

医生走了进来,这是一位穿着黑色小礼服的小个子男人,脚上套着一双旧时的带纽扣的鞋罩,手里提着一个紧绷绷的发亮的黑色手提包。莫根斯给他送来了热水。当他擦拭伤口时,他们两个用瑞典语聊得很热闹,也许是挪威语?罗伯特猜他们说的是什么:"他需要休息。"——"没事儿了,他可以暂时待在我这里。"——"您是在哪里发现他的?"

碘酒在伤口上直杀得慌,罗伯特向后靠了靠,突然感到很累,好像这位医生是一位施催眠术的医生似的,他用他的柔软的手使他慢慢入睡。他觉得,医生用纱布不紧不松地把他的脑门儿和后脑勺包扎上了。医生肯定想知道罗伯特是怎么到这里来的,他在这里,在峡湾的小城,在这美丽的春天,丢掉了什么。但罗伯特不想听任何问题,也不想回答任何问题。医生刚一告别,他就想出了一个极好的主意。记忆力丧失症!就它了。这个病症大家都知道,就是一个人从进行性脑麻痹状态下醒来,并且无法想起在这之前发生的事情了!一句话,这是最简单的解决办法,这是撒谎。可他心里完全清楚,他所发生的事情,在故城、在澳大利亚、在俄国……他只是不说而已。

但是,莫根斯并没有提出任何问题。他把刚才带来的纸卷拿在手中。把这幅图画展开在画架上，并且用微闭着的眼睛批判地审视着它。这是一幅水彩画，罗伯特走到近前。他在画面上又看到了他曾经看到过的所有的东西：峡湾里的岛和丘陵、霞光下的城、海港里的船，甚至还有教堂尖塔。只是在左下角，正前方，缺少一块绿地，准确地说，就是艺术家发现罗伯特的地方。他还发现画面上缺少一些可涂抹的漂浮状的水彩颜料：罗伯特对旧书店玻璃柜里的成千上万的跳动的小点子仍记忆犹新，那时，或者说在一个多小时前，他在逃跑时由于挨了一棒才出现上述这个症状的——每当他想起这些时，他都感到不舒服！

"你画这画儿干什么用呢？"他问，"你准备把它卖掉吗？"

"啊，"莫根斯说，"你不了解挪威人！"这话使人很容易知道，罗伯特想，他现在向我泄露了，我在哪个国家了。"你们都是不懂艺术的人，"罗伯特的救助者说道，"你一点都没有想象力，好像那些心胸狭隘的人似的。鱼脑袋、伪君子、斤斤计较的人！比如我父亲，他是个领事。他是全城最富有的人，还是海运企业老板、大商人、投机商，是个典型的富商。你猜，他是怎么对待艺术的？他让我饿得半死，在巴黎我靠干面包生存。但在那里睡在桥下，也比在这里堕落要好得多得多！"

"他们对你的画一点不感兴趣吗？"

"这怎么说呢！我相信，我们会相互理解的，罗伯特。你想来杯酒吗？"

莫根斯拿出来瓶酒，给他斟了一杯。罗伯特只是从玻璃杯中抿了一口，并且跟他说起话来。他对一大早喝红葡萄酒不感兴趣。

"但你拿你的画干什么用呢？"

"我必须把它雕刻下来。现在，看这里！"

他指了指紧靠后面的一张桌子。罗伯特让他讲解艺术家的这些工具。

"这些所有的东西都是我从欧洲带来的。像这个刻刀、角凿、折纸器。这些木刻用的板材来自德国，它们是用黄杨树或梨树做的，这种木头坚硬，它可以在横着纤维的方向雕刻。人们称这种木头是横断木料，尽管这是一个使人变得迟钝的工作，但它却能表现细致入微的效果。"

"那这些东西都是干什么用的呢？"

"让我来告诉你。首先要把这块板材磨光，刷一层石灰浆，这层白色就是底色。然后是画上草图，我用水彩把我的画复制到这个木板上，城市图样和风景多用点绿色，整个图看上去宁静安逸，效果会最好。然后我拿着这个刻刀，你看，就这个样子，在木头上刻出一条一条的线来。我要汗流满面地制造我的画，这是一个很枯燥的工作，你相信我会做好的。如果这块木板刻好后，我就把它寄给哥本哈根我的出版者手里，他每个题材支付给我八十硬币塔勒。"

"那么，这些小点子，在画上密集的这些小点子怎么表现出来呢？"

"我用穿刺针头把它们搞出来。成千上万的小点子，一个很大的工作量。"

"那么，出版者怎么办呢？"

"这个嗜血成性的人印出几百个画样，并且花几个不足以糊口的钱让十几个可怜的姑娘给它们着色。然后他便宜地把它们卖给那些习惯把画挂在墙上的人们，以此来致富。最后，他把这个凸版削价卖出，于是我的画就会出现在某个画报上，例如《一分钱画报》。是的，我亲爱的，艺术走向面包啦！"

也许，罗伯特想，我也曾经落到过那里，落到过放着一张画有挪威城和<u>正前方左边画着一位少年站在草地上的画</u>的地方。有人买了这幅版画，把它挂在了墙上，而他的子孙们把它送到了旧书店，店主把它放在了玻璃柜里，而我，由于后脑勺的伤口而眩晕，这时我看到了教堂尖塔，于是后来……后来我就落到了这里，落到莫根斯创作这幅画的地方。

在此期间，艺术家几乎把整瓶子的酒都喝完了。他没有意识到罗伯特饿了，没想过如果给他来个苹果或面包会更合口味儿，也没注意到罗伯特在这个杂乱无章的单身汉居住的地方会发现所有存在的问题。莫根斯挥了挥双臂，并且继续骂他父亲、他的老乡和他的故乡。

"你已经看到了，"他不满地说，"什么是小市民。他们什么都要插一手，因为在这个穷乡僻壤的地方很少或者说根本就没有什么热闹可看，他们说每一个陌生人的坏话。现在就在说呢，他们就在外面瞎说着呢，并且窥伺着呢！"

罗伯特确实听到房子前面和花园里有声音。他从窗户往外看去，外面有四个威严的先生像接待委员会的人似的站在那里。

"社会的支柱，"艺术家轻声低语地说，"他们好奇得要命。那个医生可能跟他们谈起了你，就是他啊，那个善良的丙博士先生。那个紧挨着医生的胖子是我们的牧师，勒伦斯科格阁下。这另外两个是他的朋友，一个是地区行政官布罗克斯，一个是市药房的药剂师。"

门铃响了，于是莫根斯打开了门。他走到罗伯特面前碰了他一下，好像是说:"他们现在怀疑你了。"

先生们礼貌地脱下各自的帽子,其中的一个甚至戴着的是一个大礼帽,然后他们开始与莫根斯交谈起来。

罗伯特不明白,他们想干什么。过了一会儿,他的救助者才告诉他,神父想邀请他,罗伯特暂时到神父的住所住下,可一直住到他的头伤痊愈为止。

对于这个建议,罗伯特并没受到多大鼓舞。然而他环顾了一下艺术家的家,并且领悟到,在这里至多也是睡在地板上,而对于主人的厨艺他连想都不敢想。与此相反,牧师看上去吃得很不错,你看他那红红的小面颊、雪白的小嘴巴上面的双下巴和厚厚的小手。为什么不呢?他想,并且跟着走了出去。他们很好奇,而他也很好奇,莫根斯不情愿地陪着这个代表团。"他们讨得了你的喜欢,"他向罗伯特耳语道,"但愿他们不会借此陷害你。"

这真是一个稀奇古怪的散步。罗伯特的到来很快流传开来,因为到处都可以看到从窗户上看热闹的人。大街上停着一些马车,马车上的人们转身向罗伯特和他的陪同人员望去。这纯粹是受众人的嘲笑和蔑视!罗伯特问自己,他们看上去为什么对他感到惊奇?可他没有什么可引人注目的地方呀!也许有?

罗伯特这时则仔细地观看他所到的新环境。这里没有正规的商店,大街上没有铺石子的路。路面上散发着马粪和烟火灰的味道。偶尔可以看到一个天线,一盏路灯,一辆汽车。有些人看起来连自行车也没有。也许他们就这样穷,他们的确买不起这许多东西吗?但走在他旁边的这些先生们绝不是挨饿者。他们的衣服看上去比较昂贵:白色的领带是真丝的,黑色的帽子在太阳下闪闪发光,就连他们用的散步手杖的球形把柄都是用银子做的。总的来说,走在大街上的人们看上去像是古装电影里的人:年轻的男人穿着黄色的马甲;军官穿着蓝色的燕尾服,带着长长的马刀;渔妇们穿着无袖罩衫;而孩子们甚至在大街上玩轮胎和彩色的陀螺。这一切使人想起了路得维希、卡斯帕尔和威廉,他们在《蓬头彼得》中被伟大的尼古拉斯浸泡在墨水瓶里。

这整个城市使罗伯特觉得,好像是用古旧的模型盒子制作的似的。这里没有电话亭,没有售报亭,只是到处都是马车和手推车。这都是什么时代的人呢?这里非常悠闲,同时又非常、非常陌生。

当他们从海港边溜达过去的时候,许多小帆船、小渔轮和笨重的货船都停在水中的桩子旁。而微小的杂货铺使罗伯特看出来，他这次又被远远地推到了过去的年代。1930年，我一点都不怀疑！我该怎么办，他想，我越来越往回、往回、往回落！如果这样继续下去的话，我最后还不得落到石器时代，落到洞穴人那里啊！

但罗伯特没有时间考虑这个前景的问题。他们穿过一个两边都是歪歪斜斜、低矮狭小房子的胡同，顺丘陵地带而上直至教堂。一大帮游手好闲的青年人无声地跟在他们后面慢腾腾地走来，并且一直跟到牧师的住所。这个雄伟的建筑物坐落在一个大花园的被油漆成白色的栅栏后面。牧师的妻子，一位梳着灰色发髻的上了点年纪的瘦小的人，站在门口等待着，她身边有五个孩子围着她。

牧师领着罗伯特和这些德高望重的人走进一栋明、暗两间的房子里。全家人都必须待在外面，只有莫根斯被准许走了进去，尽管这些先生们对他不理不睬。

牧师摆了摆姿势并且开始了一通长长的致词，罗伯特对此几乎听不懂，只有其中的一句"一个陌生的不幸的孩子"他听懂了。然后，先生们开始了热烈的讨论，但在讨论中总是停下来。小个子丙博士激动起来，药剂师和行政官员相互窃窃私语，而他们谈论的都是罗伯特，可看样子好像他不在场似的。他的目光落在了一个镜子上，于是他看到里面有一个裹着白布的奇形怪状的脑袋。那就是他自己！原来因为这个，人们才纷纷转过身来看他的，他看上去像一个颅骨手术后的重伤者似的。

接下来，先生们坐在了一个圆桌旁，并且开始了盘问。他们用英语问他从哪里来？是哪国人？他父母叫什么名字？是不是轮船把他丢弃的？他多大了？罗伯特只是耸耸肩，他决心不改变原来的想法，就是装出患了记忆力丧失症的样子。他们还试着用德语和法语，也就是牧师和那位行政官员费了好大的劲用他们忘了大半的在课堂上学的德语和法语问他，但罗伯特仍然顽固地沉默不语，于是他们只好放弃了。访问者失望地向他告别，只有莫根斯向罗伯特眨眨眼，他明白他的意思。

牧师的妻子看样子对这个新来的住客不太热心。她闷闷不乐地带着罗伯特上了两层陡峭的楼梯，来到一个阁楼间。这应该就是他的住处了！这个房间几乎比一个柜子大一点，而且地板上仅有的一个草褥子算是代替了床。他

牧师摆了摆姿势并且开始了一通长长的致词,罗伯特对此几乎听不懂,只有其中的一句"一个陌生的不幸的孩子"他听懂了。

在上面几乎伸不开腿,这时一个小男孩儿来了,大概五六岁,他跑进房间里,坐在罗伯特身边的地板上。这是神父的一个孩子,他面带严肃的表情指了指自己,并且说道:"尼尔斯!"罗伯特也做了同样的动作,并且说了他自己的名字。小男孩只是伸出了他的手指头,并且数道:"En, to, tre, fire, fem, seks, syv, åtte, ni, ti."罗伯特当然不明白他的言外之意是什么,于是就认真地跟着他从1数到10。这真让人感动,尼尔斯在努力教他几句挪威语。最好的回报是,罗伯特应该送给他一块口香糖,但很遗憾,他一块儿也没有了。他们跟这个小男孩儿能讲些什么呢?告诉他罗伯特是一个弱智?或至少是一个弃儿?他们想,也许他大脑发育不完全健全?

在楼梯口有人扯开嗓门儿喊道:"尼尔斯!"小男孩牵着罗伯特的手,并且拉着他一起走下楼去,来到一个狭窄的就餐室。很明显,大家在这里,在明亮的下午吃晚饭!大家都已经坐好了。男主人摆出一幅庄严的面孔,并且用赞美诗人的吟唱方式作祈祷。罗伯特猜了出来,这是基督教主祷文。然后,一个女仆端来了饭菜。她给神父上了一大杯啤酒和一大碗汤。然后按顺序是他妻子、大孩子、小孩子,最后才是罗伯特,而到罗伯特这里只剩下几勺汤了。但每人一份鱼都完全是一样的。牧师的妻子敏锐地注意到,没人多占。只有男主人想多装载一些,这也不稀奇,因为他最胖。然而,当他看到罗伯特生气地呆呆看着他的几个细长的鱼刺时,他笑了,并且隔着桌子递给他一大块鲭鱼肉。"拿去吧,卡斯帕尔,吃吧!"罗伯特觉得他听错了。他从什么时候开始叫的卡斯帕尔呢?他想:我一定要学挪威语,人名也要学!如果我听不懂人们讲话的话,最后我非得发疯不可。

饭后又来了一次祷告。然后神父拍了一下手。并且打发孩子们睡觉去了。尼尔斯指给客人看了看院子里无抽水设备的大便茅坑和水泵。很明显,这个水泵是这里唯一的盥洗设施。

罗伯特有生以来从没有这么早上床睡过觉。太阳仍高高地挂在天空上,但这对他并没有多大影响,因为在他的儿童卧室里看不见阳光。而在整个住宅里,他一盏真正的灯也没看到。这里怎么还不用电呢?电是什么时候发明的呢?如果这里没电的话,那他们怎么照明呢?也许这里的人们用蜡烛照明,这里没有冰箱、没有电影院、没有电唱机,等等。这有点让人讨厌,但罗伯特曾经在野营地待过,可能在一个什么山上,没有电视,没有洗澡间,于是他由此知道了一句话：万不得已时也可以。

　　他把他的纪念品全翻腾出来了，这对他也是一个小小的安慰。但如果被牧师看到的话，那就会倒霉的！这么多钱，手表和计算器等——这些所有的东西都会令他们感到深不可测，并且非常容易引起他们的怀疑！这些都是证明他不属于这个世界的证据，每一样东西都可用来从事间谍工作。他们一定会问，这些东西都是干什么用的？它们都是怎么工作的？你是从哪里搞到的？

　　他数了数他的钱，这使他突然明白过来，这些钱在这个时候的挪威，在这个海边的小城，一点用也没有了。更确切地说，这些钱还没有产生价值呢。这些钞票，严格地讲，还没有印呢！当然，他也不会白白地把他的蛋白石交出去的。要是那样，才真让人窝火儿呢。尽管如此，他一点都不想与他带来的任何一个分开。他决定把他的全部家当尽可能快地藏起来，或者，最好是埋起来。这个计划使他镇静下来，而且虽然草褥子扎人，并且散发着狗窝的味道，他还是很快就睡着了。

　　第二天早上的早餐使人感到不快。牧师不在场，也许在上面的教堂里传教，可也没有看到孩子们。勒伦斯科格夫人给罗伯特一杯牛奶和一块面包，这东西让人吃了不再想吃。令罗伯特反感的还有另外一个原因，那就是夫人的发髻是用三个长长的毛线针别起来的。他看见桌子上放着一张报纸，并且看出来是用花体字印的哥特体文字：

基督教邮报
1860年5月22日，星期二

　　只要有报纸或日历，罗伯特想，我就能搞明白，我正生活在什么时候了。重要的是，他早就不再有过去几十年或又回来几十年的感觉了。而且他还知道，过去的任何一个地方都特别陌生。

　　他不想长时间地待在牧师家里了，他想到清新的户外去走走！当他在镜子里看到自己怪诞的白色头饰时，他像昨天那样又吓了一跳。在院子里他小心地打开了绷带，伤口基本上痊愈了。

　　在户外，在明亮的晨光下，他的心情格外轻松。一只装有完整帆具的豪华双桅横帆小帆船停泊在海湾里，一条条小船急速地来回行驶着。海港上放满了麻布口袋和箱子，这里散发着鱼腥味儿、沥青味儿和新锯开的木头味儿。他不理睬那些盯着他看热闹的人，不一会儿他就找到了莫根斯的家。他轻手轻脚地走进了花园，在工具棚里，他发现一个空饼干罐头盒。于是他把所有的口袋儿都翻了个底儿朝天，拿出他的宝贝装在了空饼干罐头盒子里，然后把它埋在了丁香树林里。

"你在那里干什么呢？"莫根斯从窗户里面喊道。

"没什么，"罗伯特匆忙回答道，"我可以进来吗？"

一个是朋友，一个是救助者，他们在整个上午都没完全冷静下来。

"尊敬的牧师先生和他的妻子对你怎么样？"

罗伯特直言不讳。

"你知道吗？勒伦斯科格牧师为什么特别渴望你住到他的牧师住所里吗？"

"一点都不知道。"罗伯特含糊不清地低声说道。

"因为你是一个头号新闻人物，我亲爱的，至少他是这样想象的。也就是说，他读过一本描写卡斯帕尔·豪泽尔的书。对于这本书，他在去年跟整个城市纠缠个没完。你知道，谁是卡斯帕尔·豪泽尔吗？"

"对于这个人，不是有人拍过一部电影吗？我以为，这是一个恐怖故事。但我没有看过这个电影。"

莫根斯直瞪瞪地看着他，他用指尖轻轻敲着脑门儿。罗伯特此时又犯了一个错误。他的朋友怎么能知道，什么是电影呢！

"你能告诉我，这个豪泽尔到底是谁吗？"罗伯特马上补充道。

"没人记得清楚，但我正想告诉你。当时，大约在19世纪30年代，在德国的一个城市里，出现了一个小男孩儿，他几乎不会说话。大家都为他从哪里来而绞尽脑汁。有人说，有人把他随便遗弃了；并且还有人证明，他有生以来一直被关在什么地方。很快，有关这个孩子的荒谬的谣传流传开来。据说，他是一个侯爵的儿子，他的父母亲想摆脱他，把他遗弃了。整个欧洲，顺便提一下，都在猜测这个结果是坏结局的故事。一个杀人犯想把他杀死。"

"喂，我感谢啦！可这与我又有什么关系呢？"罗伯特问。

"哈！"莫根斯对着瓶子嘴儿喝了一口酒，然后带着嘲讽的口吻说，"我们小城的哲学家们也坚决把你看做是这样一个非常有趣的事件！勒伦斯科格牧师想装扮成一个好心肠的乐善好施者；善良的丙博士想把你用作科研的实验用兔子；而药剂师坚信，如果他在省城的报纸上写上一篇在这里凌空冒出一个莫名其妙的外国人来，他将会成为一个著名的人。现在，没人能够说清楚你是怎么到这里来的。"

莫根斯想放声大笑，但罗伯特觉得，这一切一点都不好笑。

"你小看了这件事情啦，"艺术家跟他说，"如果他们看到你根本不是一个古董，而完全是一个普通的学生，一个只想体验一下不同事物的学生，然后这些傻瓜马上就会对你失去足够的兴趣。不管怎样，你早就不想搞你的记忆力丧失症的花招了，你很快就像大家一样开始说挪威语了。说真的这对一个德国人来说不特别难。难道你不是德国人吗？这我马上就能看出来。我们所讲的话，你无论如何也能听懂一半，可你就是不承认这一点。挪威语差不多像古德语的方言，人们只是不大声说而已。猜猜看，下面这些词是什么意思：fisk。"

"Fisch."罗伯特说。

"Brød。"

"Brot。"

"Katt。"

"Katze。"

"你看见了吗？你只要注意听就行啦。然后你马上就可以开口讲话了，他们也将会看到，你不是被赶出来的天子了。接下来，不会有任何一只公鸡再向你喔喔地啼叫了，但你必须看到，你是在什么地方逗留的。跟我完全一样！我的父亲先生，那个领事，如果我按他的意愿办的话，我不会饿肚子的。就是前几天，他还跟我恶狠狠地嚷嚷，所有的事情都仅仅是因为我签字的一张汇票。我将收拾一下我的东西，就要动身走了。是的！去巴黎！但到该走的那天我还要完成几个木刻，以便让丹麦的那个吸血鬼预支给我一些旅费。"

莫根斯坐到了桌子旁边，并且拿起了他的穿刺针头。"如果你感到无聊烦闷的话，"他说，"你可以试着用一下我的水彩颜料。"

"我的绘画艺术并没有什么了不起，"罗伯特说，"如果你看到我的拙画的话，你一定会笑话我的。"莫根斯把一张空白的纸推给他，并且指了指画架旁

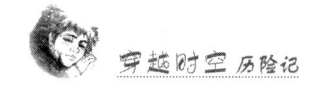

边小木板上的调色板。

　　使罗伯特生气的是，他的朋友把他看作是一个没事儿干的人。他的确是对的，因为他不再是神秘的侯爵的儿子了。他对莫根斯不太抱有幻想了，他只考虑他自己。罗伯特打算证明他不是通常的出境旅行者，他是出于对他父母亲的害怕而溜走的，或者完全是想逃学。他拿过来一杯水，把画笔拿在手中。他用几个线条勾画出飞机场的停机坪、塔台和停靠着飞机的跑道。每一次，一旦他稍不留神，水彩颜料就滴在下面的画纸上。飞机给人以臃肿的感觉，他没能成功地把铝的那种银色的闪光再现出来。他拿的画笔太大了，他找到一只小一点的画笔，并且画好了一群极小的旅客。最后，他在蓝天上画了一架飞来的大型喷气式客机。

　　他在画画时思想特别集中，当莫根斯站起身来，并且带着瞧不起他的腔调训斥他时，他吓了一跳。"你头脑有点不正常吗？你想要画的是什么呢？"

　　"飞机。"罗伯特回答道。更多的他也没说，但莫根斯张着大嘴站在那里的姿势却使他很喜欢。"很遗憾，我把塔台上的窗户给抹掉了。我觉得，水彩画太难画了，它的颜色总是在某一个地方互相融和渗入。"

　　画家把画纸从画架上拿下来，并且皱着眉头注视着它。"飞机！"他含糊不清地说，"我的确渐渐地觉得，你精神有点失常。"

　　"也许仅仅是我的幻想力不如你罢了，"罗伯特带着一副幸灾乐祸的面孔反驳道，"对此请勿介意，在巴黎你还会经历完全另类的事情。"

　　莫根斯想：出境旅行这件事本来就不中他的意。在回去的路上罗伯特想，他怎么每次都是这样匆匆丢掉他的朋友呢。几乎他刚认识他们，他们就从他的生活中消失了。比如，他与奥尔加、他的小外祖母、莉亚和他更不用说的女朋友卡洛琳娜的境况都是这样。他总是要从头开始，此时他一点都不知道，他是否真的喜欢这个莫根斯。而且他的爱虚荣的样子真是让人受不了，另外他还特别能喝。但尽管……当他从一个小红房子前经过并且看到一块饰有纹章的盾牌时，他想起了他母亲，想起她坐在镜子前涂脂抹粉，于是他突然感到自己有一种给她写信的欲望。但怎么写呢？他在邮箱前停了下来，并且急得两手直挠脑袋。他的信要在路上待多长时间呢？至少一百多年！没有一个邮递员能够找到在遥远的未来出现的一个地址。

诺尔斯克王家
邮局

    人人几乎都能够习惯于必须接受的事物。罗伯特在他的邀请者那里毫无怨言地忍受了下来，即使牧师的家里很穷，他也不在乎。大家都能将就着接受油脂蜡烛和鲸油油灯散发的气味儿。那个小尼尔斯证明了自己是一个非常可亲近的孩子，于是他们两个不仅走遍了城市的各个角落、造船厂、制绳作坊和锯木厂，而且还走遍了郊区的各个地方，并乘坐牧师的划艇到岛礁上去，在危岩上寻找鸟蛋。不久，罗伯特就开始结结巴巴地说起挪威语来了。

    在一个星期天的上午，勒伦斯科格牧师容光焕发地回到了家里。他用他那不流利的德语告诉罗伯特一个令人欣喜的消息：加尔曼领事亲自举办一个社交晚会，罗伯特和牧师全家都被邀请了。这显然是一个闻所未闻的事情。这位伟大的海运企业家又搬回到远远的峡湾外面他的庄园里去住了，并且很少降低身份与城里的人来往。

    勒伦斯科格的妻子对她要穿什么衣服考虑了很长时间。而罗伯特用不着操这份儿心，因为他只有身上穿的那件在远远的1930年购买的衣服，他穿上那件衣服就像另一个星球的来客那样引人注目。

    在这个令人欢心的晚上，他们乘坐着一辆双套马车向目的地驶去，甚至马匹也用小彩带装饰了一番。所有的人都尽可能漂亮地打扮起来。牧师的妻子身上散发着樟脑丸的味道，她的男人穿着他结婚的大礼服，随着年龄的增长，这件大礼服显得太小了。

    这位领事的田庄看起来比小城上简朴的市民住房辉煌多了。罗伯特养成了特别爱玩玩具的习惯，他不知不觉来到了目的地，在由古老的帕尔克树和巨大的露天台阶构成的引道末尾有一座像宫殿似的地主庄园出现在他的眼前。庄主在大厅里等待着他的客人们。从他大礼服胸部上的勋章和竖起的白色络缌胡子看。他显得高贵、精神饱满,同时又显得重要而风趣。一个宽大的楼梯直通二层,在那里一个由烛光照亮的餐厅在等待着客人们的到来。餐厅的桌子都用细软的锦缎铺盖上,在每一套餐具的前面都放着一整套喝香槟酒、白葡萄酒和法国波尔多红葡萄酒的玻璃杯,并且还准备了用于饭后小吃的波尔多葡萄酒。

只有三个平常特别喜欢挺胸凸肚的显贵看上去是那样胆怯和拘束不安!那个胖牧师证明自己是一个胆小怕事的人,而他那个正在使劲张望的妻子就更不用说了,她满脑子里都在盘算着,这样一顿饭菜要值多少钱。医生、药剂师、消防指挥员和地方法院法官等,他们都几乎不敢开口说话。只有两个海运企业老板的在职船长和两个省城来的先生与他们的夫人们无拘无束地聊着天,并且同时向默不作声的客人们投去好奇的目光,他们谁都不知道大老板为什么邀请他们。

在喝完汤后,庄主才敲了敲他的杯子,并且开始了他的讲话。人们当然喜欢听他——这位老航海家——此刻的船主讲些爽快的词语。遗憾的是,他觉得这样讲也许不利于这个城市的繁荣,并觉得最近有相当多的懒散的人和愁眉苦脸的人,甚至还有气量狭窄的狂热信仰者、热衷于某事的人和蒙昧主义者,都在他们自己的家园里耍威风。这种做法不利于一个靠与全世界做商业和交通生意而生活的国家。大家可以考虑一下向可允许航行的区域运送木材、鱼、咖啡和棉花,大家不仅可以去英国和吕贝克,也可以到达美洲和非洲沿岸。听他这么说,城市的繁荣似乎全取决于他的船长和全体船员的甘苦了,但对伐木工、锯木匠、造船工人和帆船制造者却只字不提。不管怎样,他一定要坚持航海,这不仅关系到加尔曼全家人的利益,而且也涉及在座的全体人员的利益,因此他要把他的帆船送到世界各地去,只要风不停地吹,森林不停地长,他就不停地继续下去。他认为:与目光短浅的人和垂头丧气的人共事是取得不了任何成果的,来一点世道常情是不会损害他可爱的乡村人的利益的。

如果说,仅仅是举个例子,有个神秘的陌生人出现在这个地区的话,大家都应该亮出其各自最好的一面。他说他毫不迟疑地把这个事件看成是一个意外的幸事,并且十分重视这件事,为了给这个少见的客人提供一些方便,他非常乐意贡献出自己的一份力量。他做出一副和蔼可亲的样子,说要负担这个有天赋的年轻男人的膳食、住宿和学习费用,还要给他做一身合适的衣服,并且希望这个陌生人无论如何也要证明自己是一个有用的人。他举起一杯上好的法国波尔多红葡萄酒,为他的客人们的健康干杯。

　　罗伯特对全部的讲话当然只听懂了一半。但他还是抓住了要点,也就是说,讲话尤其涉及了他本人。他还发现,当领事讲到他许诺支付他的膳食和住宿费用时,牧师的妻子的脸上露出了未曾有过的喜色。

　　在全桌客人仍处在困惑和惊愕的情况下,罗伯特站起身来,打破了他的顽固的沉默。他用三种混合在一块儿的而且有点杂乱的但却又有优美感的语言,感谢领事的邀请和他许诺给他的帮助。他说他真的不是一个神秘的客人,而是一个从德国流落到这里的完全一般的男孩儿。只是因为他的挪威语说得不好,要不然他怎么也不会沉默到现在。关于被丢弃的侯爵之子的童话一点也不适合他,而且他的事件没什么可研究的和可登在省城报纸上的。为了不辜负领事先生对他的希望,他一定要好好干,并且认为出乎他意料的邀请也是在座的所有的人的无上光荣和最大的幸福。

　　罗伯特的讲话很讨领事的喜欢。只有牧师、医生和药剂师三个人看样子应该受到斥责。他们感到非常失望,因为他们非常看好的一个轰动一时的事件在他的手里化为乌有,更令他们生气的是,他们之所以能来参加这个盛大的晚宴,完全都是因为他,全都要归功于这个漂泊他乡的无名小卒身上。

　　这一点罗伯特很快就感觉到了。牧师的妻子对这件事不那么想,她认为用领事给的钱可以改善她分给他的那份可怜的饭菜。牧师变得越来越闷闷不乐和少言寡语,最后,他们则禁止小尼尔斯与罗伯特这两个孩子一起玩儿。但没有禁止去裁缝家。于是,罗伯特很快就穿着青灰色的裤子、蓝色的男式小礼服和黄色的马甲在城里散步了。但市场和海港上的人们不打算与他拉上什么关系了,他们呆板地默默打量着他,而且看起来没有一个人有兴趣与他闲谈。下午,他在画家的家里大有所失地怀念起他对那位艺术家的长谈阔论,对挪威人的尖刻的评价,甚至无济于事地长吁短叹。有一天,莫根斯没有留下任何告别的话,就动身了。

　　罗伯特感到无聊,他焦急地等待着开学。牧师在一个冠以高级中学校名(十三世纪后以拉丁文为主课)的黄色小木屋里给他报了名。又要学一种语言了,罗伯特想:好像我脑袋里装的外来词还不够多似的!现在他应该温习一下他的那点拉丁语了。

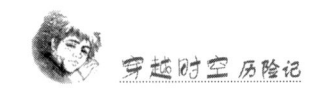

他的同学对他很冷淡。他们拿他说的结结巴巴的挪威语取笑他，用一种羡慕和嘲弄混合在一起的眼光注视着他那套上好的外衣，让他觉得他完全不属于这里，罗伯特对这些习以为常了。但他知道如何保护自己，不会就此容忍下去，在他向他们显示自己的几下子之后，他才得以安静下来。他在班级里被看做是妄自尊大的离群独居者，即使还有人在他面前摆摆架子，他也凑合着忍受了下来。

提德曼德老师是一位干瘦苍白但却给他留下许多思考的人，他和罗伯特一样在这个小城里不太讨航海家、渔民、终日祈祷者、装模作样的人、市场上的女人和公职人员的喜欢。埃曼努埃尔·提德曼德总是穿着一套上下一样黑而且磨损了的外衣，他看上去像一个老光棍儿。看他那眼睛！他并不瞎。他注意到了这些。但他的瞳孔发出明亮的银灰色的目光，这样一双眼睛罗伯特只见过一次，那是在一个失明的女邻居的身上看到的，人们几乎不敢注视她。提德曼德带着微笑，从不理会学生们轻微的卑劣言行，好像这一切与他无关似的。更令人奇怪的是，他一秒钟都坐不住，看来他在抑制着一种长久以来的不安。他仅仅是神经质吗？罗伯特问自己，或者是害怕什么，但怕什么呢？最后他急躁不安起来，带着这种心情，他等待着下课铃的敲响，转眼间他就离开了校舍，就好像他家里有重要的或非常紧急的事情等着他去办。

"你也这样吗？"有一天他小声问罗伯特，"这可不是人过的生活啊！这个顽固脑袋懂什么？什么事都要取决于他吗？装聋吧，罗伯特！有时我想，你是唯一一个听我讲话的人。"

罗伯特感到非常意外。提德曼德用闪闪发亮的眼睛看着他，他看上去是那样地充满期望，而罗伯特真的不知道该回答他什么。

"你也不是这里的人？"他礼貌地问。

"那当然，"老师说，"我们从远远的地方来到这里，你和我。"

他的断言几乎使罗伯特无法反驳。"但这不是一个说话的地方，为了交谈这个重大的事情，"提德曼德继续说道，"如果你愿意，你可以到我这里来一趟。斯特兰德加特五号，第一层。我从不出去。但必须是我们两个，这你懂。"

罗伯特一点儿都不懂，但他仍然说："非常感谢，提德曼德先生。我还没有碰上一个可说心里话的人，牧师家里人几乎都不跟我说话。我相信，他们已经后悔收留我了，如果加尔曼领事不是每周给他们送去我的伙食费的话，他们能在今天，绝不推到明天就把我赶到大街上去。"

"你可以叫我埃曼努埃尔。"老师说着，戴上他的黑帽子，转身走了。

整整一天罗伯特都在考虑这次谈话。这个男人为什么这样神秘呢？他所说的"重大事情"是指什么呢？他暗示的意思是他们俩都从遥远的远方来？他知道的比他讲的还要多？

他既喜欢埃曼努埃尔·提德曼德，又不喜欢。从某个方面讲，他是唯——一个了解罗伯特，甚至是看起来完全信任罗伯特的人。但同时这家伙又是一个使他感到不安的人，他那张黄色的脸、眼睑周围的轻微抽搐，还有他那种讨好人的声音……他问自己，老师的邀请意味着什么，不得而知。

提德曼德没有再回到他与罗伯特的谈话上来。仅仅从他的闪银光的眼睛中流露出的那种疑惑的侧视目光看，他是不会忘记这次谈话的。最后，罗伯特的好奇和他在阁楼间忍受的无聊战胜了他的不安，于是，在一天的下午，他踏上了去斯特兰德加特五号的路。

峡湾在太阳西斜的照耀下闪闪发光，早秋闪烁着五光十色。一时间罗伯特忘了他生活在一种被流放的生活中了，他不由自主地吹起了口哨，哨声把他的忧虑抛在了九霄云外。当他来到老师的房前时，他的好心情才被打消。屋顶歪歪斜斜，窗户好久都没有油漆过了。罗伯特犹豫不决起来，过了一会儿，门就打开了，而他并没有去按门铃。一位肩膀上长着一颗对人友好的歪脑袋且身材短小的老妇人把他请了进去，她一言不发地伸出拇指向上指了指。罗伯特沿着一个嘎嘎作响的楼梯走进了老师的简陋的住房。

"好，你来了，罗伯特。"提德曼德说，并且转身把他带进了一个阴暗的房间里。房间的窗户是用黑布遮上的，桌子上放着一个枝形灯架。当罗伯特的眼睛在黑暗中适应过来时，才看清简陋的陈设：墙壁的凹入处放着一张窄床和两把高背椅，房间特别干净，给人以无人居住过的感觉。只是桌子上还有一些生活的气息：烛台旁边放着一个插着羽管笔的墨水瓶和一小堆叠得整整齐齐的手稿及一些平装本的书。

"我知道，在这个不学无术的城市里，你是唯——一个值得交谈的人，"提德曼德开始说道，"这我很快就看出来了。你知道为什么吗？因为你是一个穿行于世界之间的徒步旅行者，和我一样。"

"提德曼德先生，您说这些是什么意思？"罗伯特问，并同时坐在其中一

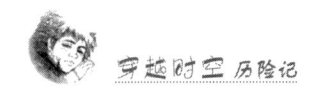

个结实的椅子上。

"你可以叫我埃曼努埃尔,这是按照我的教父、伟大的斯维登堡的名字起的。"

罗伯特在他的椅子上来回地晃动着,因为他一点都不知道老师讲的是谁。

"你不知道他是谁吧?我要跟你讲一讲他。但请原谅,我什么吃的也没给你拿上来,你是我的客人嘛!"

话音刚落,他就拿起一把笤帚,用笤帚柄有力地敲了三下地板。

"埃曼努埃尔·斯维登堡,"他郑重地说,"是鬼神世界的哥伦布,是天使学说的发现者。他懂天使说的神秘语言,并且与给他的生活带来许多麻烦的魔鬼一起调解一些可怕的争吵。"

罗伯特感到老师的银灰色的目光落在他身上不动了,并且看到他的脸在抽搐。"埃曼努埃尔,你知道,这个名字意味着什么吗?'上帝与我们同在!'"提德曼德喊道。罗伯特被这句话完全搞糊涂了。他不知道老师动那么大的感情干什么。老妇人气喘吁吁地走进房间,并且把放着茶和奶油面包的托盘放在了桌子上,她的到来使他摆脱了尴尬的局面。

"尽管吃。"老师说,现在他的声音听起来又完全正常了。罗伯特觉得他饿得要命,并且大口大口地吃起面包来,此时他的邀请者又沉醉于一种可招来鬼神的单声调的语调中了。

"能见鬼神者区分不出来昼和夜,他的幻象可使他突然产生眩晕的感觉,光线、遥远的世界、过去的时代浮现在他的眼前。"

罗伯特觉得,提德曼德在紧紧抓住他自己的胳膊。"别说话,这种时刻你没经历过。但你几乎已经属于知情者了!如果你信赖我的导引的话,你马上就会变成那些入定者中的一员。当这些入定者的面部表情预示着疼痛或陶醉感的时候,视情况而定,他们有的可以看到地狱,有的可以看到天堂!"

罗伯特竭力保持镇定。这个男人给他讲的这些话,听起来很荒诞,可他已猜出了几分,那就是通常看起来没人能够领悟罢了。光线、眩晕的感觉、飞到遥远的时代,这一切他都太熟悉了!但他还从来没跟幽灵和天使打过交道,只是跟有血有肉的人打交道:西伯利亚的女药剂师、一个教他骑马的名叫卡洛琳娜的小姑娘、一个精通蛋白石的希尔斯贝格老先生和他的小小外祖母——他后脑勺挨了一棒,这一击使他沉默下来。这些全都不是幽灵,而完全是一般的人,他们和世界各地的人都一样,都有善和恶、友谊和卑鄙。

"别说话,这种时刻你没经历过。但你几乎已经属于知情者了!如果你信赖我的导引的话,你马上就会变成那些入定者中的一员……"

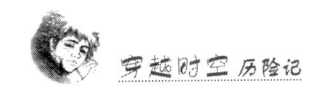

"我看你有怀疑,罗伯特,这我不感到奇怪。你必须知道:绝大多数人根本意识不到,他们早已生活在鬼神世界里了!我将证明给你看看。"

罗伯特在他说话时把最后一块面包用茶送了下去。

"您的斯维登堡先生到底生活在什么地方呢?"为了把谈话拉回到有点含糊不清的范围内,他问道。

"他差不多在一百多年前就已经丢掉了凡世。但我可以天天与他说话,如果你下次再来并且信赖我的导引的话,也许你马上就能享有这份恩惠。"

"我感谢您,提德曼德先生……我认为,埃曼努埃尔,"当他看到老师在跳动的烛光下大吃一惊时,他马上补充道,"但现在我必须走了,否则我又要受牧师先生的气了。"

"要保持极度缄默!"提德曼德把手指头放在嘴唇上说,"这里的人们将受到中伤,异端邪说将受到怀疑和跟踪,人们马上就会开始揭穿伪君子和法利赛人的把戏!是的,我亲爱的罗伯特,我们必须谨慎从事。也就是说,一句坏话都不能说你的同学和牧师家的人。上帝的祝福与你同在!"

当罗伯特又来到外面时,他感到非常高兴。夜幕已经降临下来,帆船上的灯光将其条状的清晰的影子抛向宁静的海面。他一出来,就不打算再次踏进老师的阴暗的房间里了,不过这一点还未确定下来。

但埃曼努埃尔的捉摸不透的讲话却没有使他忘掉。睡觉前,他在不断地反复思考着老师的经文,但他没能成功地区分出所谓幽灵科学中的意识和非意识的差别。也许,他想,意识和非意识是指某些事物呢!但指什么呢?

几天以后,美丽的秋高气爽的天气已经过去,城市的上空布满了厚厚的雨云,勒伦斯科格牧师把他拉到一边。"我必须警告你,罗伯特。"他说,"你秘密地与提德曼德先生接触这件事,已刮到我的耳朵里了。他可能是个很好的拉丁语教师,但他与真正的基督教毫不相干,我从未看见他听我传过教。有人背后指责他与魔鬼建立了联系,像他这样的人,还专门向你这样的男孩施加毒害你们的影响。我不允许你,听着!我不允许你去探访他,除学校以外的任何探访。"

"他只不过是给我些茶和奶油面包吃吃罢了。"罗伯特说。然而牧师却摆了摆手,表示不相信,并且丢下他一个人转身走了。

而使罗伯特完完全全感到不高兴的是,户主打算给他制定可以访问谁和不可以访问谁的规定。出于这种抵触心理,他已经不想忍受下去了。再说,提德曼德与能见鬼神者一起作时空旅行，与天使一起放眼睛电影，或者说把所有的事情都搞糟，这一切与勒伦斯科格牧师又有什么关系呢？如果老师强调他是全城唯一一个理解他的人的话，又有什么不对呢？

他考虑了片刻，是否要拿第二次访问老师作赌注。天气刚过中午就已经黑了下来，浓密的牛毛细雨使整个城市看上去总是昏暗暗的。一天晚上，一阵喊声像野火似的穿过沉睡的巷子："鲱鱼来了！鲱鱼来了！"转眼间，所有的居民点都忙活起来。那些穿着油布雨衣和高筒靴子的男人们在海港上碰在一起，并且敲响了仓库的大门。小独桅帆船扬起了它的帆，并且搞得锚链丁零当啷地响作一团。鲸油灯点着了，商店门打开了。于是，不大一会儿，第一拨儿喝醉酒的人摇摇晃晃地从一个小酒店走向另一个小酒店。

第二天，雨下得更大了。狂风把树上的叶子卷走，把房子上的瓦抛到大街上。当罗伯特放学后走在通向斯特兰德加特的大路上时，没人注意到他。又是那个女矮人给他打开了门，就好像她一直等着他似的。他又发现埃曼努埃尔在这个阴暗的房间里坐在他的手稿前。不大一会儿，茶壶已在桌子上冒起蒸气了。

"鲱鱼来了！"罗伯特说。

"鲱鱼也是一个永恒的漫游者，"埃曼努埃尔·提德曼德露出他那微弱的微笑说，"然而谁也不知道，它们是否有灵魂？但我们的灵魂，亲爱的罗伯特，是神的自然人。灵魂永远不死，并且不停地寻找着独立自由，然而遗憾的是，躯体却是它的监牢。随便吃，请别拘束！"

提德曼德自己却一口也不吃。这个男人看上去似乎已经饿得半死了！他那过于明亮的眼睛下面有黑色的晕。他在他的椅子上神经质地来回挪动个不停。不知是什么事情不合他的意，罗伯特想。

"千万不要相信，你是单独一个人，"老师又开始说道，"发生在你身上的事情，没有我不知道的。从躯体的桎梏中解放出来，并且改过自新，将是我们的再生。于是，我们的灵魂旅行将继续下去，直至我们被允许回到神的怀抱中为止，这大概要持续上千年。"

"如果允许我问一句话，你是从哪里知道这些的？"罗伯特礼貌地探询性地问道，尽管他嘴里仍塞满了东西。如果他完全注意的话，埃曼努埃尔看起来的确没有受他问话的影响。

"你不记得你过去的生命了吗？你不觉得以前你好像曾经来过这个地球了吗？你那时的父母、你的朋友、你住过的城市、你看到过的风景，你全都忘了吗？"

这时，提德曼德又回到了主题。他是从哪里知道这些的呢？"不过，知道这些自然是不够的，"他继续说道，"时间和空间只是人世间的错觉，我可以看到遥远的地方。这里，在这个房间里，我可以，如果我愿意，我甚至可以借助神的力量看到圣人的国度。就是时间，对于我这特异的视者来说，也不在话下。"当他继续往下说的时候，他的左眼皮颤动着，但他并没有使自己迷惑起来。

"你不要感到惊奇，这完全是很普通的事情，人们叫它灵魂转世。我可以很清楚地想起我过去的生活。有一次我是冰岛的一个航海家，另一次甚至是一个女人，如果我再往远处回想的话，是古埃及的一个犹太教大祭司。因为我知道，我还会再来的，死对于我来说没有什么可怕的。"话音一落，他就站起身来，吹灭了蜡烛，并且小声对自己说，"正相反。"

罗伯特完全糊涂了，他把所有的谨慎都忘了。

"错了，埃曼努埃尔，"罗伯特反驳道，"您把您的灵魂转世的概念完全搞乱了。完全不是这样的！我知道我在讲什么。第一点，灵魂转世首先不是往前转，而是往后转，越来越往后转。第二点，我，我仍然保持罗伯特不变。我从未当过女人或什么犹太教大祭司，而且像那样的事情也永远不会发生在我身上！我在世界历史中不停地被到处推移，这对我来说已经够了，至少我保持住了我的脑袋和我的躯体。"

这对他来说现在已经完全无所谓了，提德曼德这样想。即使有人说他精神失常的话，他最终也会把今天的事情泄露出去的。现在他自己开始精神失常了！罗伯特满脸通红地站起身来，突然间他不再害怕他的这个神秘的面对面的人了。

老师渐渐地迷糊下去。"我一句都没有听懂，我不知道你在说什么。"他终于说道。

"这非常简单，"罗伯特解释说，"我的旅行，或者就我而言我的灵魂转世，就是你所说的那个灵魂转世，大概从一百四十年前就开始了，大约在两千年前。从那个时候开始，我不停地往回滑行。看不见任何天使和幽灵的踪迹！对于使我成熟起来的它们，我也根本就没注意过。只是，如果人们总是从前面开始的话，长此下去，不免让人有点烦，而且大家都把这样一个人看作是一个胡思乱想的人。"

"这你是说着玩的,"提德曼德用柔弱无力的声音反驳道,"这样的事情是没有的。"

"这样的事情为什么不会发生呢？您可是一个一向相信什么事情都有可能发生的人啊。您相信鬼神世界,相信地狱和电视,尽管您根本不会知道,电视是什么东西。"

"不,"老师小声说道,"不！罗伯特,我真的没有想到你……你如此无耻地跟我说谎。"

"啊,你不相信我！"罗伯特怒气冲天地吼道,"到时候我会证明给你看的！你马上就会看到！"话音一落,他连声告别的话也没说,就沿着陡峭的楼梯冲了下去,来到了大街上。

罗伯特非常激动,他走了一段路之后才发现雨点打在他的脸上。天色漆黑,风从西北方向越过峡湾吹来。但他这时只想到了一点,他怎么才能向他的老师和不相信他的人说明这件事。如果硬碰硬的话,他有他自己的主意。他必须向他展示他的东西,来自未来的物证：出自1930年的钱、石英钟、拉提博尔穿着曲棍球运动衣照的一次成像的照片……这些足以使提德曼德热泪盈眶的！他肯定还未见过波尔舍,对计算器更是无话可说。这不可能是灵魂转世！罗伯特所经历的一切,完全是有血有肉的肉体旅行！他的宝贝就放在伸手可及的附近,在莫根斯抛弃的房子前面,也就是在他逃向巴黎——艺术家的梦想之城之前住过的房子前面的丁香林的地下埋着。

户外的天气特别寒冷,冻得他牙齿直打战。使他感到惊奇的是,许多人冒着倾盆大雨走在路上。他们都提着有遮光装置的提灯匆忙赶路,他们手里的灯光像鬼火似的忽闪着划破漆黑的夜空。码头下面的包装车间灯火通明,车间的大门大敞着,有一股刺鼻的腥臭味儿从海港的广场上吹来。罗伯特来到近前,看见在油脂蜡烛的烛光的跳动下有一二十个妇女和姑娘,她们站在茫茫一片闪闪发亮的鱼堆中。鱼刀在她们的手里上下闪烁,鲱鱼一个接一个被飞快地剖开。由盐水和鱼血水构成的又湿又滑的小水洼,覆盖了直到房屋前的一片土地。男人们戴着油亮油亮的黑色风帽站在雨中,把死去的鱼铲到木桶里。在灯光的反射下,罗伯特看到他们的手上、油布雨衣上,甚至他们的脸上都沾满了发亮的鱼鳞,而这些鱼鳞又像能见鬼神者的眼睛那样闪着银色的光。他像凝固在那里似的停了下来,直至他感到鱼腥味儿好像冲到了他

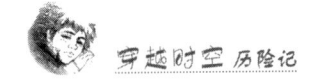

的喉咙里，然后他才又继续奔跑下去。

　　这个城市富起来了，而且富得惊人。在狭窄的巷子里，狂叫的水手碰见了他，喝醉酒的人躺在人行道旁的排水口里。当他来到艺术家抛弃的房子前时，他浑身都淋透了。在黑暗中，他几乎看不见自己的双手。他用裸露的手在潮湿的土地里扒起来，不久他感到了铁皮盒子那金属的冰凉；他拿起铁盒子晃了晃，并且听见他的宝贝发出丁零当啷的响声。它们都还在！他打开罐头盒，把他的宝贝装进了外衣口袋儿里——只有那些他从萨洛蒙·希尔斯贝格那里得到的并且现在看来一点价值都没有的棕色的钱没有装进去，他把它们撕成了小碎片，抛在了空中，任它们在风雨中四下飘去。可惜了那美丽的蛋白石了！

　　他冷得直发抖，但他一想起要回到牧师妻子的那张什么油水都没有的饭桌上时，他就感到后悔，就觉得受不了。这个城市，这个在春天看起来还是那样宁静安逸的城市，却使他突然感到像地狱似的。但这是他说的话吗？是不是提德曼德向他灌输了这一思想所造成的呢？他必须与这个苍白的能见鬼神者中断关系，并且向他证明，他所说的一切都是真实的。无论如何，不管怎样都是真的！

　　雨下得小一些了。在远远的海岸前面，罗伯特可以看到灯塔上闪光的灯。但刺骨的寒风仍然怒吼着穿过城市的大街小巷。他避开了海港上那片被血水弄脏的地方，当他上气不接下气地站在老师的那间被风雨剥蚀的房子前面时，他感到非常高兴。这一次他不得不使劲地按门铃了，直到不友好的女矮人打开门为止。他跑上楼去，老师的房门大开着，房间比任何时候都黑。罗伯特从口袋儿里拿出打火机。它还能用！他点着了一支蜡烛，向四下望去。他认为提德曼德已经出去了，突然他看到放在墙壁凹处的床上有一个干瘦的躯体，老师一动不动。罗伯特手里的蜡烛照亮了一双睁得大大的并且发着金属般光泽的死人的眼睛。蜡烛从他手里脱落下去，黑暗中他又碰倒了一把椅子。

　　罗伯特没有大喊大叫，突然产生的恐惧几乎使他窒息。他在黑暗中摸索着走向楼梯，并且冲出了这所房子。赶快离开这里！这是他唯一的念头。当狂风吹打在他的脸上时，他才开始知道问自己，他在这天晚上都看到了什么。是不是老师挨了一棒呢？或者是谋杀？但谁要杀害埃曼努埃尔呢？罗伯特想起了他那用复杂的句子来表达的讲话。他用微弱的声音说给他听："死不过是通向另一个美好的人生的通道。"于是他由于陶醉而颤抖着补充道："如果他死了的话，他将回到风华正茂的年代，但此时他仍愿意这样消瘦，这样绝望下去。"

他是不是自己毒死自己的呢？但在他的床上，罗伯特没有发现任何痕迹。他抖了抖身子，但恐惧仍然留在了他身上，如果他们发现了尸体，整个小城就会引起轰动。那个禁止罗伯特探访提德曼德的牧师，准会盘问他。最后人们一定会叫警察，也许他们甚至会突然攻击他，并且还会怀疑他，或……

在没人注意的情况下，他又向海港跑去。在码头上停泊着一条三桅船。在船上灯笼的光影下，他看见四个男人将一个沉重的圆木桶从一个厚木板上绞到甲板上，另一些人用绳子把它拴住，并且把它拉起来放到货舱里。许多水手在忙活着帆具，看样子没人看守舷梯。没有计划，没有思索，罗伯特一跃跳到了甲板上，他紧张得心都快跳到嗓子眼儿里了。他停在一个栏杆旁边，向四下望去，没人注意到他。他小心翼翼地，一步步地摸索着往前走去，直到他发现舱口才停下来。他悬空身体抓住横梯双手交替着向黑洞洞的深处移动，因为上面有覆盖物，可以藏身，到了船内他就向前爬行，直到中层甲板，紧靠船头斜桅的后面，发现一个干爽的隐蔽处才停下来。现在他还能听到装鲱鱼的圆桶发出的沉闷的滚动声。然后他闭上了眼睛，过了一会儿他在坚硬的木地板上睡着了。

当一种研磨似的嘈杂声把他从梦中惊醒时，他不知道他在哪里了。大地在他下面摇摇晃晃，在船横梁和肋骨的中间发出可怕的吱吱声，而在他自己的脑袋里却发出嗡嗡声和轰隆声。他活动了一下麻木的双脚，并且伸了伸四肢。当他再次忽然想起他在哪里时，有一种落入陷阱里的感觉向他袭来，他觉得难受得要吐。行船可能遇上风暴了，他听见巨浪轰隆轰隆地冲上甲板，从上面传来听不懂的喊叫声和沉重的脚步声。他吃力地把自己从隐蔽处拖出来，他在缆绳的末端和箱子上各绊了一脚。他还从来都没有晕过船。"如果我能预感到，晕船这样难受，像这个该死的双桅横帆小帆船这样狼狈，我想，我还不如死了算啦！"

他的上面开着一个舱口，这时一个巨浪卷起冰冷的海水向他浇来。"不！"罗伯特叫道，"我还不想被淹死，救命啊！"在微弱的逆光下，他看见一个粗壮身材的人向他抓过来，此人戴着一顶挡西南风的防水帽。"What the hell are you doing here？"这个男人嘀咕道。并且一手把他夹在胳肢窝里，带了上来。

此刻，罗伯特对所有的事情都觉得无所谓了。他觉得很不舒服，但他感到绝不会碰上非常糟糕的事。他身体很虚弱，两个水手不得不把他拖到舱房里去。那里至少暖和一些、亮堂一些。如果大脑对持续的剧烈颠簸、摇晃和

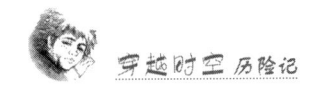

隆隆声没有反应该多好啊!

一个长着白眉毛、大鼻子和红胡子的男人弯下身子看着他。"一个无票乘客!你这小家伙偏偏在这个时候又来给我们添麻烦!我最好把你马上扔到甲板上去,你这笨蛋!我一定要甩开他,否则他会把我的小房间吐个遍的!"

毫无疑问,这是船长。罗伯特把头转过去,对着墙,一声不吭。

"你究竟是从哪里来的?你叫什么?"

"罗伯特,"罗伯特吃力地说,"我觉得我死了。"

船长笑了,笑得声音特别大,以至于罗伯特不得不把耳朵捂上才行!"人不会那么容易就死去的,小家伙。好啦,可你现在却选择了一个美好的旅程。风力八级,这是来自卡特加特海峡的西北风,这真是太过分了!看样子明天早上也好不了哪儿去。直至我们到达哥本哈根,都将会很糟糕。"

罗伯特不想听下去了。"你是德国人,船长先生,"他低声说,"我听出来了。请你们别把我扔到甲板上去!"

"原来是老乡,"船长说,并且又发出了叮叮当当的笑声,"随你的意,对你宽大处理,因为我今天情绪好。这样一个天气使我很开心,小朋友,你可以拥有我的小房间,直到我去睡觉为止。然后我会把你赶出去,让你和大家一样感受吊床的滋味儿。给你一条毛巾,免得你把我的床弄得肮脏不堪。我必须到甲板上去,我要把我的人赶到抽水机那里去干活儿。祝你睡个好觉!"

罗伯特弯着腰、双手捂着肚子,由于恶心而摇摇摆摆地把自己向船长的床铺拖去,并且使自己一头倒在床上。小房间正面的墙上,挂着一个发黄的铜版画,画儿上画的是穿着钟式裙子的妇女和戴着长长假发的男人,他们正在一个明亮的大厅里跳舞。罗伯特好像看着他们在音乐的节拍下死板地转动着,而在同样的节拍下,他的脑袋也在转,船也在转,而且还上下摇晃,于是他的胃也随着一起摇晃起来,直晃得他头晕目眩,并且感到眼前一片漆黑。人不会那么容易就死去的……

然而也许,罗伯特想,也许精神失常的埃曼努埃说得是对的:"死对我来说一点都不可怕。"他乘的这条船是不是幽灵之船呢?那些时髦的女人和男人在他眼前跳的是不是死亡舞蹈呢?"许多人意识不到,他们早就在幽灵世界里生活了。"这是谁说的话?是船长?是死去的提德曼德?还是在罗伯特死前或他最后感到不舒服时所想到的呢?

第五次旅行

　　以往使罗伯特感到惊奇的事儿,他现在却感到不惊奇了。他是不是最终已经习惯从一种生活走向另一种生活的方式了呢?

　　这个地球似乎不会停止颠簸、倾斜和摇晃了;不是呼啸声和吱吱声,就是风笛声和小提琴声在他耳边响起;煤油灯的暗淡光泽变成了放射出万道光芒的灯火辉煌,而且所有的一切一下子都变了。只有他自己还在跟跟跄跄地行走。他的脑袋仍然使他感到嗡嗡作响,而他的胃被晕船闹腾的似乎还未缓过劲儿来。

　　这一次,罗伯特在一个装有微红色大理石柱子的高高的椭圆形大厅里又重新找回了自己。在光亮如镜的木地板上,身穿昂贵晚礼服并且涂脂抹粉的女士们和头戴高高的雪白色假发的先生们,高兴地跳着木偶似的舞蹈。后台演奏着音乐,靠墙站着一些身穿蓝灰色号衣的奴仆。没人注意到罗伯特。

　　刚喘了几口气的工夫,突然有两个仆人向罗伯特冲过来,这两个上身穿镶边裙子下身穿过膝短裤的大高个子的家伙,用警察押解人的方式抓住他,并且要把他弄走,他们抓得他好疼啊。一位女士,而且是她们中最年轻的女士注意到了他们的吵闹。她让对她献殷勤的男士停下来,并且转身向罗伯特走去。她的深蓝色的但却有点斜视的眼睛闪闪发亮。

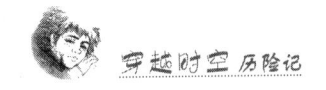

"你们要干什么？你们没看见这个人有病吗？"她指着两个仆人说，"快放手！把他给我送到我的接待室去，并且把我的私人医生叫来。他会对他进行最必要的照料的。"

"喳！谨遵殿下吩咐。"两个仆人轻声低语地说。

这位年轻的女子，大概不到十七岁，她向罗伯特投去了好奇的目光，然后转过身去，把手伸向一直跟在她身后的先生，并继续跳下去，就好像什么事情都未发生过似的。

两个仆人耸了耸几乎让人看不见的双肩，把罗伯特送到了一个布置雅致的小房间里，并把他一个人留在了那里。他坐在一个绷着黄白条纹绸布的窄长的沙发上。几乎是他的晕船病刚好一些的时候，他就又考虑上那个老问题了：我在哪里？首先是我在什么时候？他像赶讨厌的苍蝇那样驱赶这些问题，因为他常常为考虑这些问题而费许多神。但至少他在这里不需要苦学外语了，即使这地方的德语听起来使他感到特别生硬，他也不怕。

医生出现了。这是一位头发花白的愁眉苦脸的人，他不穿白色的罩衫，也不穿黑色的外衣，而是穿一件带有银色绦带的棕色军服，看上去几乎像一个旅馆看门人。他匆匆检查了一番罗伯特，摸了摸他的脑门儿，把耳朵贴在他的胸前听了听，然后摇摇头，并且喃喃自语地说："没什么，他只需要休息一会儿就没事了。"他没再照顾一下罗伯特，就从房间里小步跑出去了。

大概过了几个小时，罗伯特后来才回忆到他做了一些杂乱无章的梦，直到有轻轻的笑声把他惊醒为止，此时他看到他的女保护人走进来，她的后面跟着一个显得傲慢生硬的先生，他穿着一身比她的私人医生更华丽、金银丝刺绣更多的军服。

"好吧，在舞厅上让我们感到吃惊的勇敢的小伙子现在觉得怎么样？"

"好多了，完全好多了，"罗伯特回答道，"非常感谢您帮了我，不然那两个粗暴的人就把我赶出去了。"

"你现在是在一个宫廷里，年轻人。您要注意了，这是侯爵大人，封·翁德·楚·黑伦林登大人，享有'殿下'的称呼。"那个穿着挂金银丝绦带军服的男人插话说，并且向罗伯特抛去了一束责备人的目光。

我的天啊，他想，现在我又该与有血有肉的公主打交道了。也许她甚至喜欢人家用第三人称称呼她！什么"殿下赏脸"等等，这可是一个非常麻烦

此时他看到他的女保护人走进来，她的后面跟着一个显得傲慢生硬的先生，他穿着一身比她的私人医生更华丽、金银丝刺绣更多的军服。

的事，比起挪威语或拉丁语来也并不那么容易。那么其他人又是谁呢？一个宫廷总管？或者，也许是一个什么内廷总监？

"请原谅，殿下。"他试着用这种新的语言表达方式说，"我刚刚到这里，我不熟悉您的……啊，阁下的规矩。"

"这没关系，"公主说，"我们在这里私下说说，凡是涉及礼仪方面的东西，你肯定是要学的，我喜欢你。另外我也很好奇，你叫什么？你是哪个等级的人？如果允许我请求你的话，请不要这样胆怯。"

"罗伯特是我的名字，而我的等级……"说到这里时他已经结巴上了，因为他无论如何也不会知道他是哪个等级的。"既不完全靠上，也不完全靠下，我想是这样的。"他终于说道。

"如果你愿意的话，"她说，"我想给你搞一个等级，这大概不太难。我亲爱的马森巴赫，您觉得怎么样？"她转向那个身居要职的人，并继续说道："让他当一个完全通行的宫廷侍童怎么样？当然，他不能穿这身可笑的衣服。您照顾一下，给他配一身合适的服装，把他安顿到宫殿里。其他的事情，我亲爱的罗伯特，都会解决的。"

这位宫廷总管看上去对这项任务不太喜欢，但他又能有什么办法呢？他鞠了一躬，并且带着罗伯特走了出去。他们经过一个发出回响的走廊，越过一个宽宽的楼梯，来到屋顶下的一个散发着霉味儿的小房间里，这里有一个肤色灰白的侏儒管理着几个巨大的柜子。罗伯特在这里受到许多仆人的侍候，而在他离开接待室之前，那位宫廷总管或内廷总监——或者说是这位装模作样的人喜欢自称的官衔，还冷冷地瞥了一眼告别中的罗伯特。

试穿衣服持续了数小时之久。那位老裁缝总是不断地从他的箱子里和柜子里拿出新的衣服，而他对衣服的合身程度总是不满意。后来，罗伯特终于在镜子里看到一位他几乎认不出来的先生。这个人上身套一件钉着银纽扣的紫红色锦缎马甲，脖子上围着花边围巾，脚上穿一双桃色丝织长筒袜，下身穿一件带钩织袖口的绸缎连衣裙，而脑袋上，几乎不能让人相信，戴着一顶淡黄色且扑上香粉的假发。为了再仔细看看自己，他几乎要揉眼睛了，可他这时停了下来，因为他知道，这将会产生什么样的后果。

这种幻想服装只有在童话书里或者在好莱坞电影里才会有。那么说，他又陷入了一个更古老的时代里了？他想起了杏仁牛奶巧克力球和他在一个消夏宫廷公园听的一次歌剧。是巴洛克艺术风格的还是洛可可艺术风格的呢？他不会知道得那么详细，但他有一个印象，他这次至少要向过去退二百或三百年。他母亲喜欢这个时候的人。她每次都仔细观看电视里面的任何一个亲王的婚礼，并且知道所有欧洲王宫里的事情。但罗伯特对此不太感兴趣。

不过现在他必须面临着一个不太重要的宫廷总管的随意调遣，因为他被分到了他的手下做事，而他对总是更换新环境而感到有些不乐意了。这里有一个令人吃惊的体现贵族傲慢吓人无教养的程序动作，那就是不论什么时候，只要他遇见身居高位的人，就要假装紧张地说不出话来。现在，总管指给他看侧厅边房里的一个房间，并且告诉他，他今后在这里与其他宫廷的下人一起在大长餐桌的最后面进餐。这里住的比挪威的废物间好多了，膳食相比之下比牧师妻子的干瘪的面包丰盛多了。然而，罗伯特马上意识到，黑伦林登并不是天堂，因为第二天他就开始训练了。

"什么？你不会击剑？你还没有打过猎？一个漂亮的胆小鬼！你是一个很会跳舞的人吗？不是？可能是你读的书太多了吧。我们这里不需要这些东西。你的行为举止全都不适宜了！如果你想在宫廷里取得一些成就的话，那你还要学许多许多东西。你可千万不要相信，公主的庇护会给你带来多少好处。我们知道这里面的事情！小伙子专门讨她的喜欢！等着瞧，如果殿下的那位亲王，了解实情的时候再说，那么与殿下在一起没有好果子吃。他就像爱护他的眼珠子那样爱护他这个唯一的女儿。你可不能一点儿都不知道这里所发生的事情！你至少会骑马吧？"

这个，罗伯特会。但与击剑师在一起的几个小时对他来说可不是开玩笑的，而令他不高兴的是，他整天都得挂着剑到处乱跑。就连那些酗酒的人，也带着他们的趾高气扬的新酒友来烦他，他注意到他们身上很臭。很明显，在这个宫殿里通常不是每天都可以洗澡。罗伯特白白拿着一块肥皂用不上。这些先生们外面套着华丽的丝绒马甲，内身穿着衬衫，他们一直把它穿到周边完全像他们的指甲那样乌黑为止。

但最让人生气的是，他没有祖先炫耀。这里的人们不停地讲他们的家谱，并且说他们与谁是血亲，与谁是姻亲。这些话听起来不仅让人觉得无聊，而且特别让人感到不舒服。因为他外祖母没什么可炫耀的，这一点罗伯特是知道的：她自称是马格达·舍尔茨，连一丁点儿头衔也拿不出来。而这些人却十分重视他们家的家谱。什么"我父亲先生，乃恩辛根男爵"，什么"我父乃是贵族出身"，什么"我婶子是萨克森—戈塔—阿尔滕堡家族的人"。他们就这样说了一整天，只是罗伯特还是罗伯特。这虽然是现实，但时间长了却有点讨厌。

就连这些宫廷里的人说话的方式也使他感到不痛快。他刚一来到这里时，还挺高兴的，并且想，他在这里终于又能说上自己的语言了。谁料想，这并不像他想象的那么简单。比如人们不允许说"亲王要……"或"亲王想……"而要说"殿下吩咐"。有时罗伯特觉得就好像上法语课。他必须下苦功夫学习他从未听过的词。他怎么才能知道比如像迦伏特舞、集合、出纳主任或产业受益权现在是叫什么呢？就连最普通的词在这里也不像罗伯特所习惯的那样叫了。起居室叫客厅，但也叫内室，视情况而定，有时也叫小房间，甚至还叫交际大厅。随着时间的推移，他发现只有用心听才行，几个星期之后，他就已经将当地的习用语漫不经心地挂在嘴边上了。

罗伯特已经担心公主把他忘掉了。突然，在一天下午，跳舞课后，一位身着黑衣的女士打手势招呼他过来。

"就我所看，您已经开始显示出一些风度来了。"她说，"您的殿下，啊，索菲·阿马利公主希望看到您。我是封·埃尔克夫人，她的侍女，请随我来。"

罗伯特顺从地跟在她后面慢慢腾腾地走过来，公主的居室位于宫殿花园的一侧。"请在这里等候。"侍女命令道，并且很快消失了。罗伯特觉得，穿着他这身新衣服很不舒服。锦缎马甲紧绷在他的胸上，沉沉的假发使他出了许多汗。他经不住好奇和不耐烦的折磨，而打开了虚掩着的门，并且站在了接待室的中央，他静静地偷听着。

这是公主的声音，她说："我不知道，您为什么跟他过不去。我觉得他非常可爱。"

"那当然，仁慈的殿下。可您想过他的出身吗！如果他得知殿下接纳他的话，您的父亲先生是怎么说的呢？另外他还相当冒失。"

"哦，他有他的弱点，但他可爱，这你不能否认吧。帮帮我，我亲爱的。这个紧身胸衣这么紧啊！"

"如果您允许我说的话，他已经开始成为一个男人了。"

"是这样。"公主回答说。

公主的话倒使罗伯特觉得有点奉承的味道。他屏住呼吸，轻轻地按下门把手，透过沉沉的丝绒门帘向公主的更衣室看去，她坐在一个大大的镜子前面，并且让人服侍着。她的扑上粉的面孔在镜子里闪闪发亮。在她斜视的蓝眼睛下面贴着一个黑黑的半月形的美容痣。她的花边衬衣开口很深，并且可以看到柔软细腻的皮肤。侍女跪在她面前，解开她的长袜松紧带。

就在这个时候，他们两个的目光在镜子里相遇了。公主看见罗伯特在看她，罗伯特看见公主看见了他。

"你一点儿都没发现有人溜进我们的屋子里来了吗？"她喊道，"小偷。"

封·埃尔克夫人吓得要死，她向房间四周看去。罗伯特走了进来，跪在公主脚前，握住她的手，并且吻了一下。"我请求殿下的原谅，殿下。"他马上说道，"我急着想知道，殿下对我是怎么想的。"

索菲·阿马利公主突然大笑起来。侍女则大骂起来。"算了吧，我亲爱的，"她的女主人说，"在他这个年龄，应该放任他去做些事情。至少他看来有勇气崇敬我们的家族。"

"您把他的行为叫做勇气，殿下？在我看来这早就过时了。"

"那好吧，我们对这个轻率只好保持缄默了，否则传出去不好，不对吗，罗伯特？那么，现在你要到外面等着，一直等到我梳妆完毕。然后我希望你能陪我，我们的枢密顾问特赖普尼茨在花园里等着我呢。他是我们中脑袋瓜儿最好的一个，是一个有很高学位的哲学家，他教我学科学。"

这位学者是一位六十岁上下的干瘦男人，由一个仆人陪着。他穿一件长长的罩衫，已经在楼梯口等着公主了。"我想向您介绍一下我的被保护人。他叫罗伯特，在我看来，是一个有才智的人，我请您友好地对待他。"

枢密顾问用他那近视的目光审视地打量一下罗伯特，并且向他伸去了一只冷冷的且有点瘦骨嶙峋的手。这一小伙聚会的人从房间里出来，走进花园。整个花园好像是用圆规和直尺按照有规律的图案划分开来的，甚至灌木修剪得看上去就像几何学教科书里面的图形似的。玫瑰花坛的花早就凋谢了，玫瑰花的第一拨叶子摇摇晃晃地落在了白色的雕像上，雕像把它的影子投在了小石子铺的林荫道上。

"夏天过去了，"公主首先说道，"我们马上就要离开黑伦林登，回到城里去了，我那令人无聊的堂兄在那里等待着我们。每当一片树叶落下时，我的心情就伤感一次。"

"您这样说是不对的，殿下，"哲学家回答说，"每当秋天临近时，我都会活跃起来。世上没有任何两个从树上落下来的树叶是完全一样的，这能不使人感到极为惊奇吗？"

"这我无法相信。"公主说。

"去到那边给夫人拿来些树叶，你能拿多少就拿多少。"特赖普尼茨命令他的仆人说。于是，仆人在树下走来走去地捡拾树叶，然后拿到公主的面前，并且一片叶子一片叶子地摆在手里，进行比较。

"您说得对，"她终于说道，"但您是从哪里知道的没有一片叶子与另一片叶子是完全一样的呢？"

"Nihil fit sine causa sufficiente，"哲学家用他那柔弱而又迟疑的声音说道。这时罗伯特发现公主没有听懂他的话，于是他翻译道："没有充分的理由是不会发生任何事情的。"

"正是这个意思，"特赖普尼茨点点头，并且说，"人们也把这个句子叫做事出有因，其结论是，世间万物必须相互有区别。因为，如果万物中已经有了一个了，哪怕有任何充分的理由，也不能使完全一样的第二个存在。"

索菲·阿马利公主拍手叫绝，并且笑着说："您总是通晓一些令我吃惊的事，亲爱的特赖普尼茨。但请您告诉我吧，您今天给我们带来了什么好东西呢？"

仆人打开了她用手指着的盒子，一架发着黄铜亮光的望远镜出现在大家的面前。

"我是不是要，"学者鞠着躬说，"在这个美妙的花园里，就是现在明月当空的时候，同世上亲切而又乐于助人的人一起谈哲学的东西呢？不！我想最好跟您聊一聊这个新仪器，这是我从荷兰立下字据而转借来的。您看，在天空中的西边，长庚星已经升起。您不想看它一眼吗？"

"哦，当然。"公主说，"我喜欢星星，抱怨太阳，太阳使我们的星星变得暗淡下来。"

"您在长庚星的上面看到了什么？金星，一颗行星，它与我们的地球、火星和其他行星一样，属于行星。它们大家都围绕着比我们小小的地球享有的荣誉多得多的太阳转。以前人们认为，所有的东西都围着我们转，但从哥白尼，一位波兰王国的很有学问的人，将古老的固定的天体分成几块之后，我们天空中的侍从就只剩下月球一个了,它围绕我们转。您通过望远镜可以发现,它的上面有山脉和海洋,与我们地球完全一样。"

公主非常兴奋,她说:"我很高兴,至少还有月亮陪伴我们,那些行星从那时起就不管我们了。最后,月亮上的居民,如果他们也像荷兰人那样用人造的8字形透镜把景物从遥远的地方拉到眼前的话,他们就可以正好惊奇地俯视我们了,我们也可以仔细地观察他们了。"

"这我几乎无法相信。"罗伯特说。

"您的年轻的陪同看起来对天文学知道得不少。"哲学家第一次注意起罗伯特来,并且带着一副讽刺的笑脸问,"你是怎么知道的,月亮上就没有星象观测者呢?"

"因为月球上没有大气层,没有空气就没有生命。"

"好吧,总有一天我们也许对此知道得更多一些。因为人造飞行器还在摇篮中,但随着时间的推移,它将会完美无缺,我们将利用它到月亮上去。"

"说真话,"公主说,"您可不太聪明啊!"

"再过几百年,"罗伯特强调说,"第一个人将登上月球。"

"你讲话像一个有先见之明的人,我的朋友,"她不相信他的话,但他发现,她很喜欢他的冒失。"我唯一担心的是,你的登月人将会破产的。"

"也许我们年轻的预言家说得对,因为登月人也想在您面前显示他们有多伟大,其实这颗离我们遥远的灰白色的卫星与我们地球上的大建筑相比要小得多得多。如果我们仅仅用望远镜观测的话,就可以十分精确地看到宇宙的内部!我们发现,那些恒星的上面仍然是一些太阳,而且它们中的许多都比我们的星辰大。"

"你使我们显得那样渺小和无足轻重,亲爱的特赖普尼茨!但您千万不要认为,您的教导会使我感到自卑。"公主笑着说,"我向您保证,我认为从我的角度讲还像以前一样。"

"您做得对,殿下。我们早就不那么嫉妒地看重我们在世界上强调的等级了,就像我们不那么看重我们在某一个房间里享有的权利那样了。但您等着吧,一直等到天完全黑下来为止。在夜里,您站在高处,可以发现天空中有一个明亮的星云。那就是银河,在望远镜里人们可以看出它的光来源于成千上万个太阳。"

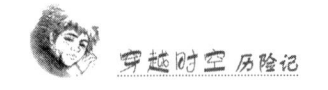

"我还能说几句吗？"罗伯特问。

"我急于想知道您的宏论。"哲学家带着一丝的微笑回答道。

"我们的银河，我认为，只是许多银河中的一个。每一个遥远的星云，当然在望远镜里看上去很小，都是由几百万个离开我们飞速运转的其他星星组成的。"

"你该停下来了吧,罗伯特？"公主抗议道,"不管怎样,你完全把我搞晕了。特赖普尼茨，您对此怎么看？您是不是也觉得他做得太过分了吧？"

"他一定不缺少想象力。谁能知道他的推测是否一点都不正确呢？人们不是一再强调星星是恒定不变的吗？可有一个在古代就已观测到的恒星，现在我们就没有再找到它啊。看样子，那些太阳好像也会熄灭的，而且我们的这个太阳好像也不会永远持续下去啊。"

"对，"罗伯特说，"我听说，它们有一天将会被黑洞吞掉。"

"现在该收场了，"哲学家说，而且他的和善的声音里面透着几分严厉，"你还要学许多东西，而在这期间你说话要注意一点儿分寸。黑洞！真是无稽之谈！"

罗伯特没有反驳他，这是很聪明的。因为他自己也不太清楚，什么是黑洞。他只是在报纸上看到的。

"仁慈的殿下，"学者继续说道，而现在他听起来又完全那个样儿了，就好像他完全克制住了自己，"你要鼓起勇气！在世界毁灭之前，还有许多时间来研究它。今天就让我们暂且到这里吧。我请求您允许我回去，并且祝您晚安。"

这不是最后一次，公主在此后每一次听特赖普尼茨传授知识时，都带着罗伯特。为了不让哲学家看出来他什么都知道，他不得不克制住自己，假装顺从地倾听着。因为在过去时代的流放不仅给他带来劳累和麻烦，而且还给他带来了不承担任何责任的优越性，他觉得他有发起这种神秘力量的欲望和企图。如果他想这样做的话，他可以给公主讲卫星电话和木星探测器等以此来轻而易举地在她面前炫耀自己。可这似乎不公平，他明白，在旧式学者们的背后隐藏着天才。他喜欢特赖普尼茨，并不打算伤害他。

令人伤感的初秋到了，一种忙忙碌碌的不安侵袭着宫殿和宫殿里的居住者。管喷泉的师傅切断了喷水池里的水，女仆们把衣服和锦缎被子装进了大衣箱里，把一个个上下封底的大圆桶装上了马车，一位贴身老女仆把银质奖杯收进了小钱箱，并且用粗麻袋布包好了静物画和小风景画。

在枢密顾问讲完关于中国人的语言和文字的最后一课之后，公主把罗伯特拉到了一边。她把他带到一个雪白的大厅里，节日时的那种光辉已经没剩下多少了。所有的家具都用白色的亚麻布罩上了，而墙上什么都没有了。

"也许你已经觉察出来了，罗伯特。这个宫廷的人要启程了，我们要搬到城里去，搬到老宫殿里去，它阴森森的，看上去特别像一个城堡。于是，我在那里又要被人们逮捕后拘禁起来了，面对那些使我感到厌烦的各种礼节，并且还要试图和一个不知什么地方冒出来的表兄弟接触。如果我没有了特赖普尼茨，我会感到厌烦的。科学和艺术是我唯一的朋友，在这个空空的墙上原来挂着的东西，都是我的画集。我不安的是，你几乎不在意它们。"

"我只注意殿下。"罗伯特回答道。他已经习惯宫廷语调的语言了，这种语言在所有外来语中是最让人感到陌生的，而这种献殷勤的回答使他感到很容易。

公主笑了。"遗憾的是，我们在城里将很少有机会在一起闲谈，你把我的这个纪念品看作是一个小小的安慰吧。顺便说一下，我将对你保持友善，对此你不要有任何怀疑。"

她示意她的仆人，于是他拿来一个精制的红色山羊皮装订的纪念册，里面粘贴着一系列的手绘画。

"这是一本红色铅笔图画集，"索菲·阿马利解释道，"一开始的这幅是钢笔画，白色的地方是用毛笔描出来的，最后的一幅是保尔·布里尔的风景画，他是一位佛兰德画家，曾在意大利生活过。"

公主的热心和学识给罗伯特留下了深刻的印象，他几乎一点都不敢相信她懂那么多的艺术。他真诚地感谢她的礼物，并且在她那斜视眼睛的温柔目光的示意下，离开了她。

第二天一大早，一支全部由黑伦林登人组成的行军队伍开始行动了，队伍的前面由全副武装的骑兵开道，其后紧跟的是亲王家的包金的国家专用马车、宫廷侍从的轿式马车和仆人的轻便敞篷马车，最后是满载家具、大圆桶和衣箱的军备马车和辎重队的有篷马车。在城门前，队伍停了下来。罗伯特惊奇地看到，两个牧人赶着一群咕咕叫的猪穿过城门。总的看来，这个王府所在地没有一点城市的样子。粪堆堆在街道两旁，当罗伯特乘坐的轿式马车颠簸着驶过宫殿前的木桥时，一股难闻的臭气从这条将城市一分为二的支流中散发出来。

罗伯特现在不得不与一个丹麦小地主一起住自己的房间了，他只能断断续续地说德语，而他一点儿都不相信他。罗伯特很快就发现，这个同住一室的人是一个爱摆绅士派头的人，一个爱妒忌别人的人，一个爱饶舌的人。"她怎么离开你了，你的公主？"他咧开令人讨厌的嘴笑着问。而当罗伯特在格斗场一下子将剑刃放在他脖子上时，他就老实下来了。但罗伯特并没有放弃对他的警惕，果不其然，这家伙在秘密地监视他。

他的随身物品，包括他在历次流浪中随身带的东西，在任何时候都不能落到这个丹麦人手里。此时此刻，在这个古堡里他要一个铁皮做的小波尔舍干什么呢？而那本俄语小词典对他来说又有什么用呢？这些东西只能给他带来麻烦，引起嫌疑，诱发回答不上来的提问。尽管如此，他还是不想与它们分开，而且它们是唯一可以证明罗伯特就是罗伯特而不是被魔鬼偷换下来的丑孩子的证据。当他发现装着他的换洗衣服的长腿五斗橱里暗藏着一个秘密抽屉时，他就把他的宝贝放在了里面，就连公主送给他的那本纪念册也一同放了进去。

有时候，在自由活动的下午，如果他完全可以肯定不会有人来打扰他时，他就把它拿出来，一边观看上面的图画，一边陷入幻景中。在一幅描写罗马宫殿的风景画上，画着一条小河风光的景象，有牧人、遗迹，有洗澡的美女和线条分明的扛着长矛并排出发的骑士。而最使他喜欢的是一幅用水彩颜料画的图画，它描写的是一辆旅游马车突然遭袭击的场面。强盗们从一个小树林的边上冲出来，受惊的马带着搭在它们身上的红色丝绒毯子飞奔起来，穿着天蓝色号衣的仆役们已经逃走了。一只掉下来的轮子倒在了路上，马车斜躺在路面上。一个强盗正用他的霰弹枪瞄着旅行的人，另一个戴羽饰帽子的强盗用长矛向一个已准备掉头逃跑的保镖袭击。一个穿皮毛镶边大衣的先生流着血躺在地上，一个穿着华丽并且戴着风情帽的女人弯着身子看着他，其中的第二个妇女正在小心地从旁边的马车里爬下来。这个人物形象特别使罗伯特感到倾心，因为她使他想起了索菲·阿马利。这难道不是她的姿态、她的腰、她的举止在活动吗？这是不是他自己想象出来的呢？这幅画至少也有一百多年了。画上的女子绝不可能是公主，然而罗伯特有几次都觉得，如果他半闭上眼睛并且稍微想望一下，她就会出现在他的眼前。

宫廷侍臣们几乎刚一安定下来，新的庆祝活动就已经摆在他们面前了，其中一个就是要庆祝索菲·阿马利的生日。贵宾们即将来临，其中有来自拉策堡和戈塔的表兄弟，对于他们，索菲·阿马利一点儿都不想多知道什么，即使因为她父亲与他们有各种各样的想法要谈，她也是如此。从外地来的男女宾客们已经在各城门处得到了禁卫军的接待，宾客的队伍在钟声和喇叭声的齐鸣下被迎进了王府。在城堡的大厅里，被集合起来的全体宫廷侍从等候着王亲国戚的到来。宫廷总管用权杖捣了一下地板，并且大声通报道："Son Altesse, Monseigneur George Auguste, le Prince de Ratzebourg-Herrenlinden, Comte de Ammerfeld et Hardeck, Seigneur de Kalkum, Schoepf et Entenhausen."罗伯特问自己，宫廷总管为什么一定要用法语陈述这一段长篇空论呢？是因为绝大多数男女宾客不能正确地说高地德语呢，还是因为他们更喜欢用他们的生硬的方言交谈？当客人们嚓啦嚓啦地坐下来之后，可怜的特赖普尼茨不得不站起来朗诵用拉丁引文充塞的没完没了的迎宾诗，这不是对牛弹琴吗！诗朗诵完之后，才邀请客人们入席。罗伯特坐在最后面，紧挨着他的伙伴们，他们这次是作为模范人物安排进来的。"公主到底多少岁了？"他问他的同桌。"这可是你最想知道的，"这位低声说道，"等一下！她是1685年出生的，也就是说，她今年十七岁。"

啊哈！1685+17=1702。现在罗伯特终于又知道他在什么时间生活着了。这可是一顿不得了的饭菜，端上来的有云雀酥馅饼构成的大杂烩、鲜鱼汤、鹿背、山鹬、泡菜和公牛舌等。碗、盘、盒等好像是没完没了地往上端，对于每说一次祝酒词都必须要喝的罗伯特来说，那些勃艮第葡萄酒、摩泽尔葡萄酒和托考伊甜酒等马上使他头晕起来。

宴会结束后，全体聚会人员移向宫廷剧院，那里将要上演意大利歌剧。但看样子没人在听，男女宾客们在他们的包厢里扯开嗓门地大声聊天，根本没有注意歌唱家。

在第二幕演出到中间的时候，仅仅在一楼获得个站席的罗伯特，觉得有人扯了一下他的袖子。原来是穿一身浆得硬邦邦的亚麻布做衬里的衣服的宫廷总管，他在第一个晚上舞会散后曾训斥过他。"您的尊贵的亲王殿下赏脸，传您到他的包厢里去。"他悄悄地跟罗伯特说。

这位亲王是一个六十多岁的肥胖男人,他一个人背对着舞台坐在一把镀金的高靠背椅子上。此人手里拿着一只高脚杯,看样子已陷入沉思。罗伯特站在那里等候着,他首先想到的是,这位亲王可能喝多了。但当这位执政者向他转过身来并且用轻微布满血丝的眼睛看他时。罗伯特觉得他的目光在沉重的眼皮下显得十分清醒而且又令人胆寒。

"噢,不过如此,"他含糊不清地说,"你就是那个罗伯特,各方面的人都跟我说起过你,有的说好,有的说歹。听说你是个神童,特赖普尼茨强调说,我看他自己神经有点不大正常。我的宫廷牧师,一个没有头脑的人,告诫我当心你并且说你是个非法巫师、千里眼。你看起来对我并没有什么危险。但我听说,你不是每时每刻都对尊贵的亲王大人应享有的恭敬进行亵渎。你应该知道,我所说的是指哪件事。从长远看,我希望你能够收敛一下你的粗鲁和自作聪明的傲慢。这你自己已经认识到了!就我看来,你可能出身于一个好的家庭,或许是从一个古老的部落中出走的人,或许是普鲁士甜菜伯爵家的人,或者干脆是一个大主教的儿子,得了,嘿嘿,嘿嘿!"亲王发出了格格的笑声。"极有可能是逃出来的,就像圣经中所说的,是一个丢失的儿子。"

他呆滞地凝视着站在包厢门前没敢冒险回敬他一句的罗伯特。当舞台上的歌唱家们在唱一个没完没了的四重唱时,他停了下来。罗伯特则认为,亲王的思路断了,他的思想开小差了,说着说着,这一位最后用令人感到意外的特大的声音作出了他的决定。

"我将会喜欢他,如果他将好的一面保持下去的话,我打算收他为侍童。不过现在他要离开这里!"

罗伯特在这次接见中一句话都没说。亲王召唤他的消息很快传播开来,那些贵族伙伴,就连他的同房间的丹麦人从现在起都不敢再纠缠他了。日子在击剑训练、舞蹈课和骑马外出训练中一天天过去了,罗伯特只是偶尔不得不帮总管办点儿小事,去送封秘密的书信啦,或陪同亲王家的远房亲戚逛个商品交易会什么的。

但最让罗伯特关心的和最终使他伤心的却是,他几乎再也见不到公主的面了。他不止一次地向她祝贺生日快乐。她在大楼梯上向他抛去带有斜视的目光,或在上马车时向他投去一点点的微笑,这就是全部,这就是她赐予他的全部东西。罗伯特不想就那么简单地被甩到一边去。他首先要尝试着取得索菲的侍女的信任。但封·埃尔克夫人却显示出她的嘴唇薄的样子来,"您还是更多地谨慎一些为好。"她说,"您的殿下肯定有比跟您在一起聊天更重要的事情要做。"从她穿的一身高领的黑色衣服看,她就难以接近,但罗伯特已经预感到,她知道的比她打算要告密的多得多。

于是罗伯特决定要孤注一掷了。他早就发现他的公主的房间在什么地方了,当然他现在还不想把话挑明。她是不是打算不再跟他整个下午都聊遥远的星辰和那些一点就破的微不足道的事情了呢?如果她对他无意的话,那她为什么要送给他那本奇妙的纪念册呢?

他如今期待更加有利的时机,去秘密探访她。一天晚上,亲王和他的侍从打猎未归,宫殿里连一个走动着的人影儿都看不到,于是他鼓起了勇气,沿着专门给仆役们走的后楼梯,向索菲·阿马利住的厢房走去。此时,只有苍穹中的满月将它那明亮的月光撒向拱顶走廊的大理石地面上和宫殿的长廊上。他知道他在做的事情是被禁止的,当他踏进漆黑的接待室时,他紧张得血液都快沸腾了。但他仍然敢于大胆地往前冲,这已不是第一次了。他打开第二道门,来到一个小房间里。这间房子也是黑灯瞎火的,但他听到了隔壁说话的声音。原来是公主,他能识别出她的笑声,而压低声音回答的肯定是她的贴身侍女。

罗伯特小心谨慎地往下压门把手,直到通往闺房的门敞开一条缝为止。在烛光下,公主散开的头发像一个光环,她穿着睡衣坐在镜子前面。罗伯特想起了在黑伦林登的情景,但这一次他绝不能让他们给逮住。他在阴影处保持一个姿势不变,并且气喘吁吁地偷听她们的谈话。

"您回避他,做得很对。"他听到那个贴身侍女说道,"他很冒失,而且现在宫廷里已经有一些利嘴毒舌的人在打算编造他与您有秘密联系的谎言。"

从公主的样子看,她觉得这很可笑。壁炉里的火烧得通明,房间里使人感到非常闷热。"但我最亲爱的人,"她一边扇着扇子一边说,"您是知道的,我把他当做我的玩具,一个最可爱的玩具,这是真的。否则,我会因为无聊而死在乡下野外的。"

"但这关系到始终保持这样一个外表的问题,如果允许我这样说的话,就是前不久他还在我跟前纠缠个没完。您要是看到他那个可怜巴巴的样子就好了，他央求我转达他对您的一些乏味的问候。他确实显得很自负……"

"他要自负，就让他自负吧。"公主说道，"但如果我考虑得没有错的话，那些傻瓜们散布谣言的时机最终对我来说再合适不过了。"

"仁慈的殿下，您这话是什么意思？"

"亲爱的埃尔克，"索菲停了片刻回答说，"你知道，我对你什么都不会隐瞒。你是我唯一可信赖的人，而我需要你的帮助。那个年轻的勒温施·提尔那男爵……"

"那个瑞典人？"

"是的，就是他。"

"绝对不行。这怎么能行呢，那个男爵一点责任心都没有，况且他的名声也不怎么样。"

"他的责任心同我有什么相干！"公主一边说一边把扇子扔到了一边，"我喜欢他，他很快爱上了我。就这样吧！你必须关照一下，不要让人看见他从我这里进进出出。今晚半夜里，他会在宫廷马厩旁边的小门前等我。如有必要，你可以给卫兵点儿钱，或说几句好话。"

"但殿下，我恳求您。如果您的父亲知道了这件事……"

"我了解你，你不会丢下我不管的。"

"您将会再把我变得一无所有的。"侍女说。但罗伯特看到她的眼睛在闪闪发光。冒险激发了这位老姑娘的想象力，而对她的女主人她肯定做好了承担每一次冒险行动所带来后果的准备。

"瞎说！我的父亲还想让我与那个单调乏味的表哥上床呢。那个面色铁青的无聊的家伙，口臭得要命，跟他有什么幸福可言？再说，皇宫那边的戈塔家族是为我们卖命的。但我不想把自己当做一条育种的驴卖给人家。"

"但如果您的父亲先生发现，您对那个瑞典男爵有意的话……"

"我们考虑不到那么多啦，但转移他的视线倒也不难。这不，小罗伯特，正好来到我的身边。你把他送到我的房间来，越勤越好，以便撕破所有人的嘴，这样做将不会干扰我与我的勒温施·提尔那逗乐。"

罗伯特听得真真切切。他气得真想猛地把门关上，但他还是控制住了自己，并且踮着脚尖溜走了。真是自找苦吃，当他躺在床上由于气愤而无法入睡时想道。他为什么一定要参与公主的小游戏呢？这个可笑的小国，一个偶然事件使他流落到此的国度，说到底不如一个童话天国好。他暗暗发誓，再也不上那个斜视的娇生惯养的变化无常的蠢婆娘的当了。是的，他在愤怒中把她叫做蠢婆娘，而这时旁边丹麦人的鼾声打断了他继续发泄心中失望的念头。

当第二天封·埃尔克夫人在宫殿里与罗伯特攀谈时，她好像变成了一个和蔼可亲的人了，而他推说自己有紧急任务而奔跑出去。他跑过甜菜地和牧场，直到消了气才停了下来。从此以后，他不再与他的同伴们来往了。他从宫殿图书馆里拿来了各种各样的书，有啰啰唆唆的旧式小说，有游记，有激动人心的科学小册子——这些小册子使他看出，当时的自然科学还处在褓褓之中。

接下来的日子无聊极了。他有意避开公主的侍女，而他喜欢与其谈话的特赖普尼茨却不见了，他担负一项秘密使命被派往维也纳去了。

十一月初，在万圣节这天，罗伯特起晚了，与他同屋的居住者已经走开了。他睡眼惺忪地向窗外望去，第一场雪已经落下来了，而宫廷内外却静悄悄的。大家看起来都小心翼翼的，就连市教堂的钟声听起来也那样低沉。在走廊里，奴仆们匆匆而过，而在那一排厨房里往日的笑声却一点也听不到了，没人敢大声说一句话。直到大下午，天色黑了下来的时候，才有人开始窃窃私语起来。

马车夫和马厩奴仆们交头接耳。其中一个想知道，有个守卫为什么被拉到了瑞典男爵的房子前面？据说，他的房门被强行打开了，而且还被里里外外搜查了一遍。他们在绝对保密的保证下，另一个人说，他姐夫和织布工人都特别信赖他。他好像看见两个蒙面人在夜里把一个沉重的口袋拖到了马厩的后面，并且扔到了印染工人用的流水渠里去了。

夜晚，三个年轻贵族在隔壁的房间凑在了一块儿，罗伯特隔着墙听见他们一边喝啤酒和烧酒，一边大声说着话。其中最突出的就是那个丹麦人，他嘴上简直没有把门儿的了，就听他吼道："真理遭到了下流坯的践踏！必须把这个厚颜无耻的外国人淹死。我也是个一家之长啊，可我只能这样干呀！"话音刚落，他就把他的杯子扔到了墙上，而另外两个人则都说支持他的话。

这时没人敢问公主在什么地方，直到第二天去做礼拜之后，才有人低声说起这事，说她被投到禁闭室里去了。不，另一个人说，他好像知道这事，他说她被一支全副武装的部队带到卡利茨去了。尊贵的亲王殿下想把他唯一的女儿流放到那个被废弃的城堡里，以示惩罚。此外，据说公主不思悔改，一言不发，已经承担了与勒温施·提尔那男爵的秘密苟合的责任，而且封·埃

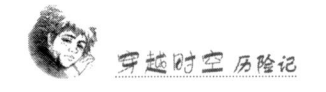

尔克侍女也同时不见了。

  罗伯特在下人们用的后楼梯上倾听着这些窃窃私语。她是否杀死了那个瑞典男爵？说什么他也不相信。他觉得整个宫廷里的侍臣就好像一帮狂人似的，起初是他的隔壁邻居，后来连同宫廷大总管手下的那些自吹自擂的恶棍、秘密干事和直通殿下的侍从官都参与进去了。这里所发生的一切就好像一出感人的肥皂剧的情节似的！但公主让他感到遗憾。即使她与他玩猫与耗子的游戏，又有什么关系，可她亲生父亲却把她关了起来，她不应该受到这样的对待。现在，在这个全部的王国里只剩下一个可以与罗伯特理智倾谈的人，那就是特赖普尼茨。

  特赖普尼茨已经从维也纳回来了，一个寒冷的早晨，罗伯特在大雪覆盖的宫中庭园里看见了他。两个轿夫用一顶轿子把他抬到了大门口，于是他在仆人的搀扶下呻吟着从那个大轿子里走出来。

  "阁下，我可以跟您说句话吗？"罗伯特急忙走向前去帮助他，因为他看到特赖普尼茨的痛风病又犯了。

  "罗伯特，小神童，"哲学家说，"你日子过得怎么样？我很高兴见到你。"

  "您能给我一点点时间吗？"

  "但不是现在，不是在这里。在这个宅子里到处都有人偷听，如果你愿意的话，我们下午坐雪橇出去说。"

  于是出现了下面的一幕。饭后，特赖普尼茨裹着一件厚厚的皮大衣，坐着一辆单驾雪橇来到罗伯特的门前。罗伯特紧挨着他坐在了长凳上，并且让车夫递给他一条厚厚的旅行毛毯。

  雪橇出了大门，来到广阔的光秃秃的平原上，并且从一个孤寂的农庄旁驶过，惹得用铁链拴住的看家犬狂吠个不停。这里看不见一个人影儿，只有从烟囱里冒出的烟雾可以判断出这一带有人居住。刚刚驶出一刻钟之后，哲学家就打破了他的沉默。

  "我不想干了，"他开始说道，"我早就不愿意在这个宫廷里浪费我的时光了。我常常想，除非我从坑道里获得一块闪烁的蛋白石，从污泥中获得一块金子，从黑暗中获得一束阳光，我才考虑继续干。一般的内心幸福的升华可达到一个目标，一个推动我前进的目标。多美啊！但凭亲王的愚蠢和他们混乱的激情是治理不了国家的。"

罗伯特从未看到哲学家这样生气过,他在宫廷花园里发出的那种温柔的声音现在一点都没有了!这位老人带着一股怨气讲话,他的脸变得通红,他给罗伯特的印象是,他完全忘了他是与谁一起坐在雪橇上的了。

"他们在路上给我制造麻烦!"老人继续说道,"他们想把我毁掉!那个亲王是个复仇心切的人。他寻找有过错的人,鬼知道,他是不是也把我给算进去了呢,在这里待下去很危险。自从他把公主逐出家门以来,就把我最后的一个安慰也给剥夺了。这里已经不再有那样拥有较高思想的人的灵魂了,在这样的环境下任何一点求知欲都会消亡的。"

在这一次发作之后,特赖普尼茨闭上了眼睛,并且陷入了长时间的瞌睡中,当他再次睁开眼睛时,他把目光落在了罗伯特身上。

"那么,你怎么样?相信我,黑伦林登宫廷那一幕,你绝无恶意和不良企图。"他的声音又恢复了那种让人熟悉的温柔的音色来了,"如果你愿意,我带你去威斯特法利亚,我的小庄园去,在那里我不会受到在这里所面临的追逐和诽谤的侵害。你有点自负,但很聪明,而且可以帮我一把。我已经耗尽了力气,我有必要有一个差役。你写一手好字,并且懂些拉丁文,这都是不可缺少的呀!"

罗伯特向他保证,他有些知识,当雪橇再次停在宫殿前时,他们已经把事情定下来了。哲学家与他击掌告别,并且向他耳语说:"你明天一大早在太阳升起之前在木材市场等我,带上你的东西,但不能让任何人猜到你的意图。"

这次启程与逃跑没什么两样,哲学家私下卖了一辆旅游车,并在夜里把行李都装好了。一捆裹着衣服和内衣裤的小行李卷,一个包着公主的纪念册和他往日那些不值钱的家当,这就是罗伯特所带的全部。他们要面临一个漫长的旅程,真正的路是根本没有的。车子在圆木铺成的路上和凹凸不平的田间小道上颠簸着。车子还不止一次地被风吹成的雪堆卡住,于是骂骂咧咧的车夫不得不拿起铁锹把雪堆铲掉。特赖普尼茨骂这匹马是个孬种,因为痛风给他带来许多麻烦,他的心情看起来不好。他们只好在一个黑灯瞎火的小客栈里过夜了,这里的晚饭只有面包泡汤。第二天夜里,他们马不停蹄地往前赶路,只是上午在一个更换马匹的驿站歇了歇脚。傍晚时分当他们来到一条长长的通往枢密顾问庄园的林荫大道上时,他紧张的面部

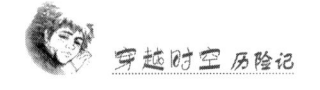

表情才松弛下来。

这个庄园原来是一座木框架房屋，本次旅行就在它的前面宣告结束了。一位上了年纪的几乎比他的主人还虚弱的仆人和一个厨房女帮工跑过来，欢迎哲学家。炉火很快就烧起来了，饭锅在炉灶上冒起了蒸气。罗伯特得到一间裱糊成绿色的凉爽的房间，里面有一张带帐幕的床。晚饭有鸡汤、一些熏肉和洋白菜等。特赖普尼茨给他自己和他的客人各斟了一杯匈牙利托考伊甜酒。他很高兴，他说总算逃脱了宫廷的那种毫无意义的忙忙碌碌的活动。

这座房子里最大而且最舒服的房间是哲学家的书房。在他回家后的第二天，他的桌子上就已经摆满了纸张和一捆捆资料。书架里有一长溜儿用羊皮纸，也许是小牛皮革装订的大部头的书。这位学者所搜集的科学仪器在一个高高的玻璃柜里闪闪发光：一个很值钱的测量天体高度的等高仪、大小不一的圆规、一个六分仪和一个黄铜制造的望远镜，其周围是一些矿物标本、贝壳和地下采掘出来的出土文物等，一个大地球仪放在了墙角的一个支架上。

罗伯特坐在火炉旁边的一张小桌子前，他的第一项工作就是复写一篇长长的法学论文，他几乎有一半看不懂，而且他还是刚刚学会使用羽管笔。尖尖的鹅毛管剪成的笔写在纸上嚓嚓作响，而且似乎含不住墨水。当你刚刚写完一页时，这可怜的小东西就磨秃了，你不得不用小折刀把它削尖。由于不小心滴上墨汁会毁了漂亮的仿羊皮纸，此外他还要经常重写。他这样持续了一周，才完成了这篇使大师基本满意的手稿。他对罗伯特写的字不太满意。"这个小男孩的字是一种什么样的字？"他喃喃自语道，"所有的字都斜着，没有一点娟秀感。"他给他看一本样板书，随着时间的推移，罗伯特已习惯了他们的那种带弧线加花饰的花体字了。

比较糟糕的是，特赖普尼茨从不想上床睡觉，他守着他的著作一直坐到深夜。罗伯特和其他人一样，都需要睡八个小时，而特赖普尼茨看起来一点儿都不想停下来。他让他的差役长时间地在烛光下工作。羽管笔写在纸上的嚓嚓声是这个房间里唯一的响声，此外就是散发出的皮革衣服、灰尘和火炉的气味。有时罗伯特写着写着就突然停了下来，他堕入梦中，直到老人看见，问他道："在我看来，你经常是相当心不在焉。罗伯特，你在想什么呢？"

罗伯特坐在火炉旁边的一张小桌子前,他的第一项工作就是复写一篇长长的法学论文,他几乎有一半看不懂,而且他还是刚刚学会使用羽管笔。

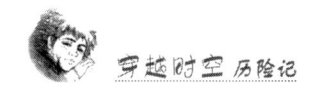

罗伯特想起了索菲·阿马利那深蓝色的眼睛和就像他坐在寒冷的威斯特法利亚那样坐在西伯利亚寒冷中的奥尔加；他想起了在澳大利亚当傻瓜的时日和他的朋友拉提博尔——他现在最想干的是什么呢？但哲学家对此一点都不会知道，而罗伯特只是回答说："我的眼睛疼，我想去睡觉。"

　　"睡眠，"哲学家说，并且用责备的目光看着他，"是走向愚蠢的阶梯。你要把干些什么，想些什么，准备干些什么随时牢记在心里。我感谢神赐予我这个机会，我终于又可以重新实施我的计划了，因此我绝不能丢掉任何时间了。我用了太多太多的时间去处理亲王的日常事务，反复讨论那些公文，并且作为侦探在欧洲各国的首府到处窥探。"

　　"对此我一点都没有发觉。"罗伯特马上回答道。他又完全清醒过来了，并且对特赖普尼茨打算与他交谈感到非常高兴。"我本来只是由于一时的疏忽才陷入黑伦林登宫廷的。一开始，在夏天，在庄园里，我都非常喜欢。尤其是您与公主的谈话是那样有意思，那样引人入胜。我想，我可以这样永远地生活下去，但后来……"

　　"因为你不知道怎样才能走上统治者的舞台，这绝不是爱虚荣。头衔、利欲、遗产、结盟和征战，这一些仅仅都是为了排挤邻人，而赢得几个村庄村民的赞赏而已！光抵抗法国人的施瓦察赫战场，就失去了七百条生命，那么这场我们根本就没有受到攻击的战争又有什么好处呢？这是一场蓄意挑起的战争，以便维也纳皇帝在一张纸上签个字，就可以继续获得萨克森的援款。仅此三万杜卡特币！那么我这个斡旋人又能得到什么酬谢呢？为了支持繁荣矿山的实施计划和我设计的天文台的建造，那个亲王特别吝啬，只给我一点点钱。相信我，罗伯特，世上没有任何一个紧张的气氛能比得上宫廷里的紧张气氛。我们都已经看到了，那里的阴险奸诈已到了何等的地步啊。"甚至谋杀，他们俩都想到了这一点，但谁都没说出来。

　　"在这里，在您的庄园里，一点儿也感觉不到有什么紧张的气氛。只是旷日持久的缮写工作搞得我很疲劳。您让我缮写的这些论文大都涉及婚约和冗长乏味的遗产诉讼。"

　　"你说得对，我的朋友。我比你的老师要忽视了许多责任，这是其他远近的人都不知道的事。明天我打算试探着改变一下你的工作。"

　　随着这句话的说出，罗伯特被允许离去，并且终于可以到他那温暖的床上睡觉去了。

刚一吃完早饭，特赖普尼茨就真的开始履行他的诺言了。他郑重地坐在他的靠背椅子上。"如果你不害怕数学的话，我打算向你透露一些我的思想。它是我的安慰，因为你凭借它可以对神的思想有一个可喜的了解。你不觉得神奇吗？你听说过吗？神也需要算账，也需要完成他所创造的思想，这样才有世界！我相信我的研究效仿了他关心万物幸福的思想。也就是说，不管人们承认或不承认他的瞻前顾后，这都关系到神的问题。"

他的思想看起来与自己很相像，罗伯特想。与所有的科学家一样，他认为他可以直截了当地与亲爱的神较量。但他没有这样干，而且他周围的人如果不领会他的所作所为的话，那将是对他的侮辱。最后，罗伯特还是把这种异议埋藏在了自己的心里，并且摆出一副留神听讲的学生面孔来。像特赖普尼茨这样的哲学家，根本不会有人知道，他是不是会立即把他的妙不可言的新思想讲出去，但对罗伯特来说，面对这种旷日持久的缮写工作确实对他苛刻了点儿。

这时老人突然出其不意地问他道："你知道什么是质数吗？"

罗伯特马上站起来回答道："问题是，人们事先根本就不知道这个数是质数还是不是质数。"他停了片刻继续说道："也许您能给我解释这个问题。还有，它们经常出现，是否有一定的规律可循？我们学校的数学老师总是回避这个问题，每当我问他这个问题时，他总是这样。"

老人兴奋起来，他用他那双近视的眼睛打量着他，就好像他第一次看到他似的。"我也不能，"他说，"我不知道，这是最大的世界之谜中的一个。世界上最好的数学家们，也都在这个问题上一次次白费工夫。"

关于继承权的论文已被他们给忘掉了，渐渐地，特赖普尼茨给他的学生讲起了他知道的质数。他看起来完全活跃起来了，并且飞快地在一张纸上写满了潦草的论证。然后他开始咒骂那个该死的十进制。

"这绝不是一个过时的见解，"他确信地说，"只是因为我们有十个手指头，使用十个不同的数字。这似乎太简单太完美了，我们有'2'就足够了，也就是我们仅仅需要'1'和'0'就行了。世界上的虚无有力地证明了神的万能，也就是说万物的创造都源于虚无，按照这个模式，所有的数字都源于1和0。"

"您认为这是二进制吗？"

罗伯特的这句插话正中主题。特赖普尼茨目不转睛地看着他，就好像一个数字魔鬼出现在他的面前。这有什么难的，罗伯特自言自语地说。这使大师面对九年级教材上的知识目瞪口呆起来。尽管如此，罗伯特还是把事情做得太过分了些，他把用二进制计算的简单方法展示给哲学家看：

$1=1\times 10^0$　　　　　　　　相当于 $1=1\times 2^0$

$10=1\times 10^1$　　　　　　　 相当于 $2=1\times 2^1$

$11=1\times 10^1+1\times 10^0$　　相当于 $3=1\times 2^1+1\times 2^0$

$100=1\times 10^2$　　　　　　　相当于 $4=1\times 2^2$

$101=1\times 10^2+1\times 10^0$　 相当于 $5=1\times 2^2+1\times 2^0$

余下的可依此类推下去……

"比如我们可以把 53 简单地拆分成 2 的乘方，也就是 32+16+4+1，等于 110101，这当然是极其简单地加加减减的问题，因为它们只与 1 和 0 这两个小数字有关系。"

这个表现使罗伯特达到了他想要达到的目的：哲学家完全忘记了站在他面前的既不是莱顿大学和巴黎研究院的同事，也不是一个被迫的漫游者和一个只要在威斯特伐利亚的一个田舍里得到一张床和一碗汤就非常满足的挨饿者了。

老人已经觉得他很不简单了，罗伯特这样想。但他马上认识到，这种满足感，对他是不利的，因为特赖普尼茨不会就此罢手的。他要给他讲连续函数，或者讲哪些数列可以让他"收敛"，哪些数不能，这还不算太糟糕。如果他注意听的话，他还是能跟上他的。但接下来要讲的却是包络线理论，最后特赖普尼茨要讲他心爱的课题了。

"在这里，我的朋友，"他说，并且把一大摞手稿扔到了桌子上，"你在这里可以享有我思考的成果。你闲暇时研究研究它，以便我们对它进行论证。只有少数人知道这部著作，但你却是这些少数人中的一个。"

罗伯特这才放下心来。可他理解包络线的程度与他理解黑伦林登亲王的错综复杂的阴谋诡计的程度差不多，也就是一点儿都不知道。于是他首先要吃透老人的这篇充满难以理解的带有公式的经文。此外，这篇经文还是用拉丁文撰写的，如：

Nova Methodus
pro Maximis et Minimis,
itemque tangentibus,
quæ nec fractas, nec irrationales
quantitates moratur……

就连标题他都吃不透，于是他说："我只能试试看，但天晓得，我能不能理解它们，因为他是受人尊敬的先生和大师，而我连一个学者都不是。"

特赖普尼茨也许认识到，他做得太过分了。他只是点点头，但从表面看，他感到了失望。罗伯特看起来像一个伪装成大人物的骗子，实际上他渐渐地读懂了手稿。手稿内容看起来与微分学有一定的关系，但微分学到十二年级才学到，而且他不明白，为什么还要用拉丁文学微分学。最后，这件事以特赖普尼茨委托他誊写这篇论文结束。这可不是一项容易的工作，因为老人那让人认不清的笔迹太令人可怕了。

长此下去，他们两个在那间孤寂的书房里感到了不舒服。罗伯特感到眼睛疼痛，并且在一月份的一天早上他发现哲学家穿着睡衣、戴着睡帽在椅子上坐了一夜，而且由于心情不好和精疲力竭而浑身打哆嗦。

"你怎么了？"他问，"我担心，您需要一个医生。"

"没什么，只是痛风，有点发烧，客观情况使我无法面对所有的事情。就说现在，我再次赢得了我的自由，可我感到我丧失了所有的力量。请一个医生，"他带着嘲讽的微笑说，"你在我们这里方圆十五英里都找不到一个。"

他吃力地站起身来。"我都考虑过了，"他带着严肃的表情继续说道，"在我临终前，我要把一个秘密告诉你。否则，还能有谁呢？在我们这里，似乎没有一个人知道我的发明有价值。是的，如果不是我的敌人捣乱的话，我打算在伦敦的英国皇家学会上把这个秘密公诸同好，但有人想把它从我这里偷走。来！"

他把一个烛台拿在手中，点着了小蜡烛，并带着他的学生来到一扇裱糊的门前，这扇门掩蔽得特别巧妙，罗伯特从来就没有发现过它。门的后面是一间没有窗户的小房间，在那边，在一个铺着丝绒布的台子上放着一个黄铜造的沉甸甸的发着亮光的东西，有两尺长，一尺宽。这个机器有两个木把的

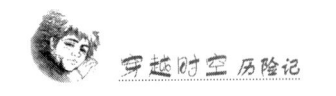

手摇柄，有一些齿轮和蜗杆螺纹，以及一组梯形排列的滚筒。

"这是一个装置，它会计算，"特赖普尼茨说，"它会所有的四则运算，任何人都可以不假思索地用它进行加、减、乘、除。"

"我可以试试吗？"罗伯特问。

"最好别试，这台机器非常灵敏，一个错误的做法，就能把它毁了。"

诱惑力很大，罗伯特早就受不了它的诱惑了。"我请您等我片刻。"他说，并且让感到惊异的大师站着别动。他飞快地跑上楼梯来到他的房间，拿起装着他的随身物品的小口袋，又转身回到了那个小房间，特赖普尼茨正在那里生气地等着他。

"在这里。"罗伯特说，并且将他的计算器递给他。哲学家翻过来掉过去地看着它，并且大声读起航空公司的广告语，然后摇摇头，又把这个小机械还了回去。

"这是干什么用的？"他问。

罗伯特告诉他，这个东西是怎么运转的。"您只需要轻轻地点击上面的键就行，"他解释道，"黑色的这个地方是太阳能电池。太阳的光，或者说，如果是这样的话，您的烛光也可以给这个计算器提供能源。这个地方是存储器键，您现在用这些键就可以计算百分率了。"

特赖普尼茨又从他手里拿过来计算器，并且开始试验起来。

"这仅仅是一个非常简单的机械，"罗伯特抱歉地说，"花很少的一点钱就可以买到一个，它还可以计算对数、正弦、余弦等等，也可以求根和开方。"

他本来不想说这些的。老人一时说不上话来，是的，他很惊愕。"真稀奇，"他叹息道，"真稀奇！"

"但亲爱的大师，"罗伯特试图使他平静下来。"您曾经说过'奇迹不会使我感到惊奇，它们比我们认为的要无理性得多'。"

"出去！"特赖普尼茨吼道，他除了激动，是否还生气了呢？"让我一个人安静一下！我必须一个人待一会儿。"

直到晚上罗伯特才又看到他，哲学家不想吃饭。他坐在写字台前，埋头看着那个袖珍计算器，嘴里不停地说着什么，并且用他那无法辨读的字体写满了一张又一张稿纸。有时他把一张纸揉成一团，扔在一边。他使罗伯特感到很后悔。"我不该让他看那个东西，"他想。但现在一切都晚了。

"您一定要保持安静。"庸医发出嘶嘶的声音说,并且用他那有力的胳膊把他按回到了枕头上。

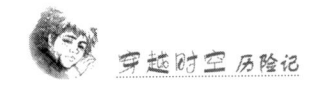

两天后，罗伯特醒来感到头痛，而且眼皮肿胀。特赖普尼茨没去吃早饭，他躺在床上发高烧，并且一个劲儿地说胡话。

老佣人急得团团转，他什么都想不出来了，他说："主人应该请个医生啊！"厨房丫头这时也插嘴说，两个村民说得更具体，他们推荐了一个庸医，说他很神，很在行。罗伯特让他们告诉找他的路，然后骑上马厩里的唯一的一匹马，并且找到了那个还在半睡半醒中坐着喝豆浆吃早点的男人。此人原来是一个大块头儿而且肌肉发达的家伙，他不让人打扰，并且无动于衷地继续吃着。"情况非常紧急。"罗伯特说，并且从很远的地方接回了庸医，他把他的背囊搭在身上，紧紧地抓住它。

他们发现哲学家还在睡着。庸医察看着他，摸了摸他的脑门儿，号了号脉，耸了耸肩。"枢密顾问的日子不多了，"他说，"如果是痛风引起间歇热的话，情况看起来就更糟了。"

罗伯特感到自己有责任。虚弱的老人整夜整夜地面对那个袖珍计算器思索着。他明显地显得精神恍惚，成功的希望对他越小，他似乎就越有机会发现它的构造原理。这是不是说，狂热的求索精神使他如此地虚弱起来了呢？

"还有，事情的本身根本就没有希望。如果仁慈的先生只要不受郁积症的折磨……我们暂时可以让他去睡觉好了，这是一种最好的办法。不过，现在该谈谈您了，年轻的先生，我发现您的眼睛有问题。"

他弯下身子看着罗伯特，并且喃喃自语地说道："噢……充血，结膜发红，眼睑肿胀……你感到有些发痒吗？头痛吗？有眩晕的感觉吗？这些感觉马上就会有。"

罗伯特必须穿着衬衫和裤子躺在床上，庸医从小口袋里拿出他的手工工具。他把一个瓶子高高拿起，瓶子底上有十几个近于白色的小蠕虫在那里蜷缩着。"别害怕，"他说，"这一点都不痛，只是放点血。"他用一个小木钳子巧妙地从瓶子里夹出第一个水蛭，并把它扔到了一个小酒杯里。当他把小酒杯翻扣在他的左太阳穴上时，罗伯特感到瘆得慌。当这个小动物咬住他时，他跳了起来，并且叫道："你干什么呀你！我不能见血！"

"您一定要保持安静。"庸医发出嘶嘶的声音说，并且用他那有力的胳膊把他按回到了枕头上。他毫不动摇地继续将其他蠕虫放在另一个太阳穴上、鼻子的左右两侧，甚至耳朵的后面。当他又把一个放在他的肩膀上时，罗伯特可以斜眼看见这个小动物，并且看着这个吸血的水蛭慢慢地膨胀、渐渐地肥大起来，最后染上了一种通红的颜色。汗珠从他脑门儿上渗出来，他哭了。由于恶心他感到头晕，随之闭上了眼睛。现在他已经处于半昏厥状态中了，在一种似梦非醒中他看见公主站在他的面前，他看着她把一本红色的植鞣搓花革装帧的纪念册送给他。他在里面寻找他认识的那张图；而当他找到那张图时，便非常清楚地看到了画中的那个场面。那个戴羽饰帽子的强盗手中的长矛尖上反射的太阳光直刺他的眼睛，他相信他感到了微风吹来，橡树的叶子在风中摆动，一个戴头盔的人躲在树下发抖、颤动，紧接着他听到了枪声。

第六次旅行

　　起初他只想看到他想看的公主。她转过身去背对着他,小心翼翼地从马车上爬下来。这十分不容易,因为马车车厢斜躺在三个轮子上,随时都有翻倒的危险。

　　但她根本就不是索菲·阿马利!当这个夫人转过身来时,他看见了一张陌生的面孔,这张面孔上布满了充满黑色血液且已经化脓了的丘疹。这位夫人哭了。她患了天花?或者就是腺鼠疫?

　　罗伯特意识到,他又一次陷入时间隧道里了。纪念册中僵硬不变的画却有血有肉地出现在他的面前,并且活了起来。尽管事件持续了仅仅几分钟,但罗伯特却真真切切地非常清楚地看到了每一个细节,事件的场面就像慢镜头一样回放:呛人的火药味儿钻进了他的鼻子里,仍在路上转着的那个车轮子,拉马车的马的嘶鸣,矮树林戴头盔的人,受害者的喊叫和强盗的欢呼声。他听到了几个听起来像德语的词,其他的词听起来很奇特,有点像黑话,或者是一种他不懂的土语。当他看到那个戴羽饰头盔的男人用他的在阳光下闪闪发光的长矛从他面前押走车夫时,有一个念头闪过他的脑海,我至少落到了西班牙,或者美洲。另一个强盗站在一个树杈的后面,把他的火枪靠在树杈上,他很可能就是那个打枪的人。他的受害者,那位穿着毛皮镶边大衣的先生躺在地上，脖子上的伤口流血不止，为了保护自己，他抽出了自己的剑。这个旅行团的佣人们，连一个人影儿都找不到了，他们肯定早就逃之夭夭了。

第三个强盗是一个红头发肌肉发达的男人，他把一个穿着华丽的女人夹在腋下，她喊叫着，并且用力抵抗着。她就是那个戴卖弄风情小帽子的女人，她弯着身子看着她的躺在地上一动不动的男人。罗伯特看到，她好像费了好大力气才勉强没有被强暴。她没有什么可买通他的东西，这时她把她的珍珠项链和她的钱包给了那个家伙。他从她的手里把东西抢过来，于是，她哭着，并且跌跌撞撞地越过耕地，向远处逃生去了。

那个红头发的男人无动于衷地看着她逃去，他跷动着脚尖儿，好像这事跟他完全没有关系似的。当他转过脑袋时，罗伯特看到这个男人微笑着，原来是拉提博尔。罗伯特不相信自己的眼睛了。虽然这个强盗的轮廓比他的朋友大一些，年龄比他的朋友大几岁，但他酷似拉提博尔。他的行为举止——像他，像他一样咧开嘴笑，像他一样走路，像他一样双手叉在腰上，毫无疑问，他就是拉提博尔，他的朋友，和他本人一模一样。

罗伯特真想冲过去，和他打个招呼，但他又想，他会被吓得目瞪口呆的，他会站在那里一动也不会动的。那个男人，他认为非常面熟的那个男人打了一个刺耳的胡哨。于是，藏在灌木丛橡树下的第四个强盗飞快地从小树林里牵来两匹马。拉提博尔一跃跳上其中的一匹灰斑色白马，并向他的人大声下了一道命令。然后匆促地离开了这里。

剩下的人抬起两只放在斜歪在公路排水沟的马车后面的沉重的箱子，解开辕杆上正在嘶鸣的马，拿起他们的掠夺品和武器，跟着他们的头领逃走了。

这里突然宁静下来，罗伯特居然听到了远方一只布谷鸟的叫声。太阳已经落下山去，一阵晚风从树叶中吹过，顿时使他觉得身体颤抖了一下。可不是吗，他上身只穿了一件薄薄的宽大的内衣，下身穿一件紧贴在身体上的裤子。这从来就没有过，他想，在这次荒唐的旅行中，从来就没有穿过一次合身的衣服，因为你不会知道你将落在什么地方！不过，这里完全没有西伯利亚那样冷，那样多风。

他的目光落在了躺在空空如也的马车前面的男人身上。他战战兢兢地走到近前，并且仔细地观察着他。子弹击中了他的动脉，这个男人已经死了，血渗进了大衣的皮领上。罗伯特犹豫起来，但他马上又壮起胆子，把死者的靴子拉了一下，但尸体太沉了。比他想象的要沉得多。他像在噩梦中似的把尸体翻过来，然后扒下他的大衣。还有剑和剑鞘，他也从那个男人身上摘了下来，死者用玻璃球状的眼睛看着他。他闪电似的带着他弄到手的东西转身离去了。不久他便坐在森林边缘的草丛中思考起来。

强盗们没有一个注意到他，但拉提搏尔应该认识他！慢慢地，罗伯特开始对他的理解产生了怀疑。

现在他不知道在哪里，而且他除了一件衬衫和一条裤子外，别的什么都没有了。甚至他的所有的家当都被他丢掉了，那条装着公主送给他的纪念册的小口袋和他的随身物品都留在哲学家的家里了。如果在的话，他自言自语地说，那些不值钱的东西不管怎样在这里一点儿用都不会有的呀。

他把手举到眼前看了看，肿块已经消失了，而且他也不再感到灼痛了。难道庸医的放血术最后真的起作用了？他把衬衫领子推到一边，在他的肩膀上发现一个小小的暗色斑点。当他仔细地向小斑点看去时，他发现这个地方就是小水蛭紧紧咬过的地方。从一排微小的斑点看，那是水蛭的小牙齿咬进罗伯特皮肤的地方。

他必须在黑夜到来之前，采取一些措施保暖才行。他不情愿地拿起死者的大衣，穿在身上。这件大衣他穿着正合适。当他打算扣上纽扣时，才发现这是一件斗篷，一种坐车时穿的斗篷，人们可以很随便地把它披在肩上。当他顺着毛皮镶的贴边摸下去的时候，他觉得他的紧腰裤里有东西，摸起来觉得有点硬，而且有点圆。这小东西原来是他的小汽车，用铁皮做的小彼尔舍，他总是把它随身带来带去，真是荒唐！他几乎差一点儿把这个无用的小东西扔掉，但他没有这样做。这是他的最后的一个念想儿，一个护身符，一个吉祥物。他把这个小玩具拿起来放进了裤兜儿里。但他现在觉得还有一个东西！一个厚纸板儿，一张压成皱折的纸，他把它掏出来，并把它抚摩平整。他看着这个被遗忘的小东西的中间部位，顿时产生了一种几乎要哭出来的幸福感。原来是拉提博尔！拉提博尔穿着曲棍球运动衣，手里拿着一张美国早期西部地区的香烟广告，站在广告招贴墙的前面！照片虽然被搞了几个折痕，但当他把照片拿到眼前仔细地观察了每个细节之后，他比以前更加肯定他自己的

藏在灌木丛橡树下的第四个强盗飞快地从小树林里牵来两匹马。拉提博尔一跃跳上其中的一匹灰斑色白马,并向他的人大声下了一道命令。然后匆促地离开了这里。

看法了，这不仅是红头发像的问题了。在这张一次成像的照片上，他又看到了那个在一刻钟之前骑上灰斑色白马疾驰而去的强盗的那种狂妄的目光、强有力的手、嘴和鼻子。

　　罗伯特下定了决心，他穿上从被枪杀者脚上扒下来的用软黄皮革做的长筒翻口靴子，站起身来。他精心地把照片和小汽车放在大衣兜里。他挂好剑，并且上路了。方向很清楚，就是顺着红头发骑马人飞奔而去的方向走。尽管他不知道那人骑向哪里，并且也不知道如何才能找到他，但他一定要碰碰运气。

　　这条路看来真是有点令人信不过。他越过种种障碍，而且有一段路居然与一条小河交叉，河上仅有一座已经腐朽的木桥，在多数情况下，罗伯特不得不涉过深深的水洼。在家时，他经常因高速公路的建设者们而生气，他们到处把通往风景区的很好的林间小道给堵上，就像行走在这里的乱石堆和深深的窟窿上似的，这使他非常不满意。但使他高兴的是，他有一双高筒靴子防护着，否则他在这个地方真的寸步难行了。

　　天黑了下来，他穿着温暖的大衣，寒冷不会使他受到伤害。但他却因暖和而感到饥肠辘辘起来；自从他在哲学家的家里吃过早餐之后，至今什么都还没吃呢。

　　有时他从被遗忘的田庄前走过，如果他穿过一个小森林，到处都不见灯光的话，他会产生一种不安的感觉。

　　他又陷入了苦苦的思索中，为此他忘记了危险。在早先或晚些时候的旅行中，他早已知道去什么地方了，可这一次他却不知道去什么地方。他清楚地想起了早先的一些旅行。但他在这期间到底发生了哪些事呢？从挪威冒险到黑伦林登宫殿这段长长的日子里，他所待的地方是哪里呢？问题是他到底还存不存在呢？

　　于是紧接着的就是拉提博尔的事情！真是不可思议！他对这样的相遇无法理解。他忽然想起了可怜的提德曼德先生，他自杀了，因为他盼望奇异的下一生。这一切离现在有多长，有多远呢！这位长着一双银灰色眼睛的老师固执地相信灵魂转世。这也许有点是真的？胡说八道，罗伯特自言自语地说。这绝不是拉提博尔在日历中游荡的灵魂，那是真的鼻子，真的手，真的红头发。他不认识罗伯特，这一点儿也不稀奇。这不仅因为他在袭击马车时忙得不可开交——这可不是儿戏，而且还因为他怎么才能知道他就是罗伯特装在兜里的一张折裂的一次成像的照片上的拉提博尔呢？要是到他的朋友坐在他旁边一起上学的那个时候，还要过几百年才行……这简直是一个不可解开的时间乱线团。也许，这一切都仅仅是他想象出来的呢？那个强盗头儿最终不过是一个面貌相似的人？或者是一个私生子？

　　罗伯特猛然摆脱了这种思想的束缚，现在最要紧的是弄点吃的，找个睡觉的地方。可现在他满脑子里却是那些，比如灵魂转世的可笑的思想，这是一点儿用都没有的。

　　当他徒步漫游了两个小时之后，在一个长满树木的山丘上出现了一个小村庄。这地方一片漆黑，但罗伯特当然知道，这里没有电，没有正经八百的电灯，最多不过有几个蜡烛，或者一盏半盏的光线暗淡的油灯什么的，而且早在挪威时，那里的人们就非常节省地使用它们。也许这个地方还没有完全荒无人烟？

　　他几乎还没有完全走近时，就已经听见了一条狗的叫声。这是一个好兆头。他静静地听着。在一个棚子里，有牛的动静，而且在一间低矮的茅草屋里有说话的声音。罗伯特小心谨慎地走进院子的大门。在黑暗中，他觉得有东西在厩棚里活动。他向厩棚深处望去，当他的眼睛完全适应黑暗时，他认出了拉提博尔的灰斑色白马，于是他知道了，他找对门儿了。他摸索着回到了街上，并且发现了房子的大门口。当他打开门时，一股嘈杂声迎面扑来。在一个充满烟雾、灯光混浊的空地上，有一群粗野的人围坐在摆满碗、盘和壶、罐的桌子周围。这些人中，大概有六七个怪声大叫的家伙在他进来的一刹那突然停了下来，并且拿起了他们的武器。然而，他们迅速瞥了一眼罗伯特后就不管了。他们转过身去，继续喝他们的啤酒，用拳头捶击桌子，大喊大叫着可以在屁股上拍击出声的女仆给他们上菜。

　　罗伯特犹豫起来，但烤肉的香味儿冲进了他的鼻子里，饥饿感使他完全软弱下来。他在寻找拉提博尔，这家伙背对着他坐在一把最大的椅子上，他没有碰饭菜一下，而是舒服地向后靠着。其他人罗伯特只认识三个：那个用长矛冲击马车夫的人，那个把他的来复枪靠在手边墙上的杀人者和那个牵马的奴仆。他们中没有一个人习惯洗澡，他不认识的那两个看起来更加邋遢，比其他人更脏。罗伯特突然想起"平民强盗"这个词来，并且产生了令人不

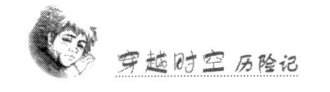

快的印象，但这里确实很适合他们。

　　那个唯一看起来不像强盗的人，就是拉提博尔。他的邻桌捅了他一下，拉提博尔转向罗伯特，并且向他抛去了一束特别凝视的目光——探求性的？怀疑性的？审查性的？全都不是。这个强盗头儿看样子察觉到了什么，他迷惑地点了点头，做出一个猛拉的动作，示意罗伯特到他身边来。"看座！"他命令道。于是，长相丑陋的小女仆马上拖来一把椅子。

　　"你带来一件美丽的大衣。"这是他的第一句话，于是罗伯特即刻又听出了他的声音。他几乎要喊出来了："拉提博尔！"并且要去拥抱他。但在最后的一瞬间，他沉默了，他认为这样做比较明智。

　　"上面还粘着一点血迹呢，"另一个人说，"那里，看啊，在领子上。我觉得你面熟，小朋友。"

　　"我叫罗伯特。"

　　"噢！那么，你一定是旅行团的成员了，而且当遇险时，你及时逃走了。"

　　"不，"罗伯特说，"我仅仅是被一个偶然的事件给卷进去了。"

　　"真的吗？那你是从哪里来的？"

　　他的同伙儿都沉寂下来，带着一脸麻木的表情倾听着他们的谈话。罗伯特考虑了片刻，然后他决定说真话。现在，并不是取决于拉提博尔相信他或不相信的问题。

　　"从黑伦林登来，"他说，"我在那个宫殿里当侍童。"

　　"宫廷侍童，就凭你这身穷酸衣服？你在吹牛吧，我亲爱的。黑伦林登。它应该在哪里？你们中间的哪一个认识黑伦林登宫殿？"

　　大家都摇摇头，并且小声嘀咕着什么。"看来，我宁愿把你看作是一个流浪者，或者是一个真正的挨饿者。"

　　"不错，"罗伯特说，"我整整一天多都没吃一口东西了。"

　　"这不应该！"拉提博尔喊道。罗伯特马上得到木盘子里的一块肉、半个面包和一大杯啤酒了。当其他人再次开始喋喋不休闲扯和怪声大叫时，他感谢他，并且大口大口地吃起饭来。罗伯特听不懂他们在谈论什么，因为他们用一种强盗用的行话聊天，他从中偶尔还能听到一个法语词。

　　"我觉得你不错，"拉提博尔随即抖开披在肩上的大衣并且握住他胳膊说，

"如果你不是那么一种瘦俏的人，并且还有点肌肉的话，谁知道，就很难说了，也许我需要你。"

"我还没学会你们的行当呢。"罗伯特回说道。

"这很快就会学会的。你只管等着就行，直到他们把你作为一个用滑膛枪装备的普通士兵送到田野里去为止。他们长时间地折磨你，并让你挨饿，直到你为此想逃跑为止。军饷藏在那些大个子先生的口袋儿里，你甚至要抢夺，要把洗劫一空的账计在他们身上。这时，谁脑筋没问题，谁就会自言自语地说：这都是咱们自己的！它在这里，拿去。"他用火枪指了指那个蓄着羊胡子的人，"他叫埃里克，他是从瑞典流落到我们这里的。他至今还跛着脚走路，因为他打群架，在一个阿尔卑斯山上牧民的房舍里，他的上校让他赤背受一百名士兵夹道鞭笞的刑罚，直到他躺着昏死过去为止。而这位克拉瓦特，这家伙没有教名，只叫克拉瓦特。"——他同时用长矛指了指他。"他费了好大的劲才从绞刑架上逃走。他差一点儿被他们吊死，只因为信天主教。对于我自己，我根本不想说什么了。"

"你可能叫拉提博尔，对吗？"现在他说出了心里话。其他人都惊奇地看着他。"特别像，"他接着罗伯特的话说，"你怎么知道我的名字的？不，我叫拉多米尔，来自波希米亚。"

这人的确不是他。但他又是谁呢？一个幽灵？一个一百年前的双胞胎？

"现在没人不知道你啊。"罗伯特说。他有了力气，已经喝了两大杯啤酒了。小酒馆里热起来了，他觉得全身已经有一种舒适的困倦感了。"对面那两个人的谈话，我觉得，他们相互使用的是法语。另一个人是瑞典人，你是波希米亚人，那么克拉瓦特的家是哪里？似乎只有天知道，我不知道。"

"他从奥地利皇帝的管辖地来。傻瓜！在下面他们说他们自己的由几种语言混合而成的难懂的语言。如果没有特殊情况，我们用打手势说话，他能理解我的意思。而哑巴雅各布自从一个匈牙利轻骑兵用马刀砍坏了他的咽喉后，就怎么也发不出声来了。但他只需要发出咕噜咕噜声就行，那些马就听他的，好像他在说它们的语言似的。"也就是说，他是这帮人的马术教练。剩下的两个人不停地交头接耳，窃窃私语。他们可能是法国人，但他们看上去似乎没什么好讲的，因为拉多米尔没有费力谈他们。

"Er du Svensk？"罗伯特想试试他的那点挪威语。他左手边的邻座，他们叫他埃里克，当他听到他说挪威语时，他喜出望外，并且滔滔不绝地回起话来。遗憾的是罗伯特只听懂了其中的一少部分，但不管怎样，他唤起了拉多米尔的好奇。

"你会瑞典语吗？"

"不值一提，会点法语、英语，还会拉丁语。"

"一个有学问的先生，我们正缺啊！"

"但在这个混乱的年代里，我都不知道我的脑袋长在什么地方了。"

"现在你的情况和我们大家一样了，我亲爱的。战争把我们，还有我们的手艺全搞乱了。像我们这样的人已经没有家了。"

这时，其他人已经喝得大醉了，开始相互争吵起来。低矮的房间里发出一阵对骂声，而当克拉瓦特拔出匕首准备走向一个法国人时，拉多米尔用一个独特的词制止了事态的发展。这词听起来像"库施"，这个头儿是非常小声地说出这个词的，但却非常厉害，屋里顿时安静了下来。他的行动完全像拉提博尔，如果他的曲棍球队员非常激动时，他就是这样采取措施的！罗伯特又从侧面观察了一番拉多米尔。这个人看上去不仅像他的朋友，而且甚至有着同样的怪僻，同样的诡计。这都是失去理智的表现！但罗伯特已提醒自己，不要暴露原先考虑的那些。

"今天我们就到这里了。"拉多米尔命令道。他的伙伴们不情愿地放下手中的杯子，站起身来，慢慢腾腾地走了出去。"你留下。"他冲罗伯特说。

他由于这种不习惯喝的啤酒而感到想睡觉，而拉多米尔看来陷入了沉思。他们两个相互对坐了相当一段时间，一句话没说。"醒一醒，"那个红头发的人终于说道，"你注意我跟你说的话。我虽然不知道为什么，但我相信我将开始与你一起做点儿事情了。那个法国人不可信，他们都是些狡猾的家伙。他们等待着出卖我的机会，我所缺少的是一位脑筋不笨的侦察员。只有傻瓜才把这个行当叫碰运气，这活儿很危险，而且什么都不能带在身上。"

罗伯特高兴的是，拉多米尔看来相信他有各方面的才能。但他觉得他还不能胜任这个工作。"我从来都没干过这个事情，"他回答道，"在你们这次袭击中，我像蠢牛似的站在那里，并且不知道是逃跑还是观看。反掌之间，一切都过去了。你们设伏路边，并借机抢了他们的财物。"

"可他们什么都没有啊！我们偶然来到这条路上，并且抓住了这个机会。可我们得到了什么呢？除了那串珍珠项链，只有那老废物的一张皮了。这东西，斯特拉斯堡的犹太人最高给我二十古尔登。"

罗伯特注意到，斯特拉斯堡，这地方在亚尔萨斯。现在他又知道，他落到什么地方去了。

"人们只有每次都事先打听好，才能有所收获。怎么样，到我们这里来吧！这将不是你的遗憾。"

如此这样，罗伯特就变成了他们的帮凶了。他该怎么办呢？没有钱，没有住处，又在战争中！他除了认识这个拉多米尔，他朋友的替身，别的谁也不认识。"好，"他说，"我试试吧。"

第二早晨，他们一大早就动身了。埃里克，那个瑞典人，扔给他几件衣服，一条宽大的缝有彩带的短裤，一顶毡帽，一件袖子有开缝的紧身上衣；而哑巴雅各布则给他牵来一匹驽马。当拉多米将几个金币塞到他手里时，那个店老板，一个佝偻着身子但却诡计多端的小矮人，不停地鞠着躬向这支队伍告别。

他们越过田野，向着绿色的山丘骑了一个多小时。那里可能是上莱茵低地西南边区。罗伯特曾喜欢把他的地图册带在身边，这样他能够准确地看出所走的路。一个侦察员没有地图，就像一个叉子没尖儿一样。在一个稠密的冷杉林里，小队伍停了下来。这帮人的宿营地由洼地里的三个被遗弃的烧炭工人的小茅屋组成，其中的一个由拉多米尔占有，其他两个由他的成员分着住。炭窑已经不冒烟了，但木炭足够用的。一大堆火很快就点燃起来，那两个法国人把几只鸡放在火上烤。他们卸下来一扇门当桌子，并且坐在做工粗糙的长凳上吃完了饭。

当天下午，罗伯特就被派去进行他的第一次侦察旅行了。"但还是要小心，"拉多米尔提醒他，"任何地方都不要逗留，少说话，注意院子里是否有好马车，就像女人的打扮那样漂亮，如果看见士兵，就回来。我们不敢跟他们较量，那些人都是掉队行劫士兵，他们屠杀所有路遇的人。"

驽马表现了它很敏捷很能干的一面，但罗伯特没有寻找到富家。他只好来到一个被烧毁的村庄里。突然，他感到口渴，便想从一口井里搞点水喝，不料，一股从深处散发的兽类尸体的气味钻到了他的鼻子里，原来是掉队的行劫士兵将死狗和死猫扔了进去，这些也许是被他们打死的。罗伯特开始继续往前走。从一个山脊上望去，他远远看见一队武装的士兵正在行进，于是他立刻返了回来。将近傍晚时分，有一盘放在僻静处的磨落入他的眼帘。这盘磨高傲地完好无损地、就像太平年代那样站在他面前的低草地上。罗伯特记住了这个地方，然后骑回了小队伍的宿营地。

"是这样的，"拉多米尔说，"这个磨坊主一定不缺钱花。他们都是些声名狼藉的人，如果光景不好的话，他们就扣掉农民三分之一的被加工的粮食。明天早上我们去看看，也许有不少东西我们可以拿。"

但罗伯特不主张杀生。他把这帮人带到了目的地，当他们从森林的边缘处看到那盘磨时，拉多米尔开始布置他的行动方案。他建议，有两个人一定要在推动磨坊水车的小河旁守护着，即使水车停下来也不要动。说干就干，不一会儿，磨坊主和两个奴仆匆匆赶过来，急忙检查水车是否一切都妥当。这是一个长着兔脸膛儿的肥胖的家伙。哑巴雅各布和克拉瓦特早已暗中守候好了，于是他们两个从灌木丛里一跃而起，紧紧地按住了他和他的帮手。这时，在高处微笑着观看的拉多米尔、埃里克和罗伯特骑马下来，他们翻遍了房子的各个角落。磨坊主夫人躲在了房顶下的阁楼里。她拍着手掌，并且竭力声称她们家一分钱都没有。拉多米尔和埃里克在这个小房子里翻腾着箱子和盒子，但他们什么也没有找到。罗伯特在耶稣受难像下面的薄木板上发现了一本落了许多粉尘的破书：

1638年皇历
告知全年中的
农事告诫、收成、天气雨水，
厄运、圣徒纪念日、宗教节日

他趁人不注意，把这本历书装进了口袋儿里，然后向拉多米尔耳语了几句。他点点头，眼睛扫了一眼磨房，于是罗伯特绑上了即刻开始嚎哭起来的磨房主夫人，并且轻轻地牵着她的手，带着她向磨房走去，此时他感到了她的脉搏在跳动。当他们走到磨盘下的地面时，他感到她下意识地抽搐了一下。他仔细地向地面看去，并且指了指厚木板上的裂缝。那个瑞典人撬开了隐藏的陷落活门，并且爬了下去。转眼间，他带着一只沉沉的、当啷当啷响的铁皮箱子又爬了上来，磨房主的宝贝被找到了。那个哀泣的男人被放开了，这伙儿强盗登上了归程。罗伯特对这次突然袭击没有造成严重后果而感到高兴。

晚上，拉多米尔邀请他到他的离大家稍远一点儿的小茅屋里来。"你干得很好，我亲爱的，"他说，"大家甚至还从你那里学到一些盗窃本领！"罗伯特几乎没有听见，他完全沉浸在他的历书上了。这一次，巨大的惊异几乎使他吓得合不上嘴。因为他知道他陷进了一个什么样的时代了——三十年战争中期！

他当然不能说出来，战争还完全没有过去，拉多米尔和他的这伙人怎么能够知道战争要持续三十年呢？罗伯特是这里唯一一个听到一些威斯行法伦和约(1648年缔结的结束三十年战争的和约)的事的人。当时，在历史课上，老师走到挂在黑板上的一幅地图前。这是德国，这个打上补丁的地毯上标着公爵领地、诸侯所统辖的骑士和德意志帝国的直辖市。真个儿是独一无二的一团糟！到处都画着小小的相互交叉的剑，在匈牙利、西班牙、瑞典和法国之间画着某些战场，但他们想干什么，为什么要进行这场无休止的残杀，遗憾的是罗伯特给忘了。老师费了很大的劲儿讲解了耶稣教徒和天主教徒之间的争端，原来战争与一顿晚餐有关，但罗伯特说什么也不相信。而他看到的全部情况是强盗之间的殴斗，他们相互之间突然袭击，放火燃烧村庄，相互抢劫。战争与亲爱的神扯在一起的说法使他捉摸不透，他想起了小时候在校园里听到的一首儿歌：

   瑞典人来了，瑞典人来了，
   他们拿走了大家的一切，
   他们打碎了房子的窗户，
   他们向住房里胡乱开枪。

不仅是瑞典人，罗伯特心里说，应该把其他任何一个雇佣军的支队都算上。拉多米尔看着他的朋友翻着看偷来的历书。这不仅仅是一本记事日历，就像罗伯特的父亲的写字台上放着的那本似的，而且还收集了所有算得上稀奇古怪的事情。这本书不但预报了全年的天气，还谈到了彗星和女巫。有一篇文章详细描写了人们如何给一个病人放血。当罗伯特看到木板画上画着的令人恶心的水蛭时，就感到不舒服，并且飞快地翻了过去。过了片刻，拉多米尔看他像得到稀罕的赠品似的，便不解地问道：

"你真的在看吗？"

"当然。"罗伯特回答道。

"里面有讲未来的吗？"

"当然有啊。你听着！'悲惨的痛苦时代是通过对历次战争、巨大的流血牺牲、伟人死去、鼠疫、饥荒、地震和其他许多不幸，进行分析、精确计算、发表意见而推算出来的，早在1630年就由二十位天文学家预测出来，由赫利西马姆博士和格赖夫斯瓦尔德的数学家描写出来。'你想继续听听吗？"

"当然，但告诉我，我的星座怎么样，我是人头马座。"

虽然罗伯特对天文学一窍不通，但为了讨拉多米尔喜欢，他胡乱地喃喃自语一通："好吧，等一下……让我看看火星和土星在天蝎座征兆下的会合情况……"

"这是什么意思？"

罗伯特没有兴趣给自己惹麻烦。谁知道，他想，如果我试图找到拉多米尔的星座的话，还不知结果怎样呢。也许他的星座不好，而我也不想当这个送不幸的使者。

"我不知道，下个月对你来说不太好，但它会给你的事业带来惊喜。我们最好还是出去到其他人那里去看看吧，"罗伯特提议道，"他们可能已经吃上喝上了。"

罗伯特显得很傲慢，因为这次强盗行动进行得很顺利，因为拉多米尔表扬了他。

"我想告诉你们，未来将给你们带来什么，"他开始说道，"不是明天，也不是后天，那也没什么特别的。不，要等几百年。那时，你们一定不会相信你们的眼睛！"

"到底是什么意思？"瑞典的埃里克问道。

"这是一个非常了不起的事情，"罗伯特解释道，"比如你在这里可以与你在瑞典的孩子说话,当然如果你有孩子的话,而且你连动都不用动。你非常随便地对着一个黑色的小筒说话,对方就可以从一个手杖柄似的东西里听到你说的话。"

那些男人们拍着大腿笑起来。"你们听出来他是个傻瓜了吧!"有个人喊道,"这个罗伯特原来是个十足的骗人精。"——"懒汉、吹牛、拙劣的骗子!"其他人叫道。

但罗伯特没有想刹住他继续讲话的意思。"这根本算不了什么,"他继续说道,"比最快的四轮单驾轻便马车还要快十倍地从这里去巴黎,比任何一种鸟都要快地从空中飞过去;而且不用望远镜就能看到地球的另一边发生的事情,人们只需要打开一个小小的匣子就行。"

突然,克拉瓦特跳了起来,并且紧紧握起拳头。"Ludost!"他吼道,"Varalica!"罗伯特不知道他为什么这样激动,也许他忌妒了。因为拉多米尔给他这个新来的以优先权。

"我这就向你们证明一下。"罗伯特把手伸进口袋儿里,拿出了他的玩具汽车,拉多米尔飞快地从他手里拿过来。他皱着眉头翻过来正过去地看着这个小东西,并且从牙缝里发出了一丁点儿嘘声。"天才。"他说。"当然,但实际上它非常大。"罗伯特解释道,"人们从前面这个地方上去,马车夫坐在这个方向盘的后面。发动机藏在这个位置的下面,它比一百匹马的力量还要大,人们用它可以每小时行驶三十英里。"这仅仅是他脱口而出的一句话。实际上罗伯特根本不知道一英里有多长。他的朋友怀疑地看着他,但他马上又镇静下来,并且带着一副嘲弄的微笑说:"如果我们各有一辆的话,我们就可以举行比赛了。"

这话使坐在长凳另一端的克拉瓦特再也忍不住了。他忽地一下站起身来,好像要向罗伯特冲过去。"Lazac!"他从牙缝里发出嘶嘶声说。罗伯特上紧小波尔舍的发条,把它放在长凳上,让它向他的对手直接驶去。克拉瓦特目不转睛地看着这个小东西,就好像它是一个有毒的昆虫似的。当小汽车落到地上并且四轮朝上像个甲虫似的继续嘤嘤地响着时,他喊叫起来,并且软了下来。而当小汽车的自动机构刚一停止拨动时,他就转着圈地踩踏小波尔舍,直至被他踩坏为止。然后他抽出他的剑来。"过来吧,"他吼道,"如果你自信的话!"

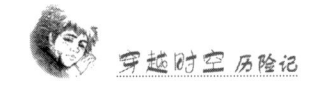

罗伯特没有别的选择，为了自卫，他也必须同时抽出剑来。克拉瓦特是个危险的对手，对某个人来说他喝了许多酒，看样子他挺能喝，而对其他人来说他气疯了。但对罗伯特来说，在黑伦林登击剑大厅的许多小时的练剑现在派上了用场。正当大家紧张地看着他时，他干净利索地挡开了克拉瓦特的进攻，并且在几个回合后成功地使了一个虚招，把对手的剑一下打飞了，并且将自己的剑顶到了他的脖子上，这个沉重的男人不得不咆哮着承认自己被打败了。

通过这次较量，罗伯特在整个团伙中获得了尊敬。拉多米尔向他眨眨眼睛，意思好像是说他已明白了他的心事：我早就知道你能对付得了他，我们两个已是心有灵犀一点通了。

此后，大家以打扑克和追捕野兔度过了几天空闲的时间，直到一天早上拉多米尔把他的人全部召集起来，才结束了这种生活。这个团伙的头儿进行了简短的讲话，讲话的意思是，把上次盗窃活动中所获得的掠夺品的一半用于分配，每个人可从磨坊主的财宝中分到一把古尔登。接下来，拉多米尔宣布了他的下一个计划。"我今天还要去斯特拉斯堡一趟，"他说，"去进行货币兑换交易，并同时搞一些火药、口粮和几福得尔（相当于1000～1800升）酒回来。在这期间，我不希望你们游手好闲，一点活儿都不干。罗伯特前几天，对啦，当你们完全睡够的那几天，他在瓦斯高侦察出一个农庄，那里有许多东西可以拿，他将带你们去。但要注意的是，你们中途不要中了埋伏。科洛雷多斯的统治已经蔓延到这个地区了，那里对我们这样诚实的人正在采取武装措施。罗伯特是你们这次行动的领导，我主要是想看看，他是否有干这事的才能！"

克拉瓦特对这个命令摆出一副恼怒的面孔，其他人看起来也对头儿让罗伯特——这个在强盗行径中的新手，担当搞阴谋的头目的想法感到不满。但没人敢站起来反对主人的决定，他没再说一句话，就离开了大家，消失在他的奔驰的大白马上。

这天夜里又开始下起雨来，烧炭人的茅草屋里又潮湿又阴冷，没人愿意在这种天气下冒险行动。一周以后，大路上积满了深深的小水洼。当大面积的持续阴雨仍然没有停下来的意思时，营地里的情绪降到了最低点。罗伯特暗暗地希望拉多米尔能马上回来，并且亲自掌管起团伙里的事来，

罗伯特没有别的选择，为了自卫，他也必须同时抽出剑来。克拉瓦特是个危险的对手，对某个人来说他喝了许多酒，看样子他挺能喝，而对其他人来说他气疯了。

但强盗头儿是不允许把内心的活动表露出来的。罗伯特担心起来，拉多米尔住在哪儿呢？他想起了他的放荡不羁的星相。这个星相到底是什么意思：火星和土星在天蝎座里干什么？他对此一无所知。那些法国人已经开始窃窃私语起来，并且散布谣言，说他们的头儿要把他们丢下不管了，要远走高飞了。于是，罗伯特决定干这桩交易，并且在第二天，当大雨小了点时，他就下达了出发令。

当天上午，这帮人来到了那个农庄，农庄看起来安然无恙。就像太平年代那样，在打谷场上人们正忙着把谷物脱成粒，一个马夫在院子里跑过去，孩子们在楼梯口玩耍着。这里不需要使用任何诡计，罗伯特命令他的小部队把这所房子围起来。接着，瑞典人埃里克放了几枪，农庄里的雇工全部跑了出来，农庄主带着他的夫人也从房门里走出来，农庄的全部居住者都被赶到一起。克拉瓦特抽打着雇工们，直到罗伯特阻止他，他才停下来。就在这时，在一楼的一个窗户上有个年轻的家伙正用火枪瞄准他。还未等罗伯特提醒他的人注意警戒时，枪已经打响了，其中的一个法国人突然吼叫起来，他的胳膊上挨了一枪。瑞典人埃里克立刻回敬了他一枪，于是那个窗户上的射击者应声倒地身亡了。

罗伯特气得面红耳赤，农庄主跪在他面前，恳求饶恕他和他的夫人。此时此刻的他第一次成为掌管生与死的人，那是怎样一种使他激动不已但又叫不上名的感觉呢？是复仇欲、是愤怒，还是对实施残酷而内心感到满足的喜悦？最好的办法，他还是大声喊叫出来："你们分头行动，大家一起上！把他们的房子烧了！"他主要是不想再看见有人流血了！

克拉瓦特一把抓住农庄主的头发。"你们的钱在哪里？"瑞典人埃里克向他吼道，并且把剑尖放在他的胸前。"只有无赖不愿讲话，要不要我把你的舌头割下来呢？"罗伯特威胁他道。

这个农庄主是一个花白头发肥头大耳的人，他呜咽着发誓说他家里没有钱。罗伯特示意放了他，使他内心充满的暴怒突然消散了。他感到非常非常累。"让他走吧。把这家的所有的人，都关到猪圈里去，派一个看守看着他们。现在，我们要把这里翻个底朝天，如果我们还是什么都找不到的话，那才真的见鬼了。"

匣子和箱子都被打开了，所有的房门都被卸下来了，所有的床都被拆开了。突然，猪圈里传来喊叫声，原来是克拉瓦特和哑巴雅各布在袭击女仆们。

这次的突然袭击失败了，变成了一件丢脸的事。银子、首饰和黄金宝藏全都没找到。后来，女农庄主哭着向罗伯特解释说，在一周前，保皇派的人来到这里，其实是一帮野蛮的匈牙利轻骑兵，她男人害怕被杀，财物已经被抢劫一空，凡是他们想要的，他全都交给他们了。

在回来的路上，没有一个人跟罗伯特说话。那个受伤的法国人和他的老乡在一边袖手旁观，而且他们两个还向罗伯特投去妒忌的目光。

当他们一回到野营地时，罗伯特就扑到他的制造粗糙的床上，辗转反侧，几乎合不上眼，到现在，他仍然深深感到心有余悸。我到底是谁，他问自己。我是罗伯特，曾栖身在奥尔加那里的罗伯特，卡洛琳娜的男朋友，携带发光的蛋白石的幸运儿，曾在他亲外曾祖母家里当房客，挪威的那个弃儿，黑伦林登宫殿里的那个侍童，曾在易犯痛风病的哲学家那里当过差役，现在又当上了杀人成性的拦路抢劫者，他几乎要屠杀那一家的全家人——他是另一个人，还是同一个人？一会儿这样，一会儿那样。就好像他像一个软木塞在大海里被抛来抛去似的，直至抛得他不再知道东西南北了，这个局面不能再继续下去了，如果他任凭这样摆布下去的话。他将变得更加粗野起来。

他站起身来，拿起他的剑，披上那件沉甸甸的大衣，无声无息地来到那间茅草屋的前面，并且听到同伴们在里面打鼾。他小心谨慎地靠近畜栏，马匹们正在里面睡觉，于是他解开他的驽马的缰绳。然后骑上马离开了这里，他独自一人逃跑了。

有一次，他远远地看见了火把和柏油脂光环。在夜深人静时，他听到了看守的喊叫声和狗打架的声音。他远远地绕过了一个安扎在小河边的军营。后来他穿过一个隘口的最高点，从上往下看到了一个和平宁静的低地平原。多石的路向下通向一个精心栽培的葡萄园，在住家的屋顶上有鹳做的窝。直到拂晓，他都没碰上一个人。

当太阳升起时，一座建有高高城门和城墙的大城市出现在他的眼前。城门口站着一个岗哨，此人问他从哪里来，是做什么生意的。他们甚至要求检查他的口袋，而他已经猜到，他们是要看他是否有钱，但转眼间他们却又轻意地示意他过去。还没等他搞明白是怎么一回事时,他就已经走进了斯特拉斯堡城。十二个半古尔登,一把剑,一本皇历,一张揉皱的照片,这些就是他全部的家当。他现在首先要干什么呢,他自己也不知道,他想,在哪里才能找到拉多米尔,对了,这里一定有一个区,区里面一定有一个银币兑换商行。他打算在那里打听一下他的头儿的下落,丢失的拉提博尔也许利用这个如此纷乱的方式躲藏在里面。

他觉得这个城市富丽堂皇,这里就像出了奇迹似的,战争没有使它受到伤害。一条建有堤坝、水闸和支流的小河流经整个城市,小河散发着皮革和腐烂的气味,河水呈红色,而且脏乎乎的。这里有制革工和印染工在工作。有三个善战的钟楼看守守卫着几个木板搭的桥,如果有人走上去的话,它们的厚木板就会轻轻地摇晃。河岸上有一些全身沾满白色粉末的男人们正在从运货驳船上卸粮食口袋和上下封底的大圆桶。当罗伯特继续往前走的时候,他从一些装有黑色大门的巨大的房子前走过去。这些房子不是商店,然而贸易在庭院里却是一片热闹景象,他看到一些扛着口袋和箱子的人。大街上蜂拥着做生意的人。在市场上,他对那些兜售魏伯尔葡萄酒、火腿、烤鹅、泡菜、黄油和十多种奶酪的摊位感到惊异。在建有参天钟楼的大教堂的后面,有许多商店,在这些商店里,人们可以买到烧酒、刺绣和布拉邦特布料等。他在对一片片荒芜的土地漫游之后,对这里充满如此多的财富而感到意外。他有一种来到一个首都的感觉,尽管这个古老的斯特拉斯堡比他的故城要小。但无论如何,它看起来还是那样暗淡,就像过去的一张老照片似的。

然而给罗伯特留下印象最深的,还是那座大教堂。他首先打算到里面休息一会儿,但当他在一个长椅上坐下来时,侧厅里的一个巨大的建筑落入他的眼帘。当他走近一看,才知道是一个巨大的钟,这个钟几乎有二十米高!他在钟前面待了足足有一个多小时。钟的观赏面的色彩涂抹丰富,上面画的是创世纪和死人复活的场面。周围到处都雕刻着动感的雕像:一个天使转动着沙时计;一只公鸡扇动着翅膀,好像真的要开始打鸣儿似的;四个上了年纪的人好像从一个等候的死神面前被拖了过去。然而更荒唐的是钟本身,因为它的许多黄铜片、指针和表盘,不仅告诉人们小时、分钟、日期和工作日,而且还告诉人们自己的守护圣徒、昼和夜的持续时间,以及复活节的时间；每一个熟悉天体的人都可以在一个镀金的球体上看出太阳、月亮和全部行星的位置及其运动情况。整个建筑就像一个巨大的坐落在教堂中央的发光的计算机！罗伯特几乎离不开计算机。但大钟看起来还告诉了他一些表盘上没有的东西，那就是：人什么事都能做得出来。他们完全像创造出最伟大的奇迹那样做出最糟糕的坏事来，同样，人们既能记录他们所创造的最伟大的奇迹的年份，也同样能记录他们所做出的最糟糕的坏事的年份。

在一条离市场不远的黑洞洞的支巷里，他找到一家小旅馆。这是一幢带有凸肚窗户的哥特式木框架房屋，阳台上涂有各种各样的颜色，有点像旅游者手里拿的价目单。他受到极其友好的接待。老板娘不仅一个问题没提，而且还带着他走上陡峭而狭窄的楼梯，一直带他走到屋顶下他的房间。使罗伯特感到惊奇的是，在三十年战争期间竟然还有礼貌客气的店主和铺着干净床单的床。甚至在最近的一个墙角处，他还找到了一个理发师，他让他把头发剪了剪。

他问驼背的理发师，哪个地方有银币兑换商行？理发师把他支到一个犹太人居住的胡同里，这地方给人一种实在贫穷的感觉。这使罗伯特感到很奇怪，因为他习惯地认为，银行总是拥有最好的地址。在小小的隔板屋子里蹲着的所有钱币兑换者，没有一个能够给他提供有关拉多米尔的消息的人。他在胡同的拐弯抹角处迷了路，他向一位鞋匠问路，鞋匠把他支到中世纪德国帝王的行宫去了。"您不认识行宫吗？那是这个城市里最大的广场！您一直往前走，如果您走一百步之后停在左边的话，您就不会错过它。"

广场上黑压压一片全是人，这里十分拥挤，罗伯特几乎看不出来，这里发生什么事了。看起来，这里要举行什么仪式。在正前方一座国有建筑的前面搭有一个特殊的舞台，在舞台前面装饰一番的栏杆旁边夹道站立着许多全副武装起来的人，他们阻挡住往里拥挤的人群。

"这儿发生什么事了？"罗伯特问一位妇女。她惊奇地看着他回答道："您还不知道吧？这里是刑事死刑执行法庭。"现在，罗伯特认出了穿大红法衣的法官和在入口处站着的议员们。一阵连续急促的擂鼓声从里面传了出来，在木料搭建的舞台上放着一块黑色的布。围观的人都伸长了脖子，广场上死一般宁静。

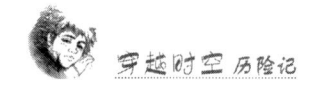

六个扛着长柄斧的男人把用绳子捆绑起来的犯人押到了法场上。原来是三个被判死刑的人，其中走在中间的那个竟是拉多米尔。

"拉多米尔！"罗伯特喊道。人们都向他转过身来，并且疑惑地愣愣地看着他。他几乎控制不了自己了，情绪发生了骤变，他想挤过去，但人们在他前面挤得水泄不通，使他无法继续前进，否则那些全副武装的人一定会把他抓起来的。他只能束手无策地看着第一个犯人被松开绑。法庭使者宣读判决书，并且谴责了被判死刑的人，然后他命令死刑执行官走到前面来。又是一阵连续急促的擂鼓声，接着，第一个临刑之人脱下大衣，跪在地上的那块黑色的布上，并做最后一次祷告。死刑执行官举起他的鬼头大刀，用右手向他的脖颈砍去，随即，他的人头应声滚落在地上。

当轮到拉多米尔时，他闭上了眼睛。鼓又被擂响了，人群中还是先传出窃窃私语，然后是被激起的叹息声。罗伯特已经看够了，他不愿再看第三个死刑执行了，他从拥挤的人群里挤出来。后来他在城里漫无目的地徘徊了多长时间，连他自己也说不上来了。

在小旅店里，他度过了一个不眠之夜，罗伯特觉得他对头儿的死负有责任，但他又不知道为什么，他没有出卖拉多米尔。也许他到过银币兑换商行，或者是那两个法国人耍的花招？拉多米尔一开始就不信任他们两个。现在他死了，也许他们把他的脑袋插在一个铁棒上——罗伯特不知道中世纪的死刑法庭流行的这种野蛮的风俗是用来吓唬或者是嘲弄……他自己反正安然脱险了，也许他从此一直会感到内疚的。

他点燃一支蜡烛，从口袋里掏出那张被判决人的照片，又重新仔细地看了一遍。现在他知道拉多米尔是怎样死的了，但他眼下无法白纸黑字地明确证明，同样一个人会在几百年后继续活下去吗？拉多米尔，拉提博尔，拉多米尔，拉提博尔……古代童话里是怎么说的呢？"他脑子里乱哄哄的。"这句话非常适合他目前的处境。也许这仅仅是对全部情况的一种想象，也许拉多米尔和拉提博尔之间没有任何联系。一个是中学的同学，一个是三十年战争中的强盗——难道是一根细线把他们两个连起来了不成？但至少这是无济于事的一种安慰吧。如果他对这件事仔细考虑一下的话，他们两个都是他的无与伦比的好朋友。而现在他把他们两个都丢了！尽管他已经非常累了，但他还是久久不能入睡。

他精疲力尽地并且意志消沉地一直坐到第二天早上吃早饭，他二十四小时以来什么都没吃。他像饿狼似的吞下了店老板的女儿端上来的肥肉和鸡蛋。然后他向后靠了靠，翻看着他的历书。而且他确实在过去的那天9月18日日期的下面发现一个警告："提防小人作怪，因为土星占了时间的上风，它处在第五宫的位置，会带来不幸。"

"我看您是一位识文断字的人，您想必是一个有学问的人吧？"

跟他说话的是一位很有修养的先生，他穿一件带银饰物和饰带的尖领白色大礼服。罗伯特合上书，并站了起来。

"我是魏马伯恩哈德公爵的在职骑兵上尉，请原谅我打扰了您。"

罗伯特请他坐下来，很快他就知道这个军官是暗中策划事情的，他这次进城是为了招募人才的。

"对于战争，我的先生，"罗伯特说，而当他意识到战争又是怎么一回事时，他又改口说，"对于战争我够了，也许我不知道战争，但我为什么要替别人担风险呢。"

骑兵上尉笑了。"就我看，您不是一个普通的用滑膛枪装备的步兵，"他说，"我们所需要的是一个能干的团部秘书，对于这个角色，在我看来，您是最合适的人选。没有一个下等兵能拿到二十塔勒银币，这个数怎么样？你不想试试吗？"

罗伯特考虑了一会儿，然后就这么敲定了。他还能干什么呢？他主要是想尽可能快地离开斯特拉斯堡，因为他没有丝毫的兴趣去观看被叉起来的拉多米尔的血淋淋的头，同时他也不知道从哪里可以搞到面包吃。他接收了定金，十塔勒银币，并接受了一道命令，到科尔玛地区寻找安营扎寨的军营。

"还有一点，"骑兵上尉说，"请原谅，如果让我非常坦率地讲的话，但您当然做得肯定对，您一定要遵守您的诺言，因为否则……"他用手掐住自己的脖子，并一下子把它拉到了一边。罗伯特明白这个姿势是什么意思，在战争年代，无论是被刺死还是宁可被吊死，都是可以选择的。

在往南去的路上，他有意远离对他不安全的公路，越过上莱茵低地平原上的西南边区高地，骑行在偏僻的山间小道上。下午，他在一个长满树木的河谷里遇上军队的辎重队。很明显，这个小部队已经拔寨起营了，只有一支小部队殿后。他晃动着手中的委任状对着一个战士呼喊，并要求与军政府成员说话，他没费任何周折就让过去了。队伍的尾部是些坐着妇女和儿童的随军小贩的手推车。然后他赶上了大约有三十辆满载火药、导火线、铁锹、梯子、面粉和给养的辎重车队。甚至车上还有一个铜制的烤炉，而且有一辆车上居然还载着锅炉和炊事员。后来他从几辆慢慢腾腾的畜力车前骑过去，这些车的后面都拖着野战军用的很粗的加农炮。他停了下来，并且问他们的上校在哪里。那位军械维修师听不明白他要干什么，原来他是意大利人。而其他几个人也不会说德语，其中一个是匈牙利弹药管理员，一个是波希米亚炮手，于是，罗伯特这才向一个有亮光的地方走去。原来这不是他要找的部队！他陷入到敌人的一方去了。

这是皇帝的军队，或者说是皇帝军队的一部分，他们从这里向科尔玛进军，可能是去消灭魏玛伯恩哈德部队的。罗伯特始终没有搞明白的还有，他为什么一定要与整个大屠杀联系在一起呢，而且从根本上讲对他来说都是一样的，他是为人服役的，他不属于装出一副正规军的这一伙人。另外，他甚至不知道团部秘书到底是干什么的。重要的是，他没有被这个欠考虑的词给弄糊涂，因为哈布斯堡的军官一旦发现他是对方的士兵，他们就会把他作为奸细看待，并对他采取断然措施。他非常清楚，人们在这个粗暴的年代是如何草率地在绞刑架上或刑场上结束人的生命的。

最安全的地方对他来说莫过于先头部队了。从那个地方看，他想，如果有人想攻击他的话，那地方最容易逃跑。他继续往前骑，没人注意他，他很快就赶上了行进中的先头部队。

突然，在高地的左翼和右翼传出了小号的信号声，树丛中出现了抽出武器的骑马的人。这绝不是突发的袭击，皇帝的军团走入了陷阱。敌方骑兵队的后面，由旗手带领的步兵开始敲着鼓、吹着哨子向前推进。

罗伯特还从未看见过战场，电影上见过的除外。而最使他感到吃惊的是战场上的那种嘈杂声：马匹的嘶鸣声、受伤者的号叫声、大炮发出的隆隆声、擂鼓声、哨声、短促的喇叭声、长矛相碰的叮当声和击剑声。两军战线很快就看不出来了，并且相互绞在了一起。尽管如此，罗伯特仍成功地看出了个大概。他认为，最激烈的战斗将在他身后进行，因为进攻者把部队的主力集中了起来，目的是将敌军分成两半，并分别切断他们逃跑的路线，然后把这次战争中逃跑和假投降的全部彻底地消灭掉。

只有后卫部队和先头部队有逃跑的机会。与罗伯特同行的骑兵也悟出了这一点，他们没有顾得上招呼一下他们的同伴，就用马刺踢他们的马，并且一溜烟儿地逃跑了。

被击溃的这一伙人飞快地向内地山区骑去。这伙人里有五六个是匈牙利轻骑兵，他们没有注意到罗伯特，对他没有表现出敌意。当天色已经黎明时，他们闯进了一所坐落在偏僻地带的房子里。这所房子看来是一家高贵的农民田庄，但绝不是贵族的住所，因为屋顶是用稻草苫起来的。所有的百叶窗都是关着的，而且烟囱里没有冒烟。其中的一个匈牙利人用力敲着雕着花纹的门，其他人这时都手持武器等待着，注视着里面是否有动静。然而，迹象表明里面没有人。那个敲门的匈牙利人用他的长矛柄捣坏了门。这帮匈牙利轻骑兵把他们的马带进了一个大房间里，并把它们拴在窗户的栅栏上。他们把房子洗劫一空后感到非常累，就简单地伸开四肢躺在了地板上。罗伯特向四周看了看，注意到有个桌子上放着墨水瓶和纸张，并且发现它们是属于伯爵的这个临时林业管理局和财务处的。

在厨房里他找到了一个半发霉的面包，一块风干的牛腿肉和几个苹果，他和几个偶然相遇的同伴分着吃了。他已经精疲力竭了，这一次他像一只旱獭似的一直睡到上午。没有人问他是谁，从哪里来。这使他感到很愉快，他已经早就不想挖空心思地去撒谎了。

几天过后，匈牙利人感到无所事事。使他们感到有趣的是，他们把官方工作人员的家具打碎，抓获几只住户丢下的鸡。罗伯特在保护自己的情况下，阻拦他们干坏事。当他们刚一准备拿着他们的马刀向挂在大厅墙上的一幅大油画冲过去时，他就向他们扑过去。他几乎正好拦住了他们，使他们没有把画布刺破，但左边仍留下了一道小小的口子，这是这幅画落下的唯一伤口。

一眼望去，这幅画就已经把罗伯特吸引住了。像这样的一幅画儿，他从来就没见过。他在画前站了好久好久，并仔细观看着它。他几乎对每个细节都看不够，每一个细节都是画家极其用心完成的。这简直不是一幅画，而是整个博物馆，是一个取之不尽的美术馆，里面有风景画和神、圣经故事和水果、船只失事和肖像画、战争和撒网捕鱼、裸女和空空的教堂、大火和总之全世

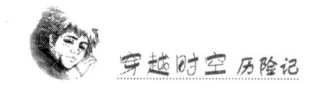

界都惊叹的最后的晚餐。

　　这里的许多画都挂在带有高高窗户的大厅里,阳光透过这些窗户照射在一位身着黑色衣服的先生身上,毫无疑问,所有这些墨宝都是属于他的。几位来访者围着一张桌子坐下来,桌子上放着一个地球仪,旁边放着一些打开的书。一位非洲黑人从圆柱装饰的门里走出来,给他们送上了葡萄,地上卧着一条毛茸茸的小狗在打哈欠。

　　这幅画和许多画都是用精小的毛笔画的,罗伯特真想手持一个放大镜,仔细地观看那些极小的人物形象。在这位富有的收藏家的屋子里,有一幅手掌大小的油画挂在齐眉高的墙上,罗伯特对这幅画特别感兴趣,因为上面画的是一个画家的工作室。也许,他想,这可能是艺术家的自我描绘。画面构思特别机智。也就是说,从侧面看和从大画布前面看,他都穿着一件飘垂的葱绿色披风,而在他前面却有一个戴着时髦帽子的学徒跪在地上,在一条长凳上忙着研磨颜色,也许在调和颜色。但画家到底想画什么呢?罗伯特又向这幅画走近了一些,目的是想仔细看一看这幅画的画中画儿。最后,画家自己站到油画的前面了吗?是的,他正好在那一小块地方作画儿,并且还注意观看着他画的画儿——几乎像一个指甲盖大小的画儿,那么这幅小画描写的是什么呢,这可是艺术家的秘密了。

　　他的同住一所房子的人,那些匈牙利人,他们所关心的完全是另外一些事情。他们把整个房子翻了个底朝天并且把东西搞得乱七八糟的,但他们既没找到钱也没找到其他物品。之后,他们变得越发轻率起来,并且开始到周围的地区拦路抢劫去了。罗伯特不愿干强盗的行当了,他待在房子里没出去。菜园子里有足够的水果和蔬菜,另外还有坚果和浆果等。他甚至在紧挨着被毁坏的大厅旁边的一间小房子里还找到了一个放着书的小书架:一本圣经、几个拉丁文小册子和一首用十分古怪的字体写的诗,诗是这样写的:

抓跳蚤,抓女人,
最惊奇和最有趣的行为是女人玩跳蚤
这是一种新的转变及消遣
也是对付沉闷最有效的良药

他刚看了第一段叙述就够了,因为这首诗根本就不那么容易猜出来这位荒唐的诗人所写的到底是什么意思。

一天中午,两个外出的匈牙利人飞快地骑马跑回来,并且冲着留在家里的同伴叫喊,听起来好像有点像"Vigyazat,Veszelyes!"罗伯特这才发现出事了,这时他们所有的人都拿起了武器,把马带到了房子里,个个都躲在窗户的后面,并且拿起枪瞄准着。又没有人管他了,就好像他已经溜掉了似的。为了在紧急情况下自卫,他向他曾经挂着剑的地方跑去。

时间刚刚过了一分钟,追踪者就出现了,这是一支骑兵部队。他们小心翼翼地向房子靠近。他们的首领举起了一只手。于是他们停了下来,并且原地等候着,直至几个用滑膛枪武装起来的士兵跟上来。然后,骑兵们在安全的距离内把房子围了起来。至此,仍然没有听到枪响,战马不停地跳动着。有一小段时间显得特别宁静。后来,有个最年轻的匈牙利人,一个长着蓬乱长发的大高个子的家伙沉不住气了,他瞄准了围攻者的首领,并扣动了扳机。这是他的错,因为他打偏了。于是,用滑膛枪装备的步兵立刻开火回敬他们,房子里的人没有一个被击中。但后来罗伯特看到,他从一个小窗户上窥探到几个进攻者在一些长长的黑色的木棍里找什么东西。最初一个,然后两个,后来三个明亮的光源点燃了起来。一个大个子士兵抓起第一个柏油脂火把,并且把它扔到了房顶上。匈牙利人中的一个又开了一枪,这一次是冲着扔火把的人去的,可他也没有击中目标。罗伯特不得不清楚地认识到,他们落入了包围圈,进攻者将会无情地屠杀他们。他已经闻到了呛人的气味,他嗅了嗅,烟是从上面来的。浓烈的烟雾从楼梯上冲进了大厅,噼噼啪啪的响声和咔嚓声使罗伯特知道,屋顶架已开始着火。那些匈牙利人现在也已意识到了,他们中的两个带头逃跑了,并且举着马刀冲出了房子。他们径直向进攻着的火线冲过去,结果被打死了,其他人都躲在了厨房里。客厅里的马匹嗅到了着火的气味,它们打起响鼻,并且因受惊而突然直立起来。一匹栗色的马挣脱开来,嘶鸣着向敞开的门跑去,在门口被一颗子弹击中而倒地死去了。现在进攻者一步步向房子逼进,房内的强烈烟雾使罗伯特喘不过气来,他的眼睛开始流泪了,他退缩到大厅的里面。

打死和烧死，这两个死法哪个更好些呢？罗伯特无法再长时间地考虑这个问题了。一点儿尘埃大小的煤烟子正飞进他的左眼里，他眨了眨眼睛，当他由于呼吸困难咳嗽着用食指揉眼球和眼睑中间促使泪水冲走那点儿煤烟子时，他跟跟跄跄地撞到了墙上。为了不使自己失去平衡，他用手扶住了那幅从野蛮的匈牙利人的马刀下救下来的大油画的画框……

　　他已经感到在画的周围有窜来窜去的火焰带来的灼热，大油画中的小油画变得越来越黑了，直至被烧焦，但这也许仅仅是罗伯特的眼前又一片漆黑所带来的现象吧。

第七次旅行

　　随着睫毛的扑闪,他逃离了战争。在这个大房间里,他又感到了宁静和温暖。一束特别白的光线抛洒在画室的上面,室外仅仅能听到一匹马的马蹄声,这里使人感到特别镇静。罗伯特的目光从高高的窗户上落下,并从粘有黏着物的牛眼形窗玻璃上判断出外面下雪了。

　　与画中的极小的画完全一样,那位画家穿着葱绿色的披风,坐在他的画架前,鬼知道,他对这幅画研究了多长时间。但因为画家宽大的后背挡住了画,罗伯特这一次也没能看到他画的是什么。那条小长凳上井井有条地摆着被整理过的艺术家的画具:擦布、画笔、圆规、海绵、一个棕色的瓶子和几个盛着颜料的盒子。甚至那条小狗,原来是一条白棕色的西班牙小花狗也在那里。它懒洋洋地卧在地上,并且舔着它的小爪子。只是那个学徒,在画上的那个学徒不见了。

　　画家特别专注于他的工作,以至于他都没有发现这个闯入者。罗伯特不愿打扰这位艺术家。他憋着一口气并且踮着脚尖儿离开了画室,沿着陡峭狭窄的楼梯轻手轻脚地走下楼去。当他来到装有木墙围子的门厅时,他停了下来,对眼前用雕刻品装饰的沉重家具和在大壁炉里闪着微光的山毛榉木片感到惊叹不已。墙壁是用壁毯装饰的,整个房子使他感到很庄严,但又不令人感到不惬意。一幅装有金画框的画儿画着一个满头亮发的非洲黑人。而当罗伯特一挪动时，才发现这是一面镜子，他定睛观看的这副变黑的脸原来竟是他自己的脸。他赶快走到大街上，抓一把雪擦掉了脸上的煤烟子，只有大火的浓烟留在他衣服上的污物使他无法去掉。

一条两旁长着榆树的小街道铺在一条结冰的河岸上。然而从河的对岸看，就好像镜中的影像似的，不过对岸也有一些树。这里的房子高而狭窄，而且房子上都有一个小巧的砖砌山墙。罗伯特已习惯猜测他在哪里了，这种智力游戏使他感到非常愉快，这一次他只用了一分钟，就找到了答案。他面前的这条河不是一条真正的河，而是一条笔直的运河，从城市的中间流过去，一座高高搭起的小桥从此岸通向彼岸。他想起了一张他生日时别人寄给他的明信片，啊哈！他想起来了，他忽然想起了两个词，正是他脑子里的那个看不见的智力竞赛主持人说的两个词，回响在他的耳边：格拉赫腾和阿姆斯特丹。

阳光从薄薄的纱状云里柔弱地挤了出来，而这座城市现在还仍然处在一种明亮耀眼的扩散的雪光中。罗伯特恍恍惚惚、畏畏缩缩地又向前走了一段路。他听到远处有笑声和叫喊声，而当他走到最近的那座桥上时，他看到了运河的尽头，注入了一个宽宽的水面——那地方是港口泊船处还是大海呢？有一群穿着各色服装的人在冰上陶醉。滑冰者、恋人、儿童和狗，甚至还有一辆马车，大家都在上面冒险玩冰。这一切都表现出了一幅欢闹的图画。只有他又一次站在了一边，没有参加这个冰上狂欢。他仔细地观赏着这些人的服装，他觉得他好像不会被太深地推向过去的隧道里了，因为这些荷兰人——他现在完全可以肯定他们是荷兰人了，他们的穿戴与他他自己的穿戴基本一样：花色紧身上衣、肥大的过膝短裤、尖领上衣、毛皮镶边的大衣，只有帽子高一些，而且有些先生的是全黑色。

他走到近前，听到一个保姆好像正在责备一个小男孩儿。这又是一种他不会的语言啊！这种语言听起来有点像低地德语。个别词听起来几乎是英语，到处都能偶尔听到一句使他想起他的那点不能组成完整句子的挪威语。

这次新的不可知的旅程使他感到不要紧了。他一点儿都不感到累，正相反，他感到休息过来了，并且感到精力充沛，好像他没有把在燃烧的房子里

阳光从薄薄的纱状云里柔弱地挤了出来，而这座城市现在还仍然处在一种明亮耀眼的扩散的雪光中。罗伯特恍恍惚惚、畏畏缩缩地又向前走了一段路。他听到远处有笑声和叫喊声……

撞墙的辛酸事带到另一个世界来似的。他非常好奇，并对每次冒险都做好了充分准备，就是遇上这种陌生的语言，他现在也能结结巴巴地对付过去，何况这也不是第一次了。语言就像衣服，人们刚穿上新衣服时总是觉得不习惯或不舒服，直到人们后来越来越习惯为止；那么说，人们也应像对待衣服那样，对待一种陌生的语言喽。你经常出入于其他人中间，并且会突然感到已融入于他们之中了，是的，你几乎变成了另外一个人了。由此可以看出，罗伯特又要从头开始了，但他是不会感到害怕的。他已经对猜测、结结巴巴地说话和对他所听到的进行机械地模仿非常熟悉了。

一整天他都像白日做梦那样走遍了这个不认识的城市。这个阿姆斯特丹比斯特拉斯堡又活跃了许多，又富有了许多，又高尚了许多。东印度的驾驶员把船停泊在这里，他们载来了香料、丝绸和热带木材；来自北方水域的捕鲸船和运货驳船正在码头上从高高的货舱上卸货。沉重的箱子和成捆的货物被起锚机拉起放到滑车组上，并且消失在仓库里。在港口泊船处的那边，罗伯特惊奇地看到许多风车在转，这些风车可都是真的，看来不仅风光明信片上有！

内城的狭窄胡同里的活动更是令人倾倒。罗伯特穿着温暖的大衣从草药、蔬菜和生猪市场溜达过去。这一次他身上甚至有钱，古尔登金币和塔勒银币，这是他从亚尔萨斯抢救出来的。在一个货摊上，他买了一条烤鱼，并在大街上就着一块面包匆忙吃了下去。他碰到一些庄严的穿着黑色服装的先生，他们的脖子上都戴有巨大的重叠在一起的轮式皱领，这些人大概是商人或者是议员。在一个宽阔的巷子里，金匠和金刚石研磨匠们正坐在窗后弯着身子做活儿。一位拉比，头戴一顶棕色皮毛制品做的宽大的帽子，和他的侍从一起走过去。那些晒黑的年轻的学徒留着长长的鬓角，车辆从行人的身旁嘎吱嘎吱地驶过去，小商贩们吆喝着他们的商品，钟楼上发出组钟的叮当响声。乞丐、残疾者和乐师挤在了教堂的周围。

阿姆斯特丹是一个勤奋的城市，罗伯特对造船厂、吊桥和水闸感到惊奇，但给他印象最深的还是那些迷人的建筑。从远远的土堤那边望去，一条新的市内通航运河被开凿出来。高高的脚手架包围着即将完成的教堂和钟楼。到处都是建筑师、木匠、泥瓦工、屋顶工人和玻璃装配工人。

在一位叫达姆拉克的地图雕刻师的陈列窗里，罗伯特可以看到一幅城市地图。在这幅雕刻活泼的版画上，还有一幅巨大的阿姆斯特丹的套色平面图。从海边放眼望去，可看到整个城市和一段值得骄傲的文字：

全欧洲最著名的贸易场所
荷兰首都盛况
安诺·多米尼绘于1621年

"全欧洲最著名的贸易场所！"——一点都不谦逊，但也许是对的吧？现在罗伯特不仅知道他在哪里了，而且还知道他生活在这里的时间了。只有小小的十七年的差别！至此，他已经通过过去的坠落大门经历了完全另外一种坠落。

当天色开始黑下来，大街上的人们匆忙赶回家时，他放纵的心情才开始收敛下来。全城的人他一个也不认识，他也没兴趣向这么多水手客栈中的任何一个吐露真情，而且这些客栈里时而传出刺耳的连声号叫和喝醉酒的人嘟嘟哝哝的说话声。他还是从电视里认识妓院的，说实在的，他对此感到害怕。

他好像远远看见了那所唯一使他激动的房子，他从房子的内部认出来了：这是画家的房子，在错综纷乱的小巷中，他一点都没费劲地顺利找到了回那里的路。在月光下，市内的通航运河像一幅没有演员、没有观众的舞台布景那样显得格外宁静。在门前，罗伯特发现一尊表现公牛头的雕塑。他在漫游城市的过程中，就已经发现这里的房子挂的不是门牌号，而是人名，而且在门上的画像上写着大概的地址。他沿着小小的露天台阶走了上去，并且在一扇染成绿色的带有黄铜门环的门前停了下来。透过窗户他可以看到挂壁毯的大客厅和被装饰成圆柱式的壁炉。那里面该多暖和啊！那面大镜子在烛光的映照下闪闪发光，只有这家的居住者不让观看。

当有人在他身后向他发话时，他吓了一大跳。"Wa blieftii Mineer？"怎么听都像是一位妇女的问话声。他转过身来，面前站着一位四十岁上下的手臂上挎着一个沉甸甸的购物篮子的女士，她瞪大一双棕色的大眼睛疑惑地、但绝无恶意地看着他。罗伯特，他突然觉得有一种请人原谅的感觉油然而生。她用德语又重复了她的问话，因为她觉得站在她面前的是个外

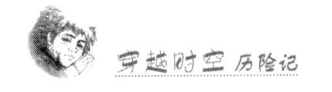

国人。

"我不愿打扰您,"他说,"但也许我在您丈夫身边可以开始当学徒了呀?这对我来说是最大的荣誉。也就是说,我想成为画家。"他脑子里怎么产生了这样一个主意,连他自己也说不上来。

这可不是一件那么容易的事情,这位女士似乎回答说。她看样子在思考,于是罗伯特急忙跑过去,接过来她手中沉甸甸的篮子。她笑了笑,从口袋儿里掏出一把沉甸甸的钥匙,并且把门打开一半的时候才说道:"也许你得进去,你自己向我丈夫说说才行,可以吗?"

罗伯特不知所措地待了片刻,这时这位夫人叫了一声"大卫!"于是,罗伯特轻而易举地知道了这位从陡峭的楼梯上嘎吱嘎吱走下来的大师的名字了。这是一位面色红润的肥胖男子,半秃顶,并且留着一脸络腮胡子,足有五十岁年纪。他略带不悦地询问他夫人,可罗伯特没有听懂,但她仍然作为译员在下面简短的盘问中帮助他们。

他来自德国,罗伯特解释说。遗憾的是他不会荷兰语,但他会拉丁语和其他几种语言。不,他拿不出自己当画家的阅历,只是在学校里学习一点绘画知识。但凭他那一双好眼睛和一个好记性,凡是他看过的东西,他就不会轻易忘掉。

大师倾听着这个看起来相当令人疑惑的罗伯特的讲述;他夫人看样子在劝说他。罗伯特听懂了他们一开始讨论中的几个词,例如"学徒"和"死了"等。这是什么意思呢?难道他们在说画中那个趴在长凳上调磨颜色的小男孩不成?在画室,罗伯特没有发现他的任何踪迹。他那么小就死了吗?也许罗伯特听错了?

谈话停了下来,罗伯特突然想起搭在他身上的那条小口袋。"如果先生收下我,我可以并且我愿意支付一笔像样的学费。"他一边说,一边掏出了他的钱袋,拿出几个金币给大师看。这一着,效果还真不错。大师眼睛一亮。大师的夫人轻轻推了他一下,但他总还是感到不满意。他拿了一枚硬币,把它放在灯光下,念了念上面不熟悉的文字——原来是一枚1630年的皇家古尔登。他摇摇头,然后把它放下,但令罗伯特感到特别惊奇的是,他又拿出来放在牙齿中间咬了咬。这次检验的结果看起来使他满意了,因为他点点头,并且说:"Ik wil het met hem proberen, Wij zullen zien."

罗伯特松了一口气,他明白了。大师与他握了握手,向他夫人说了点什么,然后又消失在楼上了。

"他刚才是说,"她说,"他总是这样态度生硬,但他并没有恶意。其他一切,他说,你与我商定。顺便提一下,我叫阿格尼塔。你将在第一年支付十五古尔登,第二年十个,第三年五个。为此,你在我们这里膳宿,并在圣卢卡斯行会登记一下。那么,明天早上我拟就一个契约,直至你满意为止。但现在你跟我去厨房!你一定饿了。"

罗伯特就这样又一次得到了一个新的职位,这他没有料到。他几乎对他的幸运而感到吃惊。第二天早上,当有人在他的位于后排房屋的一间小房间里敲门叫醒他时,外面还漆黑漆黑的呢。原来是女厨工,她把一件粗糙的亚麻布衬衫和一个绿色的围裙扔到他床上。他自己的衣服已经送洗衣店去洗了,因为这位家庭主妇容不得半点脏衣服,所有的东西都必须光亮如镜。家具上不许有灰尘,不许让色斑损毁地板的美观。这里的人们必须早起空腹去干活儿,罗伯特必须打扫干净院子,把没完没了的许多成捆的木柴搬到屋里去,并且要整整齐齐地码好。直到九点钟才开始吃有奶油面包、奶酪和啤酒的早饭,然后是一个旧货商推着他的板车出现了。阁楼储藏室要腾出来,罗伯特的下一个任务是把那些破烂打成捆,并且用挂在山墙屋梁上的绳子捆起来,然后小心地送到大街上。这样一来,他就没想起学绘画的事。

中饭前要唱赞美诗,并且朗读圣经里面的一篇经文。他是一个做得很好的虔诚的耶稣教徒,在没有祷告之前,一口东西也不吃。这里的人吃饭也用手指头,完全像在拉多米尔和他在亚尔萨斯的团伙里一样。在厨房里,罗伯特虽然看到了大肉叉,但在饭桌上人们仍用匙子和刀子。晚饭总是只有粥、粥、粥。感恩祈祷后,阿姆斯特丹人天一黑就上床睡觉了,大概是为了省油吧。

外面已是冰雪融化的天气了,天气阴沉而且有雾,连绵不断的蒙蒙细雨把牛眼形窗户玻璃遮蔽起来。罗伯特咬紧牙关,但他没有骂天。他应该高兴的是,他这一次又找到了一位在困境中帮助他的人,严格地讲,他从一个困境中跌跌撞撞地走到另一个困境中已度过了去年整整一年的时光。

他不习惯在他看来似乎像这里的风俗似的日常生活。如果他一擦黑儿就上他那张狭窄的小床上去睡觉，他怎么也睡不着。除了那本荷兰文圣经，他没什么可读的。借着一支残烛的光线，他拿出了那张皱皱巴巴的照片，并且端详着他朋友的面相。一股使人憔悴的思念之情袭上心头，他不仅想起了拉提博尔和他妈妈，而且还想起了家里的浴缸、他的电视，甚至还想起了地铁和超市。所有的一切，凡是这里没有的，都一下子没完没了地非常宝贵地出现在他的面前：纸币、白炽灯泡、巧克力冰淇淋……但他首先惦念的还是他自己的那张像天堂一样可望而不可即的床。

大师迟疑不决地给他几块海绵和两块调色板让他清洗干净，但这项工作罗伯特必须在厨房冲洗处完成。两周后，他才第一次被允许踏进最神圣的地方，自然是穿着拖鞋了，因为阿格尼塔把画室保持得非常干净。如果小西班牙狗进来时在地上留下它的小爪子痕迹的话就得赶快给擦掉。工作室是这所房子里最明亮的地方，尽管太阳现在又照射进来了，但它从没有直接照射到屋里去过。罗伯特想起了老温齐格尔说过的一句说：一个注意自己健康的画家，一定在背光下工作。

现在他终于被允许观看他师傅是怎样开始工作的了。他坐在画架前，紧盯着上面用一个衣夹夹着的一张钢笔画。版画上可以看到一张大桌子上放着一些有把儿的罐子、甘蓝叶球和一只宰杀好的公鸡。一位围着白色围裙、戴着白色小帽的非常年幼、非常吸引人的女仆呼之欲出地紧盯着观察她的人，并且用尖尖的手指头把一条拴在丝绒线上的鱼提得高高的，好像是问，晚饭是否要烤鱼吃。这幅画有点表现她卖弄风情的一面，罗伯特真的不知道，他对这位姑娘的挑衅性神色抱以什么态度？

画家已经在这块大号的涂抹成苍白色的栎木板上完成最后的签字手续。对大体完成的女仆和鱼，他还要进行一些艺术想象。特别是那条鱼，它的金光闪闪的鱼鳞用黑色的背景衬托出来，它的红色镶边的眼睛看上去像活的一样，使罗伯特这个小观众感到不寒而栗。

画家没有给他更多的时间沉浸于画中，他让他坐到背后的那条窄小的长凳上去，罗伯特不得不将就着坐在那张从前他的前任坐的低矮的桌子前。后来罗伯特知道他的前任遇到了不测，阿格尼塔针对他的固执的问题说出了真情。"他叫格尔伯·布兰德，"她说，并且又为她的小不点儿哭泣起来。格尔伯·布兰德总是喜欢坐在那里，罗伯特对小男孩的不测感到惋惜。"他没有长时间地

画家已经在这块大号的涂抹成苍白色的栎木板上完成最后的签字手续。对大体完成的女仆和鱼，他还要进行一些艺术想象。

受苦，一周后我们把他安葬了。"

没有什么东西能比得上大师把一个干净的手工艺工具挂在心上了。大卫向他解释秃笔、尖笔和装点笔的区别，让他看细小的貂毛、松鼠毛和熊毛，用手指头感觉坚硬的猪鬃，并指给他看装有斯特拉斯堡松脂精的瓶子。然后他又喃喃自语地回到他的画架前，把肘支撑在画棒上，不再理会一直把毛笔涮洗得不在纸上留下任何色迹的罗伯特了，而是继续画上他的画儿了。

当大卫终于把研磨上等颜料的活儿交给罗伯特时，他感到很自豪。大师拿出一个小时的时间跟他讲解颜料的研磨，并且怎样把小小的水晶状的矿物碎块儿在研钵里捣碎做给他看，然后用磨盘，一块非常适手的平面石头，在一块抛光的木板上蘸着清澈的水研磨了一个多小时，这可是对耐心的真正考验。当研磨的粉末儿刚一干时，就必须放上新的东西一起研碎，这一次放的是油或者是一种可溶解的胶。当罗伯特学会如何处理褐色的土地和绿色的土地时，他才注意到这些昂贵的颜料：胭脂红、藏青色、孔雀绿。这些颜料的某些物质含有毒素，为避免吸入这些粉末，学徒们不能触摸嘴和鼻子。捣碎颜料时不许用力过猛，也不许捣得太细小，以免结晶体不能有效地保持其亮度。做好的颜色，即每天新调制的颜色，在大师没放在调色板上之前，要装在小杯里或贝壳里保管起来。他还指给罗伯特看一个装有透明的深蓝色的矿物质的容器，它对一个学徒来说，显得更加宝贵。大师告诉罗伯特，不允许他触摸这个小瓶子！天青石里含的佛青，是所有颜色中最华丽的颜色。

"Kostbaar。"他说，这不太难懂。总的来说，罗伯特觉得荷兰文容易。他马上确信，荷兰文的大多数词与德文很相似，如 rood, groen, geel, bruin, blauw, wit 和 zwart，这些都不成问题，就是 penseel 和 tekening 也能较容易地破译出来，只是对喉头发出的奇特的嚓嚓声刚刚习惯过来。这里把一位画家说成 een schilder，把一张画说成 een schilderij，但要把 sch 可以说在某种程度上发成叹气的声。

有一次出事了，罗伯特把一个盛有黄色铅锡颜料的碟子碰翻了。大卫大发雷霆，他的面颊更红了，他像一个雇佣兵那样大骂不止，最后把他的徒弟赶出了画室。罗伯特跑回了厨房，当画家夫人走进厨房时，他一看见她便知道她已经知道这事了，因为她手里拿着一块沾满黄色斑迹的抹布。

"唷，罗伯特，"她说，"怎么了？他为什么那样厉害地责骂你？"而当罗伯特默不作声时，她又说道："这可能是你太不用心了。他是一个爱发怒的圣诞老人，我对此有亲身体会，但从根本上看，他还是一个好人。"为了安慰他，她端来一盘苹果、坚果和甜饼干放在罗伯特的面前。

"顺便提一下，他总是装作一点儿德语都不懂似的。他不想犯任何错误，因为他对所有的事情都那样认真，不仅在画画方面。你说呢？"她换了一个话题，并且看了一眼此时正在回忆起莉亚的罗伯特说，"你在德国的日子过得到底怎么样？那里可能也是一片荒芜吧，这场战争看样子可没个头儿了。"

罗伯特向她讲了他的冒险经历。"我必须注意，"他想，"我不能把时间搞乱，不讲根本没有开始的未来，也不在这个如此善良的女听众面前提起直步青云当强盗的事情。"

"我们在阿姆斯特丹，谢天谢地，已有十二年的安宁了，就是近几年也没有发生太多的事情。不过，大卫小的时候可没那么轻松，因为他出生在佛兰德，西班牙人在那里凶狠地打人。谁敢自卫，他们就打死谁，或者是被血腥的法庭吊死、五马分尸和烧死。绝大多数耶稣教徒仅仅是因为信仰而被抢走全部家产，许多人被驱逐出国，大卫也和他的父母一起逃到了荷兰。"使罗伯特感动的是，她将这些秘密告诉了他，从此他也明白了他师傅为什么不是一个乐观的人了。

直到大卫准许他拿起抹刀或使用毛笔时，已是春天了。他首先教给罗伯特怎样在栎木板上打底色。把白垩混合于变稀的胶中，再放点铅白，薄薄地有效地涂上许多层，待干了以后，用一把湿木贼磨掉，然后反复重复以上全部过程，直至表面光滑、苍白为止。

但下一步才是真正开始作画的时候。四月份，大卫从他的皮包里拿出一个铜版画，给他徒弟一张纸和一支黑色粉笔，让他描绘这块版画儿。画的下面有两行凸起的精美文字：

为丢失的儿子回来而接风
博儿内里斯·德·海恩作　阿德里安·菲斯海尔雕

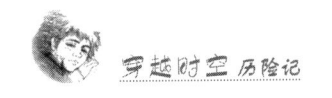

这个题目罗伯特觉得面熟。老温齐格尔不是拿到美术课上一块类似的铜版画吗？他在版画儿最上面的一个小标签上读到用极小的字体写的一些文字：

因为我的儿子死了，现在又活了。
请再查阅路加福音第十四章。

这时，他又想起了圣经里面的那个故事：说这个儿子不愿在家待下去了；说他在外国快乐，直到把钱花完为止；说他最后饿的时候，却羡慕母猪吃的东西；说他后来羞答答地、衣衫褴褛地回到家；还说他父亲高兴得不得了，给了他所有他想要的东西。那些老大师们看样子都特别喜欢这段故事。

罗伯特仔细地看过版画，然后把它放在一边，就开始描绘起来。大师皱起眉头，并且说："你必须始终把原稿放在眼前，傻瓜！"但这件事他搞错了，因为罗伯特不需要被复制的原件。大卫困惑不解地看着他的学生用记忆复制这块版画，直到最小的细节他都看：两个女仆给这个衣衫褴褛的儿子拿来缎子的紧身上衣和带银扣环的鞋；一旁的奴仆们正在为宴会宰杀乳牛；穿着宽松大衣的父亲拥抱他的丢失的儿子，甚至还有在背后跳舞的客人和两只站在花园墙上的孔雀……

罗伯特完成的这幅画，算不上独特的艺术品。人物形象显得僵硬，小乳牛的脑袋长得特别特别的大，而版画上轻柔的云像一幅沉沉的白色帘子挂在天空上，令大师感动的是，这并不是罗伯特的真实描绘，而是他的记忆的画作。"啊！"罗伯特说，"我看一眼就够了，我可以记住所有的东西。"

"这对你有非常大的帮助，我的年轻人。因为艺术贵在人们认识他的模特儿，并且竭力仿效他。"他拿起笔，在罗伯特的画上涂了几笔苍劲有力的线条，使原来失败的轮廓可以清晰地看出来了。当天下午，大卫还用钥匙打开一个柜子，指给他看里面藏起来的宝贝：一垛铜版画、充当原件的草图和手绘图、用龟甲或雕刻品装饰的画框，以及两幅已完成的画儿，这是他作为收藏而画的。这两幅画表现的都是些精美的食品，可在画家家里的桌子上却从未摆过这些东西：橙子、无花果和又大又红的蟹。真让人奇怪，罗伯特想，这个人的生活是那样简朴和节俭，而他画上的东西却又是那样奢侈。

　　当天晚上，罗伯特在睡前拼读起阿格尼塔放在房间里的那本荷兰文圣经，他很快找到了他要找的位置，路加福音第十四章、第十五章。"于是他动身到他父亲那里去了。但当他从远远的地方走来时，他父亲看见了他，非常同情他，向他跑过去，拥抱他、亲吻他，并对他的奴仆说：快给他拿来最好的衣服，给他穿上，并且求他把戒指戴在手上，把鞋穿在脚上；拉过来一头合适的乳牛，把它宰了。让我们吃，让我们高兴。因为我的这个儿子死了，现在又活了。"

　　如果罗伯特回家的话，他父亲也同样会高兴的，父亲质疑他平白无故的离开，他一定去做更重要的事去了。但这是一个美好的故事，如果人们没有别的什么可读的话，读读圣经也是非常不错的。

　　从此以后，大师便认真对待他了。耐心地给他讲怎样把颜料放到调色板上，怎样拿画笔；教给他熟悉亚麻子油、蛋黄和树脂；让他观看他是怎样安排草图和着底色的，并且向他透露上透明颜色的秘密和投下光线及阴影的秘密。他总是像往常那样沉默寡言，但罗伯特觉得他对他产生了无可置疑的谨慎的信任。几周以后，他让他第一次描绘一处他在画上作的草图。罗伯特咬住嘴唇，抱着意外惊喜的心情，紧盯着大卫最下角用铅笔给他勾画的一块土地，并且全神贯注地画起来。大师点点头，并且用几笔飞速的笔法修改了几个地方。"明天，"他说，"我想带你去行会，把你介绍给大家。"

　　这是六月的一个风和日丽的天气，他们上路了。罗伯特穿上他在亚尔萨斯搞到的最好的衣服。它看上去不再像以前那么鲜艳挺括了。阿格尼塔把衣服上的开口处缝上，并且换了一个领子，致使罗伯特看上去不再像一个雇佣兵了，而像一个地地道道的阿姆斯特丹公民了。

　　在去圣·卢卡斯行会的路上，他师傅突然骂起街来。但他绝不是向他的徒弟发泄自己的愤懑，正相反，他几乎像跟一个老同事那样跟罗伯特说话。画家行会也不再是原来的行会了，它不对到处都泛滥的不正当竞争采取一些措施，反倒让那些头头脑脑们对所有的东西都感兴趣。如今却允许任何一个胡乱作画的人在交易会和定期集市的货摊上兜售他们的商品。甚至连那些拙劣的画家都试图把他们的东西用作中彩奖品推销出去，更别提那些从布拉邦特进口便宜画儿的商人和前不久拥到阿姆斯特丹的许多外国人了。

　　罗伯特在心里胆怯地插一句，大卫本身也不是这里的人，他怕西班牙人找到他并发现他，才逃到荷兰的。但这时他师傅突然停在了路中央，并且大声骂道："我是一个有名望的人，我获得这个城市的公民权了！丹麦国王陛下买我的画！他给我六十八个古尔登！"当他再次平静下来时，他向罗伯特讲了一些有关颜色的区区小事："最不值钱的蓝色冒充硝酸银棒骗人，因为它不与一种叫弗迪格里斯的颜色相配，而到最后却完全变成了浅黄色。这一点都不稀奇，绿色爱退色，蓝色爱渗透，这样一来，画上的树叶看上去往往好像天上落下来的无脂肪的牛奶！"

　　当他们刚一走到新市场的老天平雕塑时，大卫又摆出了他一贯严厉的面孔。行会的房子是一所古老的建有五个尖屋顶的防御性钟楼，每个行会都有他们自己的入口处、他们自己的集会大厅。每个画家的门上都画着长有公牛头的圣·卢卡斯。绝大多数会员都已经坐在他们的长凳上了，罗伯特必须坐在最后面。对于庄严的开幕词他绝大多数都没听懂，一个小时后才轮到他师傅讲话。他向大家介绍了罗伯特，于是他徒弟的名字被登入了行会登记册里。为庆祝这一天，大卫请他吃鱼，甚至还送给他两个古尔登，放他半天假。

　　几周以来，罗伯特没走出家园半步。终于有一天，他被允许有几个小时的外出逛荡时间。他从很有气派的海军部宫殿前走过去，并且观看一番配备有军舰的军火库前的热闹景象。在港口胡同里，一些在那里拉客人的轻佻的姑娘们跟他攀谈。在市中心的罗金主街道上，他从手持长柄斧的门卫鼻子底下溜进了交易所的后院，证券商人们在这里吵吵闹闹地报出他们的行情。这座巨大的建筑跨在一条小河上，小河在石块铺成的路面下面消失，又在交易所的后面出现。罗伯特看见一条载着蔬菜和鲜花的小驳船从黑洞洞的拱顶下驶出来，于是他大声向船家问好。然后他越过辛格尔，向黑伦市内通航运河走去，并且观察了一阵子在脚手架上工作的建筑工人，他们在为东印度公司的上层贵族官员、银行家和富有的军火商建造豪华的住宅。

　　在河的另一边的大杂院里却十分宁静，只有几个上了年纪的妇女在极小的房子前打毛衣。在一胡同之隔的拉斯弗伊斯胡同，人们可以通过一扇敞开的大门看到院子里面，原来是一所监狱。一个犯人躺在一个木刑具里，两个捕快正在用小树枝抽打他，其他犯人站在工作台前，用沉沉的粗齿木锉来来回回不停地锉树干。他问一个看守，他们在干什么，看守告诉他，他们要把巴西木磨成红色的粉末，这种粉末，他说，是印染行业的一种很好的原料。真不简单，阿姆斯特丹人是怎么想起来把奢侈与恪守道德准则、宗教与卖淫、兴趣与处罚统一起来的呢！

对罗伯特来说，今天是一个美好而又有收获的一天。尽管他有些不满意：因为上课很辛苦，且看不出结束的那一天，虽然大卫看起来对他很满意，但罗伯特却不抱任何幻想。他从未想过赶上他老师的卓越的技能。对于学画，他有些浮躁，也许还缺少一些天赋。什么鱼身上的光泽、什么中国瓷器上的珐琅、什么女仆眼睛里放射出的诱惑的光芒——这一切看来他都做不上来。就连在花菜的孢子甘蓝孽芽上往里涂上几个淡黄色的斑点他都完成不了。那么，他究竟在这个忙碌的阿姆斯特丹丢掉了什么呢？晚上，他在他的狭窄的小床上翻来覆去了好长时间，最后带着这个不愉快的思绪入睡了。

就在这天夜里罗伯特竟然找到了回家的路，这个想法是他在睡梦中想起来的。他从来就没进行过这种单纯的思索，梦就这样轻车熟路地开始了。罗伯特站在教室的门前，生物课开始好长时间了，他迟到了。"你去哪里了，罗伯特？"科尔恩博士夫人问，她拿着燃烧的火把，并且准备向他扔去。全班同学都转过脸来，幸灾乐祸地看着。只有忠实可靠的拉提博尔突然跳起来，并且呵斥老师把火把放下来。

罗伯特尽可能快地向楼下奔跑过去，并且在石板铺成的楼梯上绊了一下，最后他终于冲了出去。后来他突然躺在一个担架上，并且被一条白色的毛巾盖着，两个卫生员把他抬到一辆停在门前并且闪着蓝光的急救车上，他急忙被推了进去。车内非常刺眼地白，他失去了知觉。当他再次醒来时，他觉得空间在收缩，他像胎儿一样在雪白的墙壁之间弯着身子蹲在那里。这个小小的房间里冰冷冰冷的，而且他还听到了声音不大的嗡嗡声。他觉得他坐在一个冰箱里了，因为门上有塑料格层，里面盛着芥末膏、奶酪盒和几个鸡蛋。他撞开冰箱门，顿时热泪夺眶而出：原来他在他父母的厨房里！这里的一切看上去就像以前一样，壁橱上的太阳光线、坐着锅的炉灶、阳台窗户上的百叶窗，甚至厨房里的钟还仍然指在九点差三分上。但非常蹊跷的是，他看见他自己穿着那件旧蓝色亚麻布夹克衫，坐在电视机前巴台式桌子旁边的凳子上。只是这位罗伯特第二的手里拿的不是火腿面包，而是拿着一支巨大的正在往地上滴红色墨水的毛笔。这红色墨水是什么，不会是血吧，不会是他自己的血吧？罗伯特害怕了，他反正不能见血。

　　他浑身汗淋淋地从梦中醒来。但他刚一醒来就意识到他在哪里了——在画家的家里，在阿姆斯特丹，在1621年的夏天，这时他也已经知道，他该干什么了。是的，他要画他自己的厨房，完全一模一样，丝毫不差，就像他看见的一样，每一个盘子，每一个抽屉，还有煮咖啡机，甚至屏幕上闪烁着黑白片的西伯利亚大街的电视机。这很难，太难了，但这是他唯一的出路。

　　几个星期以来，他都焦躁地等待着有利的时机。他内心焦躁得直发抖，但他竭力不让别人看出他内心的活动，而是极其细心地倾听师傅此时让他临摹一幅小画儿的教诲。罗伯特总是回过头来涂抹一个画坏了的地方，或者来来回回地涂抹一个有缺陷的部位。然而，从根本上看来，浮现在罗伯特面前的不是原件上的教堂和玻璃，而完全是另外一个题材了。

　　这已是九月初的事了，他师傅要外出旅行了。丹麦国王的阿姆斯特丹代理给他搞到一个赴哥本哈根宫廷的邀请函，而大卫则希望从此得到一份新的订单。恰巧在同一时间，阿格尼塔夫人被邀请去梅歇尔恩近郊她亲戚家参加一个儿童的洗礼。罗伯特和女仆必须长时间地看管这个家。他们被告诫说要厉行节约，并叮嘱他们千万注意，一定要小心周围的火，保持房间整洁干净，尽职尽责。然而，当师傅和阿格尼塔分别刚一坐上去郊外的旅游车和乘上去哥本哈根的多桅帆船，罗伯特就占有了画室，他从贮藏室拿出一块上等的栎木板，坐在画架前，开始勾勒他的厨房。女仆不敢问他在干什么，她高兴的是，他不打扰她，而且也不关心她，如果她通宵不睡的话，他也不管。

　　事实上，罗伯特想，师傅对他是满意的，因为他认真地运用了他所学的理论，研磨颜料，在栎木板上打底色，用黑色铅笔勾画草图；现在厨房的样子非常清楚地出现在他的脑海里，并且好像一张照片浮现在他的眼前，他非常成功地勾画出了厨房的草图。而当他开始描绘时，他才立刻感觉到，这是一个非常费劲的力气活儿。罗伯特除了用实线条一层一层地描画外，还必须不停地擦、刮、涂，然而太阳照在壁橱漆面上真正有光泽的小圆圈的效果还是出不来。

　　罗伯特在工作室里度过了整整一天，他连吃饭的时间都忘了。尽管他已经下了很大的工夫，但他的作品仍然使他觉得很拙劣。但重要的是，他完成的厨房静物画能与大师的绘画相比吗？不，仅仅在真实、精确，直至最小的细节方面就不能比。另外，他也不能忘了汤勺，还有几周前他在梦中曾蹲过的那台冰箱的冰箱把儿！巨大的指针精确地停在十二点前的三条线上。

　　但他拿他自己怎么办呢？他要把许多想象中的记忆图像画到版画上，这可是关系到他自己的面孔问题。看他的神情，他好像没么容易就把自己给记住。也许他要拿一面镜子帮帮忙？或者干脆也来个背影？他当时就那样闲坐着，漫不经心地懒洋洋地坐在凳子上，眼睛瞄着电视屏幕，手里拿着火腿面包，多半杯冰茶放在酒台上，他不允许自己画错一点儿。

　　他全神贯注地画上一块火腿，粉红色的火腿肉从半个小面包的中间露出来，黄油上满是黄色的小斑点。他一开始干就成功地画上了大黑壳子的电视机和发光二极管发出的极小的光，只是屏幕上的图像使他犯了难，人们把这个东西叫放映机，也不无道理。他不得不使用最精细的貂毛画笔和放大镜的帮助，用了数小时才画出许多灰白色的线条，这些线条以细微的差别显现出一条被大雪覆盖的街道的图景。

　　甚至在星期天，他也努力地继续画下去，尽管在虔诚的阿姆斯特丹人中有男子汉这天干活儿被唾弃的说法，他也顾不得了。晚上，他点上了好几个蜡烛，这是他师傅由于害怕着火而严令禁止的。他非常聪明，每当他去睡觉之前，他都把他的画放到一边，把所有秘密工作的痕迹都消除掉。

　　阿格尼塔第一个回来了，她满载着亲戚们在上路时送给她的好东西：一只鹅，一只圆形乳酪和各种各样的来自南方的美味食品。

　　"到我师傅回来时，我一定要把他交给我的复制品搞完，让他看看我在他离开的这段日子里并没有饱食终日。"在这种借口下，他在工作室里度过了整整一天。阿格尼塔几乎差一点儿逮住他一次。但他是那样狡猾，每当

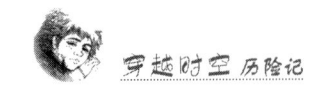

她来到他的画架前,他都飞快地把他自己的画换下去,手里总是拿着那张没有全部完成的复制品。画家夫人也许感到有些寂寞,只想与他聊一聊,但几分钟后她只好独自离开,因为她发现他有些不耐烦,脑袋里只想着他的工作。

厨房几乎快画好了,他没发现缺少什么东西。虽然不缺什么,但那些玻璃杯上还应来点儿反射光,阳台上的百叶窗还显得特别不灵活。对画的立体感,罗伯特还仍不满意。但时间太紧了。大卫随时都有可能回来,白天也变得越来越短了,况且现在阿格尼塔在家里,他不敢晚上点着蜡烛修改他的画。她也许很快就会识破他的诡计。"现在或者永不……"罗伯特自言自语地说。

他坐在他的画前,鼓起了他的全部勇气,开始揉他的眼睛。他似乎觉得自己不在这个地方了。他感到高兴的是,另一个罗伯特,在画上的罗伯特向他转过身来。这个罗伯特该是怎样看着他的呢?——毫无所知的,嘲弄的,或者是责备的?他想象着阿格尼塔,她是怎样在家里家外找他,在大声呼喊他,到最后只能断定他不留痕迹地永远消失了。大卫更是着急!他回到家里,急忙来到他的工作室,于是他在那里发现了什么呢?一张油画。上面看到的全是些捉摸不透的东西:一台咖啡机,一只电子表,一台冰箱和他逃跑的徒弟罗伯特,他在一个小凳上懒洋洋地坐着,紧盯着一个黑匣子……

罗伯特马上赶走了这种想象,他试着把注意力集中起来,他擦眼睛,擦眼睛,禁不住泪水流了出来。什么事都没发生,罗伯特还在,他在那里。他不会在空中翻着跟头倒退到他自己的时代、他自己的城市、他自己的厨房的!失望使他觉得心窝里好像挨了一棒。他做错了什么呢?他找不到答案,他数星期之久的辛苦白费了。

直到我生命的终结,他想,我都将作为画家在荷兰勉强维持我的生活——一位中等水平的画家对此竟连一幅描写正常使用的、就像真厨房正常使用的画都没完成。

他含着泪水把他的拙劣的作品藏在了储藏室薄木板的下面,转身与同样受打击而坐在厨房里的阿格尼塔做伴去了。她问大卫是否在旅途中遇到了什么事情,因为他迟迟不归,并且也听不到他的任何消息。

这天晚上,罗伯特又陷入了苦思冥想之中,又想起那个产生解救自己办法的梦和警卫之间的事了。梦中的画上缺少的不是一把切面包的刀，而是他自己。他把罗伯特画错了，那个罗伯特在阿姆斯特丹的床上翻来覆去睡不着。两年过去了。从此以后他就结束了他那个不情愿的流浪生活。他被高高地射向天空，并且看上去比现在长大了许多。这可是一个致命的错误。他必须画年轻点儿，年轻两岁，要完全像消失时那样回到家里。

大卫有一次告诉他，如果一个画家在打好草图以后发现在结构上有差错必须要改正的话，那么，这个画家把这个差错叫什么呢？叫 Pentimento——涂盖，这个词的意大利语的意思是没有其他任何东西能比得上后悔。罗伯特不愿在这方面犯这种错误。

但当他在冒着失败的风险进行一次新的尝试之前，他师傅回来了，他的长时间的并且卓有成效的旅行使他感到激动和愉快。国王的恩人证明自己是艺术的真正爱好者，并向他保证给予高度重视，明年肯定会有一个来自丹麦的不错的订单。阿格尼塔对她男人的回家感到快乐和幸福，只有罗伯特如坐针毡。他现在，在师傅的严厉的目光下，他该怎么继续画下去呢？

他很快发现，罗伯特不是原来的样子了。"这是怎么一回事儿呢？"他问，"你显得疲倦，对于那张我给你涂抹的复制品，你可没下多大工夫。你知道，你是怎么出现在我面前的吗？是心不在焉的。我问你，我不在家的这些日子里，你都干了些什么？"

他是对的，他拿罗伯特没有办法。他只想怎样才能尽快地回家，当时他的教师明显地妨碍了他。大卫看来已觉察到罗伯特的秘密行为和私下的盘算。有一天，他派罗伯特到颜料小商贩那里买点粉笔和亚麻子油。当罗伯特拿着他买的东西回来时，大卫满脸通红地站在大客厅里质问他，他手里拿着一个纸片在他鼻子前面晃了晃。"这是什么？"他吓人地问道。罗伯特立刻看到了拉提博尔的那张皱皱巴巴的即显胶片照片，他已经担心他师傅在储藏室找到了那张厨房画。但没有！他师傅只是在罗伯特的房间里窥探一番，看他徒弟在他不在的时候想干些什么。他当时偶尔撞上了那张照片，他现在拿着它对着他的徒弟，好像他犯了罪似的。

"这是我德国的朋友拉提博尔。"罗伯特说。但他师傅做了一个怒气冲冲的手势，对他的回答置之不理。"这是谁画的，怎么画的？"他叫喊道，"这不是这个世界的颜色！你想用它来骗我，画上的这个恶鬼似的大怪物是你的朋友？"

罗伯特不得不承认，拉提博尔头戴钢盔，手戴一副制服手套，腿绑护膝，看上去有点像自然科学中虚构的形象。但他怎么才能向十七世纪的荷兰人解释他的朋友穿的是一般的运动服呢？

"喂，看这里！"画家吼道，"我把这张画儿剪开，看看它背面的黑色涂层是什么东西。你看见从里面流出来的是什么东西了吗？是一种令人厌恶的闪光的汁。这不是绘画艺术，这是邪作，炼金术，掺毒术！我这就想知道，你是从哪里搞到的这张画的？"

罗伯特结结巴巴地向他保证，这张画是他在亚尔萨斯认识的一个男人送给他的礼物，他自己也不知道人们是怎样做出来这样一种画的；而他朋友穿的服装可能是一种甲胄，为防护给这个地区带来不安全的克罗地亚人的刀砍和枪刺。

他的老师不相信他的话，这张照片看样子冒犯了他。"它看上去总是那样闪闪发光的，"他喃喃自语地说，"但画功也非常不好，好像是一个骗子画的。"

"那我们就把它扔了吧，"罗伯特提议道，尽管他因丢掉这张照片而会感到难过的。但也暗自对马上见到他朋友的希望并没有破灭，所以当大卫带着一声不友好的幸灾乐祸的笑把那张即显照片扔到炉火里时，他脸上毫无任何表情。"你留点神，我的朋友，"他说，"如果你不好好干的话，你别想在我这里待久了。"

罗伯特觉得，时间在他身边逃走，他无法去涂抹他自己的画，只好在老师严厉的目光下又开始制作复制品了。但不论他费多大的劲，那些小静物画上的玻璃杯看上去总是不透明，模模糊糊，而且上面的桃子也缺乏原件上固有的那种柔美。他开始走神儿了，因此他一个错接着一个错地出，直至整个画儿都给毁掉了，最后被大卫怒冲冲地夺走了。

"我把你看错了，"他说，"我曾想，你一定能成为一个有出息的人，但现在看来你一点儿耐性都没有，思想也不集中，你永远也成不了一个好画家。"这话听起来让人伤心，真是宁可听他发怒，也不愿听他这段话语。罗伯特感到内疚的是，他使老人的希望破灭了。就连只要老师苛求他时就站出来保护他的阿格尼塔也疏远他了。她不喜欢罗伯特不和大家一起做祷告，还有念完圣经后在吃饭时一声不吭地独自一人走神。她是对的，他无法让人忍受。

　　生活就这样一直过到最后的十月天。天气早早就黑了下来，老师在下午时分就把画笔放置在一边了。他显得闷闷不乐，并且不再给罗伯特布置高要求的作业了，而是像学徒时期的最初那段日子一样，只是让他磨磨颜料，清洁清洁调色板，涮洗涮洗画笔什么的。

　　就是罗伯特的耐性也到了极限。在一个星期天的早上，当全家都还在沉睡的时候，他轻手轻脚地走进了画室，从隐藏处拿出了他的厨房画，开始工作起来。他非常清楚，他把所有的一切都孤注一掷了。由于害怕和兴奋，他的心都快跳到嗓子眼儿里了。

　　他首先涂抹他自己，一开始他没有把自己的轮廓线画成功。比例不对，他当时是那样的小！他把亚麻布衬衫的断断续续的白色涂抹得太厚了，导致原来的轮廓线看不出来了。还好，这不过是一个背影，至少他当时的脸可以省下来不用画了，而且，他也想不起来了。最后，他画他的鞋，并试图把长筒袜子的样子尽可能好地呈现在画面上。

　　画儿差不多完成了，这一次他一点都不想碰运气。所以他仔细检查那些还不够清楚的地方，他描描百叶窗的线条，给盛冰茶的玻璃杯加点金褐色，完善一下地板瓷砖的样子，他忘我地埋头于他的创作之中，这一回他完全成功了。那时，好像有只无形的手把着他拿画笔的手作画一样。他后退一步，仔细观察着他的作品。啊，非常正确。他捕捉到了他当时启程的瞬间，甚至连烤面包电炉上最后的太阳照在上面的小圆圈都捕捉到了。只是那个地方，在酒台上，电视机前面，还少点儿东西，一件小东西。他眨着眼睛，促使自己回忆起来。是个红色的东西，长长的，不属于厨房里的东西。手套！一只长长的丝绸手套，他母亲在告别时忘在那里的，就是它！

　　他由于高兴而不顾一切地拿起画笔，把它浸在盛有鲜红色茜素红漆的钵中，并且正要拿起使用时，出事了。

　　"你在干什么？"原来是老师由于生气和愤怒而颤抖的声音。罗伯特转过身来，看见大卫站在他面前，他穿着睡衣，把手握成拳头，张着嘴，用不信任人的眼光紧盯着画板。罗伯特给吓坏了，他的手指僵硬地一个都不会动了。

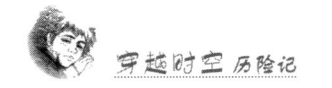

他抬着拿笔的手站在那里，心里只有唯一的念头：一切都完了，一切都白费了，我永远也出不去这个地方了，我被抛弃了……

泪水冲进了他的眼睛里，他看不见他老师了。他在不知道他干什么的情况下，把身体转向他的画，当他继续画下去，并且把缺少的手套补到那个油光发亮的渐渐从他眼前消失的平面上时，那里却出现了另一个年轻的罗伯特，正盯着闪烁的屏幕。后来他什么都看不见了，也什么都听不见了。他不在这个地方了，他消失了。

他抬着拿笔的手站在那里，心里只有唯一的念头：一切都完了，一切都白费了，我永远也出不去这个地方了，我被抛弃了……
　　泪水冲进了他的眼睛里，他看不见他老师了。

结束语

　　这种眩晕的感觉，这种在大脑、在深深的眼睛后面的短暂的气旋——他都体验过了，这对像罗伯特这样一个人来说算不了什么新鲜玩意儿了！

　　但不，这一次全都不一样了，这一次罗伯特知道他在哪里了。不在什么沙漠里，不在战争中，也不在某个公主的卧室里，而是在自己的家里。这一次他由于轻松、由于高兴，而可以号叫，可以呼喊，可以蹦高了！

　　因为这里的一切完全与以前一样，与他长时间的流浪之前一样，一模一样的，就好像他根本就没有被推到过去的时代里。这是他的凳子，他懒洋洋地坐在上面；这是他的冰箱，它正在启动着。厨房使他觉得那样地暖和，那样地熟悉，跟真的一样啊！在他的电视机上闪烁着同一个黑白影片的画面，跟当时一样……但罗伯特不往屏幕上看，不揉眼睛，不想这件事！西伯利亚那一次够他烦一辈子的了。他关上电视机，于是大雪覆盖的街道消失了，永远消失了！然后他把目光抛向那个钟表：指针还仍然指在九点差三分上，与两年前完全一样。现在罗伯特往后退一步，并且注意观看着它。

　　大家会认为，这一切不过是他做了个梦而已。但对于这种低能的想法，罗伯特只是付之一笑，他心里最清楚。他明明记得，就是在刚才，也就是说，在大约四百年前，他还完全在另外一个地方。那个东西，他手里拿着的东西，不是火腿面包，而是一支画笔，现在滴在厨房地板上的东西，看上去像血一样的家伙，正是来自他师傅大卫的钵中的茜素红漆，可大卫已经死了好久好久了呀。

他该干什么呢？这些红色的污点一定要弄掉，而且要马上。嗨，他母亲会发现这些东西的！如果他不注意的话，她马上就会开始追问他。"罗伯特，你去哪里了？"然后该说，"你上哪儿逛荡去了？……"

那可就糟了，对于这种问题他无法回答。她只能摇摇头，并且会说你疯了呀。

但对于地上的颜色他会处理的，他从笤帚柜里拿出松脂精，并找到一块破布，厨房地板马上就显得光洁起来了，就好像清洁女工刚走出房间似的。现在剩下的只有画笔了，罗伯特犹豫起来。也许他要把它扔到垃圾箱里去？不，他不忍心这样做。他不会把画笔扔掉的。他仍然需要它，否则他自己也许有一天会怀疑他确实真的到过阿姆斯特丹。他细心地用一块塑料薄膜把它包上，然后飞快地走上楼去，来到他的房间。在那里，他把他的物证藏在一个放在柜子最高一格的旅行箱后面的旧旅行包里了，这地方很少有人放东西。

现在他又坐在厨房里他的小凳上了，他必须好好想一想，下面该怎么办。那些红色的痕迹都被他擦掉了，但这总算是小事一桩。他越是思考，问题就越是向他袭来。比如在学校里，从现在起，罗伯特要比同班级的其他同学大两岁。但从他外表上却看不出来，因为他把自己画小了两岁。可万一这一着弄错的话，那可就糟了。

但首先他知道了许多，如果历史课老师开始讲三十年战争的话，罗伯特必须克制自己，免得他忍不住放声大笑起来，因为他比每个教授更清楚地知道，战争在当时是怎样发生的。但在上绘画课时，他必须装傻，否则老温齐格尔，他可不笨，他对罗伯特如此好地熟识颜料，如此好地使用画笔，会感到不对头的。

现在他坐在他的小凳上，已经又陷入了反复的思考之中。一切都没有办法了，罗伯特知道发生了什么事。从现在开始，他变成了一个怪僻的人，一个另辟蹊径的人，一个做事喜欢神秘化的人……一方面，开个玩笑，他比其他人要聪明得多。但另一方面……他大概不同意。世上好像不仅仅有一个罗伯特，而是有两个罗伯特，他感觉到了这些。这是一个令人毛骨悚然的演出，

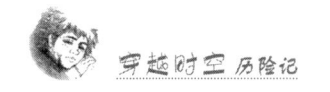

好像有和他面貌相似的一个人在到处乱跑。

一个响声把他从这个纷乱的沉思中惊醒过来，这声音不是房门的响声吧？他听见母亲在过道里喊道："罗伯特吗？你还在上面吗？"

罗伯特当然还在上面，他母亲走了进来，真是令她惊奇，当她拥抱他时，她眼睛里含着泪水。她的举动看起来一点都不像她了。"我在你不在的这段时间里都有这样一种奇怪的感觉。"她一边说，一边捶着罗伯特的胸，好像她好几个月都没看到过他似的。"我不知道为什么，但我突然想到：罗伯特怎么了？也许他需要我，有这样的傻事！此外，招待会是那样无聊得要死。我坐上出租车，就回家来了。那么，你呢？你干什么来着？真希望你没有整个晚上都坐在电视机前，我不想让你把你的眼睛搞坏。你不知道，我真想禁止你看电视。你自己应该清楚，你该干什么。你总归不是小孩子了。"

当然，罗伯特想。可怜的妈妈，她不知道，她做得是那样地对！但她突然说道："你看看你像什么样子？！"于是她把他从身边推开，好像他患了疥癣似的。"你满身都是些颜色！"

罗伯特这才意识到，他把这个给忘了。他的衣服！他从上到下看着自己。千真万确！他此时穿着衬衫和长筒袜子站在那里，腰里还围着一条来自阿姆斯特丹的绿色的围裙，围裙上到处都是些污点儿，看上去就像一个抽象派画家在上面画的画儿似的。

"不怕，妈妈，"罗伯特结结巴巴地说，"这颜色早就干在上面了。"——"你肯定？"她妈妈问道。她看上去是那样地时髦！这不稀奇，她害怕把她的一身黑色的云纹丝织物连衣裙给弄脏了。当她小心翼翼地用手指头抚摩他的围裙看看是否还掉色时，他已经忽然想起了一段唯一说得过去的托词。"你知道，我提醒过自己，如果我上专科院校并想成为画家的话，就得像现在这个样子。如果我去上温齐格尔的课的话，我就要穿上这个东西，我总是带着它。"

她把她的手包放在酒台上，并且脱去她的长长的红色手套，同时还有什么事情又引起了她的注意。"另一只我给丢了，"她说，"真是气死人啦！也许我把它落在家里了？你看见我的手套了吗？"

"没有。"罗伯特说。现在这已经是第二个谎言了，他想，而且这也将不是最后一次！但他还能有别的什么办法吗？他知道得最清楚，那只红色手套永远也不会出现了。时间黑洞把它吞掉了，而且永远也不会把它交出来了。

他母亲走了进来，真是令她惊奇，当她拥抱他时，她眼睛里含着泪水。她的举动看起来一点都不像她了。"我在你不在的这段时间里都有这样一种奇怪的感觉。"她一边说，一边捶着罗伯特的胸，好像她好几个月都没看到过他似的。

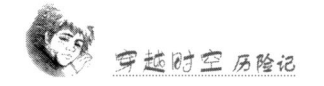

然后罗伯特祝他母亲晚安，并且亲了她一下。他非常高兴见到他的浴盆，他非常高兴见到他的床，他将非常高兴见到拉提博尔。

明天早上他就可以给他的朋友打电话了，啊，罗伯特分明感到他已回到了一个有电话的世界里来了。

只是——他要向拉提博尔讲点什么呢？要是他问他，是否他还能想起在亚尔萨斯的古老时代？是否还能想起袭击磨坊主的事？"说说吗，我亲爱的，如果有人被砍头的话，你到底是怎样的一种感觉？"——绝不可能！

这是罗伯特入睡之前的最后一个想法：任何人，包括他母亲，还有拉提博尔，谁也别想知道他经历的任何事情。比如：

在西伯利亚的洗衣房，他差点儿没冻死；
卡洛琳娜，他的第一个爱，还有奇异的蛋白石；
小外祖母；
睁着银色眼睛死去的老师；
上公主的当；
青云直上当强盗头儿；
一下把自己画回来的厨房。

罗伯特在哪里？这是罗伯特坚守的秘密。

译后记

　　文学界把不同体裁的小说进行了分类，比如历史小说、武打小说、言情小说、爱情小说、侦探小说等，但在近年德国兴起了一种以梦幻形式穿越时空的小说，很受读者欢迎，我们是不是可以把这种小说叫做梦幻小说，或者叫梦幻时空小说，这有待于文学界的定论。我很喜欢这种体裁的小说，它不受时间、空间、地点、人物、背景等诸方面的限制，让人读来潇洒自由。但这种小说并没有因为不受各种限制而漫无边际地"侃"，它最大的特点是，让人在读小说的过程中增长各方面的知识。

　　一个偶然的机会，我看到了一本叫做《Der Zahlenteufel》的德语小说，中文的意思是《数字魔鬼》，翻开一看全是些高深的数学知识，我不禁一愣，小说里面怎么讲了那么多数学，出于好奇我试着读了起来，后来竟囫囵吞枣地一口气读完了这本小说，我情不自禁地问自己，我真的在这很短的时间里理解了这么多高深的数学知识了吗？是什么魔力引导我不知不觉地进入了数学王国呢？原来是作者！作者的独具匠心使读者轻松地进入了数学王国。他用极其简单的形式和妙趣横生的语言，将复杂的数学知识传授给读者，使人爱读、爱学。我满怀激情地向我国出版社推荐了这本书，很幸运的是，书很快就由知识出版社出版了。书出版后受到人们的重视，《中国图书商报》等报刊分别发表书评，其中《中华读书报》的书评写道："《数字魔鬼》是一本最大限度地以最通俗的笔法去描述数学基本知识，以及数论中那些经典的、引人入胜的问题的书。"由此我又向德国朋友打听，该书作者是否还有类似的作品出版，又是很幸运，作者果然还有一本类似的作品，但题材完全不一样了，它就是《Wo warst du, Robert？》，中文的意思是"罗伯特，你在哪里？"为了更吸引读者，更明确书的内容，更符合中国读者的心理，我们把原来的书名改成了《穿越

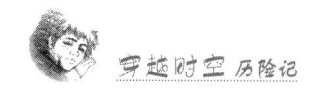

时空历险记》。

　　本书的主人公与《数字魔鬼》一样，仍然是罗伯特，作者仍然借助主人公的梦，来穿越时空游历过去的年代，让主人公亲临历史现场，经历一个个惊险刺激的故事。全书结构严谨，故事安排紧凑、新鲜，逻辑性很强，形式奇特，对于中国读者来说，这是一枝异国他乡的绚丽奇葩。

　　穿越时空的方式各有千秋，有的利用巨型仪器穿越时间隧道，惊心动魄；有的利用小小的仪器输入某个年代实行穿越，轻松自然；有的抱着某个年代的器物实行穿越，比如《穿越时空的爱恋》中，主人公抱着明朝的玉枕到达朱元璋统治的时代，而本书的穿越则借助自己的眼睛，通过一个电影画面、名画或老照片实行穿越，让人不知不觉地到达某个历史年代。本书是这样描写的：罗伯特的眼睛总是有点发痒，大夫也没有检查出什么毛病，他不发烧，身体健康，一切检查结果都正常。他的眼睛到底怎么了？有一天，他独自一人坐在厨房里，不经意地往远处瞥了一眼，却看到一样东西，待他揉了揉眼睛再看时，却什么也看不见了，事情就这样发生了。这时，他突然感到自己进入一个电影场面，只身来到一个陌生的地点、陌生的时代里。这里正在发生暴乱，到处都是士兵。罗伯特吓得躲进了一个药店里，在这里他认识了奥尔加。在奥尔加的家里住下后，他觉得他落在了1956年苏联的西伯利亚。他的真正冒险从此开始了。他以这种方式一共七次进入过去的时代，几乎每一次都往前推许多年，但他最后一次一下子跳到了1621年。他在纳粹主义初期遇见了他的当时只有二十多岁的曾祖母，六岁的祖母。她们当然不知真情，仍然把他叫"罗伯特先生"。他在1936年的德国用现在的"德国马克"买牛奶，不成想被卖牛奶的小贩骂了一通，说他使用的是"儿童玩具"，是假币，因此闹了许多笑话，其实当时的德国使用的是"帝国马克"。在巴洛克艺术鼎盛时期，他在一座宫殿里经历了一段恋情。在三十年战争期间，他成为一伙强盗中的强盗头儿。突然，他又进入另一个历史场面——这时他变成了一个令人吃惊的罗伯特，他对统治者的日常生活一无所知，但却知道未来，可他又对未来发生的事情一点也不透露。总之，罗伯特在一次次离奇的经历和惊险中学到了许多知识，最后回到现实生活后，它比老师知道得还多，而他却不露声色，保持平常心。相信读完这本书的读者，也会与罗伯特一样，增长许多意想不到的知识。

作者通过本书的故事，形象生动地向青少年传授了他们这个年龄段应该知道的历史上发生的重大事件。历史课也许是特别枯燥的，许多同学不爱上历史课，但作者独具匠心，通过罗伯特一次次穿越时空进入过去的某个时代，讲述当时发生的事情，使同学们像读小说似的轻轻松松地学到了历史知识。不仅如此，在整个主人公的历险过程中，还涉及了其他许多知识，如天文、数学、绘画、科学、战争、地理等，而且还有同龄人遇到的异性之间的友谊、人生哲学等必须知道的知识。另外要说明的是，本书构思奇特，逻辑严密，虽七次穿越时空，但每次之间都有有机的联系，并不是七个故事的拼凑，所涉及的人物、事件等，大都有据可查。这种利用穿越时空的形式传授知识的妙招令人叫绝。

论述这么好的书，不能不谈及书的著者——汉斯·马格努斯·恩岑斯伯格（Hans Magnus Enzensberger）。他出生于1929年的考夫博伊伦，现居巴伐利亚首府慕尼黑。他被视为1945年以来德国文学界最负盛名的作家之一。除了有许多为成年人写的作品闻名于世外，还有一部1961年主编的儿童文集《各种嘶哑的声音》（Allerleirauh）也尤为著名，至今仍受到研究者的重视和读者的欢迎。他在六十八岁时推出大家公认的青少年读物《数字魔鬼》。在六十九岁时又推出备受欢迎的《穿越时空历险记》；此书在出版后不久便译成了英语等其他语种出版，充分说明大家对该书的认可。德国媒体纷纷发表评论："每一个场面都是那样紧张！"（《法兰克福周报》）"一口好吃的美味，每个人都会觉得好吃。"（《每日日报》）"一个冒险家的旅行故事，讲述得富有教益、引人入胜。"（FOCUS）他的书一旦出版即成为畅销书。这位作者善于使用隐喻和幻想技巧传播知识。他的语言驾驭能力极强，构思奇特，对话幽默，常常给人以惊奇，书中的精彩片段此起彼伏。让人读来，不时叫绝。我们在读小说时，常用"拍案惊奇"形容小说的妙处，在翻译恩岑斯伯格的作品时，我常常"拍案而起"，惊呼"妙哉！"

利用简单的喻意手法传授复杂的数学和枯燥的历史知识，是恩岑斯伯格最拿手的好戏。他利用数字魔鬼为替身，在"一"字树林里讲了"0"的重要性。在沙滩上用"九字长蛇"的方法教授整数"一"和"0"的关系。他在十五万字的篇幅中所讲的内容涉及了质数验证、优化问题、无重复组合、拓扑学、《数学纲要》、斐波那契数列、排列组合、商务代表、扫帚司令等八十多个数学难题。

但使读者感到的是,就像读小说一样轻松愉快地学习了数学知识。这又是他的一个高明之处。这一点在《穿越时空历险记》中也同样体现了出来。所不同的是,《数》中处处设难,《穿》中处处设险。但这两部作品却都在"设难"或"设险"中传授了知识,给人以启迪。

在此,我要特别感谢韩耀成老师,他不顾年事已高,一字一句地帮我审阅全部译稿,并为拙译作序,他这种治学严谨、提携后学的精神着实令人尊敬。同时,我还要向所有为本书的出版而给予我支持和帮助的朋友和师长们致以最诚挚的谢意!

朱显亮

2011 年 5 月 19 日改于北京